汪曾祺 著

U0621495

人。间有戏

Ren
Jian
You
Xi

北方文艺出版社

图书在版编目（CIP）数据

人间有戏 / 汪曾祺著 . -- 哈尔滨：北方文艺出版
社，2017.11（2019.8 重印）

ISBN 978-7-5317-3930-2

Ⅰ . ①人… Ⅱ . ①汪… Ⅲ . ①中篇小说 – 小说集 – 中
国 – 当代②短篇小说 – 小说集 – 中国 – 当代 Ⅳ .
① I247.7

中国版本图书馆 CIP 数据核字（2017）第 153505 号

人间有戏
Renjian Youxi

作　者 / 汪曾祺

责任编辑 / 王金秋　　　　　　　装帧设计 / 壹・书装

出版发行 / 北方文艺出版社　　　　邮　编 / 150080
发行电话 /（0451）85951921 85951915　　经　销 / 新华书店
地　址 / 哈尔滨市南岗区林兴街 3 号　网　址 / www.bfwy.com

印　刷 / 北京彩眸彩色印刷有限公司　开　本 / 880×1230　1/32
字　数 / 197 千　　　　　　　　　印　张 / 10
版　次 / 2017 年 11 月第 1 版　　　印　次 / 2019 年 8 月第 3 次印刷

书　号 / ISBN 978-7-5317-3930-2　定　价 / 48.00 元

目 录

大淖记事

这地方的地名很奇怪,叫作大淖。全县没有几个人认得这个淖字。县境之内,也再没有别的叫作什么淖的地方。据说这是蒙古话。那么这地名大概是元朝留下的。元朝以前这地方有没有,叫作什么,就无从查考了。

淖,是一片大水。说是湖泊,似还不够,比一个池塘可要大得多,春夏水盛时,是颇为浩渺的。这是两条水道的河源。淖中央有一条狭长的沙洲。沙洲上长满茅草和芦荻。春初水暖,沙洲上冒出很多紫红色的芦芽和灰绿色的蒌蒿①,很快就是一片翠绿了。夏天,茅草、芦荻

---

① 蒌蒿是生于水边的野草,粗如笔管,有节,生狭长的小叶,初生二寸来高,叫作"蒌蒿薹子",加肉炒食极清香。苏东坡诗:"竹外桃花三两枝,春江水暖鸭先知。蒌蒿满地芦芽短,正是河豚欲上时。"蒌蒿见之于诗,这大概是第一次。他很能写出节令风物之美。

1

都吐出雪白的丝穗，在微风中不住地点头。秋天，全都枯黄了，就被人割去，加到自己的屋顶上去了。冬天，下雪，这里总比别处先白。化雪的时候，也比别处化得慢。河水解冻了，发绿了，沙洲上的残雪还亮晶晶地堆积着。这条沙洲是两条河水的分界处。从淖里坐船沿沙洲西面北行，可以看到高阜上的几家炕房。绿柳丛中，露出雪白的粉墙，黑漆大书四个字："鸡鸭炕房。"非常显眼。炕房门外，照例都有一块小小土坪，有几个人坐在树桩上负曝闲谈。不时有人从门里挑出一副很大的扁圆的竹笼，笼口络着绳网，里面是松花黄色的，毛茸茸，挨挨挤挤，啾啾乱叫的小鸡小鸭。由沙洲往东，要经过一座浆坊。浆是浆衣服用的。这里的人，衣服被里洗过后，都要浆一浆。浆过的衣服，穿在身上沙沙作响。浆是芡实水磨，加一点明矾，澄去水分，晒干而成。这东西是不值什么钱的。一大盆衣被，只要到杂货店花两三个铜板，买一小块，用热水冲开，就足够用了。但是全县浆粉都由这家供应（这东西是家家用得着的），所以规模也不算小。浆坊有四五个师傅忙碌着。喂着两头毛驴，轮流上磨。浆坊门外，有一片平场，太阳好的时候，每天晒着浆块，白得叫人眼睛都睁不开。炕房、浆坊附近还有几家买卖荸荠、慈姑、菱角、鲜藕的鲜货行，集散鱼蟹的鱼行和收购青草的草行。过了炕房和浆坊，就都是田畴麦垄，牛棚水车，人家的墙上贴着黑黄色的牛屎粑粑，——牛粪和水，拍成饼状，直径半尺，整齐地贴在墙上晾干，做燃料，已经完全是农村的景色了。由大淖北去，可至北乡各村。东去可至一沟、二沟、三垛，直达邻县兴化。

　　大淖的南岸，有一座漆成绿色的木板房，房顶、地面，都是木板的。这原是一个轮船公司。靠外手是候船的休息室。往里去，临水，就是码头。原来曾有一只小轮船，往来本城的兴化，隔日一班，单日开走，双日返回。小轮船漆得花花绿绿的，飘着万国旗，机器突突地响，烟筒冒着黑烟，装货、卸货、上客、下客，也有卖牛肉、高粱酒、花生瓜子、芝麻灌香糖的小贩，吆吆喝喝，是热闹过一阵的。后来因为公司赔了本，股东无意继续经营，就卖船停业了。这间木板房子倒没有拆去。现在里面空荡荡、冷清清，只有附近的野孩子到候船室来唱戏玩，棍棍棒棒，乱打一气；或到码头上比赛撒尿。七八个小家伙，齐齐地站成一排，把一泡泡臊尿哗哗地撒到水里，看谁尿得最远。

大淖指的是这片水，也指水边的陆地。这里是城区和乡下的交界处。从轮船公司往南，穿过一条深巷，就是北门外东大街了。坐在大淖的水边，可以听到远远的一阵一阵朦朦胧胧的市声，但是这里的一切和街里不一样。这里没有一家店铺。这里的颜色、声音、气味和街里不一样。这里的人也不一样。他们的生活，他们的风俗，他们的是非标准、伦理道德观念和街里的穿长衣念过"子曰"的人完全不同。

二

由轮船公司往东往西，各距一箭之遥，有两丛住户人家。这两丛人家，也是互不相同的，各是各的乡风。

西边是几排错错落落的低矮的瓦屋。这里住的是做小生意的。他们大都不是本地人，是从下河一带，兴化、泰州、东台等处来的客户。卖紫萝卜的（紫萝卜是比荸荠略大的扁圆形的萝卜，外皮染成深蓝紫色，极甜脆），卖风菱的（风菱是很大的两角的菱角，壳极硬），卖山里红的，卖熟藕（藕孔里塞了糯米煮熟）的。还有一个从宝应来的卖眼镜的，一个从杭州来的卖天竺筷的。他们像一些候鸟，来去都有定时。来时，向相熟的人家租一间半间屋子，住上一阵，有的住得长一些，有的短一些，到生意做完，就走了。他们都是日出而作，日入而息。吃罢早饭，各自背着、扛着、挎着、举着自己的货色，用不同的乡音，不同的腔调，吟唱吆唤着上街了。到太阳落山，又都像鸟似的回到自己的窝里。于是从这些低矮的屋檐下就都飘出带点甜味而又呛人的炊烟（所烧的柴草都是半干不湿的）。他们做的都是小本生意，赚钱不大。因为是在客边，对人很和气，凡事忍让，所以这一带平常总是安安静静的，很少有吵嘴打架的事情发生。

　　这里还住着二十来个锡匠，都是兴化帮。这地方兴用锡器，家家都有几件锡制的家伙。香炉、蜡台、痰盂、茶叶罐、水壶、茶壶、酒壶，甚至尿壶，都是锡的。嫁闺女时都要陪送一套锡器。最少也要有两个能容四五升米的大锡罐，摆在柜顶上，否则就不成其为嫁妆。出阁的闺女生了孩子，娘家要送两大罐糯米粥（另外还要有两只老母鸡，一百鸡蛋），装粥用的就是娘柜顶上的这两个锡罐。因此，二十来个锡匠并不显多。

　　锡匠的手艺不算费事，所用的家什也较简单。一副锡匠担子，一头是风箱，绳系里夹着几块锡板；一头是炭炉和两块二尺见方，一面裱着好几层表芯纸的方砖。锡器是打出来的，不是铸出来的。人家叫锡匠来打锡器，一般都是自己备料，——把几件残旧的锡器回炉重打。锡匠在人家门道里或是街边空地上，支起担子，拉动风箱，在锅里把旧锡化成锡水，——锡的熔点很低，不大一会儿就化了；然后把两块方砖对合着（裱纸的一面朝里），在两砖之间压一条绳子，绳子按照要打的锡器圈成近似的形状，绳头留在砖外，把锡水由绳口倾倒过去，两砖一压，就成了锡片；然后，用一个大剪子剪剪，焊好接口，用一个木槌在铁砧上敲敲打打，大约一两顿饭工夫就成型了。锡是软的，打锡器不像打铜器那样费劲，也不那样吵人。粗使的锡器，就这样就能交活。若是细巧的，就还要用刮刀刮一遍，用砂纸打一打，用竹节草（这种草中药店有卖的）磨得锃亮。

这一帮锡匠很讲义气。他们扶持疾病，互通有无，从不抢生意。若是合伙做活，工钱也分得很公道。这帮锡匠有一个头领，是个老锡匠，他说话没有人不听。老锡匠人很耿直，对其余的锡匠（不是他的晚辈就是他的徒弟）管教得很紧。他不许他们赌钱喝酒；嘱咐他们出外做活，要童叟无欺，手脚要干净；不许和妇道嬉皮笑脸。他教他们不要怕事，也绝不要惹事。除了上市应活，平常不让到处闲游乱窜。

老锡匠会打拳，别的锡匠也跟着练武。他屋里有好些白蜡杆、三节棍，没事便搬到外面场地上打对儿。老锡匠说：这是消遣，也可以防身，出门在外，会几手拳脚不吃亏。除此之外，锡匠们的娱乐便是唱唱戏。他们唱的这种戏叫作"小开口"，是一种地方小戏，唱腔本是萨满教的香火（巫师）请神唱的调子，所以又叫"香火戏"。这些锡匠并不信萨满教，但大都会唱香火戏。戏的曲调虽简单，内容却是成本大套，李三娘挑水推磨，生下咬脐郎；白娘子水漫金山；刘金定招亲；方卿唱道情……可以坐唱，也可以化了装彩唱。遇到阴天下雨，不能出街，他们能吹打弹唱一整天。附近的姑娘媳妇都挤过来看，——听。

老锡匠有个徒弟，也是他的侄儿，在家大排行第十一，小名就叫个十一子，外人都只叫他小锡匠。这十一子是老锡匠的一件心事。因为他太聪明，长得又太好看了。他长得挺拔四称，肩宽腰细，唇红齿白，浓眉大眼，头戴遮阳草帽，青鞋净袜，全身衣服整齐合体。天热的时候，敞开衣扣，露出扇面也似的胸脯，五寸宽的雪白的板带煞得很紧。走起路来，高抬脚，轻着地，麻溜利索。锡匠里出了这样一个一表人才，真是鸡窝里飞出了金凤凰。老锡匠心里明白：唱"小开口"的时候，那些挤过来的姑娘媳妇，其实都是来看这位十一郎的。

老锡匠经常告诫十一子，不要和此地的姑娘媳妇拉拉扯扯，尤其不要和东头的姑娘媳妇有什么勾搭："她们和我们不是一样的人！"

三

轮船公司东头都是草房，茅草盖顶，黄土打墙，房顶两头多盖着半片破缸破瓮，防止大风时把茅草刮走。这里的人，世代相传，都是挑夫。男人、女人，大人、孩子，都靠肩膀吃饭。挑得最多的是稻子。东乡、北乡的稻船，都在大淖靠岸。满船的稻子，都由这些挑夫挑走。或送到米店，或送进哪家大户的廒仓，或挑到南门外琵琶闸的大船上，沿运河外运。有时还会一直挑到车逻、马棚湾这样很远的码头上。单程一趟，或五六里，或七八里、十多里不等。一二十人走成一串，步子走得很匀，很快。一担稻子一百五十斤，中途不歇肩。一路不停地打着号子。换肩时一齐换肩。打头的一个，手往扁担上一搭，一二十副担子就同时由右肩转到左肩上来了。每挑一担，领一根"筹

6

子"，——尺半长，一寸宽的竹牌，上涂白漆，一头是红的。到傍晚凭筹领钱。

稻谷之外，什么都挑。砖瓦、石灰、竹子（挑竹子一头拖在地上，在砖铺的街面上擦得唰唰地响）、桐油（桐油很重，使扁担不行，得用木杠，两人抬一桶）……因此，一年三百六十天，天天有活干，饿不着。

十三四岁的孩子就开始挑了。起初挑半担，用两个柳条笆斗。练上一二年，人长高了，力气也够了，就挑整担，像大人一样地挣钱了。

挑夫们的生活很简单：卖力气，吃饭。一天三顿，都是干饭。这些人家都不盘灶，烧的是"锅腔子"——黄泥烧成的矮瓮，一面开口烧火。烧柴是不花钱的。淖边常有草船，乡下人挑芦柴入街去卖，一路总要撒下一些。凡是尚未挑担挣钱的孩子，就一人一把竹笆，到处去搂。因此，这些顽童得到一个稍带侮辱性的称呼，叫作"笆草鬼子"。有时懒得费事，就从乡下人的草担上猛力搂出一把，拔腿就溜。等乡下人撂下担子叫骂时，他们早就没影儿了。锅腔子无处出烟，烟子就横溢出来，飘到大淖水面上，平铺开来，停留不散。这些人家无隔宿之粮，都是当天买，当天吃。吃的都是脱壳的糙米。一到饭时，就看见这些茅草房子的门口蹲着一些男子汉，捧着一个蓝花大海碗，碗里是骨堆堆的一碗紫红紫红的米饭，一边堆着青菜小鱼、臭豆腐、腌辣椒，大口大口地在吞食。他们吃饭不怎么嚼，只在嘴里打一个滚，咕咚一声就咽下去了。看他们吃得那样香，你会觉得世界上再没有比这个饭更好吃的饭了。

他们也有年，也有节。逢年过节，除了换一件干净衣裳，吃得好一些，就是聚在一起赌钱。赌具，也是钱。打钱，滚钱。打钱：各人拿出一二十铜圆，叠成很高的一摞。参与者远远地用一个钱向这摞铜钱砸去，砸倒多少取多少。滚钱又叫"滚五七寸"。在一片空场上，各人放一摞钱；一块整砖支起一个斜坡，用一个铜圆由砖面落下，向钱注密处滚去，钱停住后，用事前备好的两根草棍量一量，如距钱注五寸，滚钱者即可吃掉这一注；距离七寸，反赔出与此注相同之数。这种古老的博法使挑夫们得到极大的快乐。旁观的闲人也不时大声喝彩，为他们助兴。

这里的姑娘媳妇也都能挑。她们挑得不比男人少，走得不比男人慢。挑鲜货是她们的专业。大概是觉得这种水淋淋的东西对女人更相宜，男人们是不屑于去挑的。这些"女将"都生得颀长俊俏，浓黑的头发上涂了很多梳头油，梳得油光水滑（照当地说法是：苍蝇站上去都会闪了腿）。脑后的发髻都极大。发髻的大红头绳的发根长到二寸，老远就看到通红的一截。她们的发髻的一侧总要插一点什么东西。清明插一个柳球（杨柳的嫩枝，一头拿牙咬着，把柳枝的外皮连同鹅黄的柳叶使劲往下一抹，成一个小小球形），端午插一丛艾叶，有鲜花时插一朵栀子、一朵夹竹桃，无鲜花时插一朵大红剪绒花。因为常年挑担，衣服的肩膀处易破，她们的托肩多半是换过的。旧衣服，新托肩，颜色不一样，这几乎成了大淖妇女的特有的服饰。一二十个姑娘媳妇，挑着一担担紫红的荸荠、碧绿的菱角、雪白的连枝藕，走成一长串，风摆柳似的嚓嚓地走过，好看得很！

她们像男人一样地挣钱，走相、坐相也像男人。走起来一阵风，坐下来两条腿叉得很开。她们像男人一样赤脚穿草鞋（脚指甲却用凤仙花染红）。她们嘴里不忌生冷，男人怎么说话她们怎么说话，她们也用男人骂人的话骂人。打起号子来也是"好大娘个歪歪子咧！"——"歪歪子咧……"

没出门子的姑娘还文雅一点，一做了媳妇就简直是"姜太公在此百无禁忌"，要多野有多野。有一个老光棍黄海龙，年轻时也是挑夫，后来腿脚有了点毛病，就在码头上看看稻船，收收筹子。这老头儿老没正轻，一把胡子了，还喜欢在媳妇们的胸前屁股上摸一把，拧一下。按辈分，他应当被这些媳妇称呼一声叔公，可是谁都管他叫"老骚胡子"。有一天，他又动手动脚的，几个媳妇一咬耳朵，一二三，一齐上手，眨眼之间叔公的裤子就挂在大树顶上了。有一回，叔公听见卖饺面①的挑着担子，敲着竹梆走来，他又来劲了："你们敢不敢到淖里洗个澡？——敢，我一个人输你们两碗饺面！"——"真的？"——"真的！"——"好！"几个媳妇脱了衣服跳到淖里扑通扑通洗了一会儿。爬上岸就大声喊叫："下面！"

这里人家的婚嫁极少明媒正娶，花轿吹鼓手是挣不着他们的钱的。媳妇，多是自己跑来的；姑娘，一般是自己找人。他们在男女关系上是比较随便的。姑娘在家生私孩子；一个媳妇，在丈夫之外，再"靠"一个，不是稀奇事。这里的女人和男人好，还是恼，只有一个标准：情愿。有的姑娘、媳妇相与了一个男人，自然也跟他要钱买花戴，但是有的不但不要他们的钱，反而把钱给他花，叫作"倒贴"。

因此，街里的人说这里"风气不好"。

到底是哪里的风气更好一些呢？难说。

---

① 一半馄饨一半面下在一起，当地叫作饺面。

四

大淖东头有一户人家。这一家只有两口人，父亲和女儿。父亲名叫黄海蛟，是黄海龙的堂弟（挑夫里姓黄的多）。原来是挑夫里的一把好手。他专能上高跳。这地方大粮行的"窝积"（长条芦席围成的粮囤），高到三四丈，只支一只单跳，很陡。上高跳要提着气一口气蹿上去，中途不能停留。遇到上了一点岁数的或者"女将"，抬头看看高跳，有点含糊，他就走过去接过一百五十斤的担子，一支箭似的上到跳顶，两手一提，把两箩稻子倒在"窝积"里，随即三五步就下到平地。因为为人忠诚老实，二十五岁了，还没有成亲。那年在车逻挑粮食，遇到一个姑娘向他问路。这姑娘留着长长的刘海，梳了一个"苏州俏"的发髻，还抹了一点胭脂，眼色张皇，神情焦急，她问路，可是连一个准地名都说不清，一看就知道是大户人家逃出来的使女。黄海蛟和她攀谈了一会儿，这姑娘就表示愿意跟着他过。她叫莲子。——这地方丫头、使女多叫莲子。

莲子和黄海蛟过了一年，给他生了个女儿。七月生的，生下的时候满天都是五色云彩，就取名叫作巧云。

莲子的手很巧，也勤快，只是爱穿件华丝葛的裤子，爱吃点瓜子零食，还爱唱"打牙牌"之类的小调："凉月子一出照楼梢，打个呵欠伸懒腰，瞌睡子又上来了。哎哟，哎哟，瞌睡子又上来了……"这和大淖的乡风不大一样。

巧云三岁那年，她的妈莲子，终于和一个过路戏班子的一个唱小生的跑了。那天，黄海蛟正在马棚湾。莲子把黄海蛟的衣裳都浆洗了一遍，巧云的小衣裳也收拾在一起，焖了一锅饭，还给老黄打了半斤酒，把孩子托给邻居，说是她出门有点事，锁了门，从此就不知去向了。

巧云的妈跑了，黄海蛟倒没有怎么伤心难过。这种事情在大淖这个地方也值不得大惊小怪。养熟的鸟还有飞走的时候呢，何况是一个人！只是她留下的这块肉，黄海蛟实在是疼得不行。他不愿巧云在后娘的眼皮底下委委屈屈地生活，因此发心不再续娶。他就又当爹又当妈，和女儿巧云在一起过了十几年。他不愿巧云去挑扁担，巧云从十四岁就学会结渔网和打芦席。

巧云十五岁，长成了一朵花。身材、脸盘都像妈。瓜子脸，一边有个很深的酒窝。眉毛黑如鸦翅，长入鬓角。眼角有点吊，是一双凤眼。睫毛很长，因此显得眼睛经常是眯缝着；忽然回头，睁得大大的，带点吃惊而专注的神情，好像听到远处有人叫她似的。她在门外的两棵树杈之间结网，在淖边平地上织席，就有一些少年人装着有事的样子来来去去。她上街买东西，甭管是买肉、买菜，打油、打酒，撕布、量头绳，买梳头油、雪花膏，买石碱、浆块，同样的钱，她买回来，分量都比别人多，东西都比别人的好。这个奥秘早被大娘、大婶们发现，她们都托她买东西。只要巧云一上街，都挎了好几个竹篮，回来时压得两个胳臂酸疼酸疼。泰山庙唱戏，人家都自己扛了板凳去。巧云散着手就去了。一去了，总有人给她找一个得看的好座。台上的戏唱得正热闹，但是没有多少人叫好。因为好些人不是在看戏，是看她。

巧云十六了，该张罗着自己的事了。谁家会把这朵花迎走呢？炕房的老大？浆坊的老二？鲜货行的老三？他们都有这意思。这点意思黄海蛟知道了，巧云也知道。不然他们老到淖东头来回晃摇是干什么呢？但是巧云没怎么往心里去。

　　巧云十七岁，命运发生了一个急转直下的变化。她的父亲黄海蛟在一次挑重担上高跳时，一脚踏空，从三丈高的跳板上摔下来，摔断了腰。起初以为不要紧，养养就好了。不想喝了好多药酒，贴了好多膏药，还不见效。她爹半瘫了，他的腰再也直不起来了。他有时下床，扶着一个剃头担子上用的高板凳，咯噔咯噔地走一截，平常就只好半躺下靠在一摞被窝上。他不能用自己的肩膀为女儿挣几件新衣裳，买两枝花，却只能由女儿用一双手养活自己了。还不到五十岁的男子汉，只能做一点老太婆做的事：绩了一捆又一捆的供女儿结网用的麻线。事情很清楚：巧云不会撇下她这个老实可怜的残废爹。谁要愿意，只能上这家来当一个倒插门的养老女婿。谁愿意呢？这家的全部家产只有三间草屋（巧云和爹各住一间，当中是一个小小的堂屋）。老大、老二、老三时不时走来走去，拿眼睛瞟着隔着一层渔网或者坐在雪白的芦席上的一个苗条的身子。他们的眼睛依然不缺乏爱慕，但是减少了几分急切。

　　老锡匠告诫十一子不要老往淖东头跑，但是小锡匠还短不了要来。大娘、大婶、姑娘、媳妇有旧壶翻新，总喜欢叫小锡匠来。从大淖过深巷上大街也要经过这里，巧云家门前的柳荫是一个等待雇主的好地方。巧云织席，十一子化锡，正好做伴。有时巧云停下活计，帮小锡匠拉风箱。有时巧云要回家看看她的残废爹，问他想不想吃烟喝水，小锡匠就压住炉里的火，帮她织一气席。巧云的手指划破了（织席很容易划破手，压扁的芦苇薄片，刀一样的锋快），十一子就帮她吮吸

12

指头肚子上的血。巧云从十一子口里知道他家里的事：他是个独子，没有兄弟姐妹。他有一个老娘，守寡多年了。他娘在家给人家做针线，眼睛越来越不好，他很担心她有一天会瞎……

好心的大人路过时会想：这倒真是两只鸳鸯，可是配不成对。一家要招一个养老女婿，一家要接一个当家媳妇，弄不到一起。他们俩呢，只是很愿意在一处谈谈坐坐。都到岁数了，心里不是没有。只是像一片薄薄的云，飘过来，飘过去，下不成雨。

有一天晚上，好月亮，巧云到淖边一只空船上去洗衣裳（这里的船泊定后，把桨拖到岸上，寄放在熟人家，船就拴在那里，无人看管，谁都可以上去）。她正在船头把身子往前倾着，用力涮着一件大衣裳，一个不知轻重的顽皮野孩子轻轻走到她身后，伸出两手胳肢她的腰。她冷不防，一头栽进了水里。她本会一点水，但是一下子蒙了。这几天水又大，流很急。她挣扎了两下，喊救人，接连喝了几口水。她被水冲走了！正赶上十一子在炕房门外土坪上打拳，看见一个人冲了过来，头发在水上漂着。他褪下鞋子，一猛子扎到水底，从水里把她托了起来。

十一子把她肚子里的水控了出来，巧云还是昏迷不醒。十一子只好把她横抱着，像抱一个婴儿似的，把她送回去。她浑身是湿的，软绵绵，热乎乎的。十一子觉得巧云紧紧挨着他，越挨越紧。十一子的心怦怦地跳。

到了家，巧云醒来了。（她早就醒来了！）十一子把她放在床上。巧云换了湿衣裳（月光照出她的美丽的少女的身体）。十一子抓一把草，给她熬了半锅子姜糖水，让她喝下去，就走了。

巧云起来关了门，躺下。她好像看见自己躺在床上的样子。月亮真好。

巧云在心里说："你是个呆子！"

她说出声来了。

不大一会儿，她也就睡死了。

就在这一天夜里，另外一个人，拨开了巧云家的门。

五

由轮船公司对面的巷子转东大街，往西不远，有一个道士观，叫作炼阳观。现在没有道士了，里面住了不到一营水上保安队。这水上保安队是地方武装。他们名义上归县政府管辖，饷银却由县商会开销，水上保安队的任务是下乡剿土匪。这一带土匪很多，他们抢了人，绑了票，大都藏匿在芦荡湖泊中的船上（这地方到处是水），如遇追捕，便于脱逃。因此，地方绅商觉得很需要成立一个特殊的武装力量来对付这些成帮结伙的土匪。水上保安队装备是很好的。他们乘的船是"铁板划子"——船的三面都有半人高、三四分厚的铁板，子弹是打不透的。铁板划子就停在大淖岸边，样子很高傲。一有任务，就看见大兵们扛着两挺水机关，用箩筐抬着多半筐子弹（子弹不用箱装，却使箩抬，颇奇怪），上了船，开走了。

或七八天，或十天半月，他们得胜回来了（他们有铁板划子，又有水机关，对土匪有压倒优势，很少有伤亡）。铁板划子靠了岸，上岸列队，由深巷，上大街，直奔县政府。这队伍是四列纵队。前面是

14

号队。这不到一营的人，却有十二支号。一上大街，就"打打打滴打大打滴大打"，齐齐整整地吹起来。后面是全队弟兄，一律荷枪实弹。号队之后，大队之前的正中，是捉来的土匪。有时三个五个，有时只有一个，都是五花大绑。这队伍是很神气的。最妙的是被绑着的土匪也一律都和着号音，步伐整齐，雄赳赳气昂昂地走着。甚至值日官喊"一、二、三、四"，他们也随着大声地喊。大队上街之前，要由地保事先通知沿街店铺，凡有鸟笼的（有的店铺是养八哥、画眉的），都要收起来，因为土匪大哥看见不高兴，这是他们忌讳的（他们到了县政府，都下在大狱里，看见笼中鸟，就无出狱希望了）。看看这样的铜号放光，刺刀雪亮，还夹着几个带有传奇色彩的土匪英雄的威武雄壮的队伍，是这条街上的民众的一件快乐事情。其快乐程度不下于看狮子、龙灯、高跷、抬阁，和僧道齐全、六十四杠的大出丧。

除了下乡办差，保安队的弟兄们没有什么事。他们除了把两挺水机关扛到大淖边突突地打两梭（把淖岸上的泥土打得簌簌地往下掉），平常是难得出操、打野外的。使人们感觉到这营把人的存在的，是这十二个号兵早晚练号。早晨八九点钟，下午四五点钟，他们就到大淖边来了。先是拔长音，然后各自吹几段，最后是合吹进行曲、三环号（他们吹三环号只是吹着玩，因为从来没有接受检阅的时候）。吹完号，就解散，想干什么干什么。有的，就轻手轻脚，走进一家的门外，咳嗽一声，随着，走了进去，门就关起来了。

这些号兵大都衣着整齐，干净爱俏。他们除了吹吹号，整天无事干，有的是闲空。他们的钱来得容易，——饷钱倒不多，但每次下乡，总有犒赏；有时与土匪遭遇，双方谈条件，也常从对方手中得到一笔钱，手面很大方，花钱不在乎。他们是保护地方绅商的军人，身后有靠山，即或出一点什么事，谁也无奈他何。因此，这些大爷就觉得不风流风流，实在对不起自己，也辜负了别人。

十二个号兵，有一个号长，姓刘，大家都叫他刘号长。这刘号长前后跟大淖几家的媳妇都很熟。

拨开巧云家的门的，就是这个号长！

号长走的时候留下十块钱。

这种事在大淖不是第一次发生。巧云的残废爹当时就知道。他拿着这十块钱，只是长长地叹了一口气。邻居们知道了，姑娘、媳妇并未多议论，只骂了一句："这个该死的！"

巧云破了身子，她没有淌眼泪，更没有想到跳到淖里淹死。人生在世，总有这么一遭！只是为什么是这个人？真不该是这个人！怎么办？拿把菜刀杀了他？放火烧了炼阳观？不行！她还有个残废爹。她怔怔地坐在床上，心里乱糟糟的。她想起该起来烧早饭了。她还得结网，织席，还得上街。她想起小时候上人家看新娘子，新娘子穿了一双粉红的缎子花鞋。她想起她的远在天边的妈。她记不得妈的样子，只记得妈用一个筷子头蘸了胭脂给她点了一点眉心红。她拿起镜子照照，她好像第一次看清楚自己的模样。她想起十一子给她吮手指上的血，这血一定是咸的。她觉得对不起十一子，好像自己做错了什么事。

她非常失悔：没有把自己给了十一子！

她的这个念头越来越强烈。这个号长来一次，她的念头就更强烈一分。

水上保安队又下乡了。

16

一天，巧云找到十一子，说："晚上你到大淖东边来，我有话跟你说。"

十一子到了淖边。巧云踏在一只"鸭撇子"上（放鸭子用的小船，极小，仅容一人。这是一只公船，平常就拴在淖边。大淖人谁都可以撑着它到沙洲上挑蒌蒿，割茅草，拣野鸭蛋），把篙子一点，撑向淖中央的沙洲，对十一子说："你来！"过了一会儿，十一子泅水到了沙洲上。

他们在沙洲的茅草丛里一直待到月到中天。

月亮真好啊！

六

十一子和巧云的事，师兄们都知道，只瞒着老锡匠一个人。

他们偷偷地给他留着门，在门窝子里倒了水（这样推门进来没有声音）。十一子常常到天快亮的时候才回来。有一天，又是这时候才推开门。刚刚要钻被窝，听见老锡匠说："你不要命啦！"

这种事情怎么瞒得住人呢？终于，传到刘号长的耳朵里。其实没有人跟他嚼舌头，刘号长自己还不知道？巧云看见他都讨厌，她的全身都是冷淡的。刘号长咽不下这口气。本来，他跟巧云又没有拜过堂，完过花烛，闲花野草，断了就断了。可是一个小锡匠，夺走了他的人，这丢了当兵的脸。太岁头上动土，这还行！这种事从来没有发生过。连保安队的弟兄也都觉得面上无光，在人前矬了一截。他是只许自己在别人头上拉屎撒尿，不许别人在他脸上溅一星唾沫的。若是闭着眼过去，往后，保安队的人还混不混了？

有一天，天还没亮，刘号长带了几个弟兄，踢开巧云家的门，从被窝里拉起了小锡匠，把他捆了起来。把黄海蛟、巧云的手脚也都捆了，怕他们去叫人。

他们把小锡匠弄到泰山庙后面的坟地里，一人一根棍子，搂头盖脸地打他。

他们要小锡匠卷铺盖走人，回他的兴化，不许再留在大淖。

小锡匠不说话。

他们要小锡匠答应不再走进黄家的门，不挨巧云的身子。小锡匠还是不说话。

他们要小锡匠告一声饶，认一个错。

小锡匠的牙咬得紧紧的。

小锡匠的硬铮把这些向来是横着膀子走路的家伙惹怒了，"你这样硬！打不死你！"——"打！"，七八根棍子风一样、雨一样打在小锡匠的身上。

小锡匠被他们打死了。

锡匠们听说十一子被保安队的人绑走了，他们四处找，找到了泰山庙。

老锡匠用手一探，十一子还有一丝悠悠气。老锡匠叫人赶紧去找陈年的尿桶。他经验过这种事，打死的人，只有喝了从桶里刮出来的尿碱，才有救。

十一子的牙关咬得很紧，灌不进去。

巧云捧了一碗尿碱汤，在十一子的耳边说："十一子，十一子，你喝了！"

十一子微微听见一点声音，他睁了睁眼。巧云把一碗尿碱汤灌进了十一子的喉咙。

不知道为什么，她自己也尝了一口。

锡匠们摘了一块门板，把十一子放在门板上，往家里抬。

他们抬着十一子，到了大淖东头，还要往西走。巧云拦住了：

"不要。抬到我家里。"

老锡匠点点头。

巧云把屋里存着的渔网和芦席都拿到街上卖了，买了七厘散，医治十一子身子里的瘀血。

东头的几家大娘、大婶杀了下蛋的老母鸡，给巧云送来了。

锡匠们凑了钱，买了人参，熬了参汤。

挑夫、锡匠、姑娘、媳妇，川流不息地来看望十一子。他们把平时在辛苦而单调的生活中不常表现的热情和好心都拿出来了。他们觉得十一子和巧云做的事都很应该，很对。大淖出了这样一对年轻人，使他们觉得骄傲。大家的心喜洋洋，热乎乎的，好像在过年。

刘号长打了人，不敢再露面。他那几个弟兄也都躲在保安队的队部里不出来。保安队的门口加了双岗。这些好汉原来都是一窝"草鸡"！

锡匠们开了会。他们向县政府递了呈子，要求保安队把姓刘的交出来。

县政府没有答复。

锡匠们上街游行。这个游行队伍是很多人从未见过的。没有旗子，没有标语，就是二十来个锡匠挑着二十来副锡匠担子，在全城的大街上慢慢地走。这是个沉默的队伍，但是非常严肃。他们表现出不可侵犯的威严和不可动摇的决心。这个带有中世纪行帮色彩的游行队伍十分动人。

游行继续了三天。

第三天，他们举行了"顶香请愿"。二十来个锡匠，在县政府照壁前坐着，每人头上用木盘顶着一炉炽旺的香。这是一个古老的风俗：民有沉冤，官不受理，被逼急了的百姓可以用香火把县大堂烧了，据说这不算犯法。

这条规矩不载于《六法全书》，现在不是大清国，县政府可以不理会这种"陋习"。但是这些锡匠是横了心的，他们当真干起来，后果是严重的。县长邀请县里的绅商商议，一致认为这件事不能再不管。于是由商会会长出面，约请了有关的人：一个承审——作为县长代表，保安队的副官，老锡匠和另外两个年长的锡匠，还有代表挑夫的黄海龙，四邻见证，——卖眼镜的宝应人，卖天竺筷的杭州人，在一家大茶馆里举行会谈，来"了"这件事。

会谈的结果是：小锡匠养伤的药钱由保安队负担（实际是商会拿钱），刘号长驱逐出境。由刘号长画押具结。老锡匠觉得这样就给锡匠和挑夫都挣了面子，可以见好就收了。只是要求在刘某人的具结上写上一条：如果他再踏进县城一步，任凭老锡匠一个人把他收拾了！

过了两天，刘号长就由两个弟兄持枪护送，悄悄地走了。他被调到三垛去当了税警。

十一子能进一点饮食，能说话了。巧云问他："他们打你，你只要说不再进我家的门，就不打你了，你就不会吃这样大的苦了。你为什么不说？"

"你要我说么？"

“不要。”

“我知道你不要。”

“你值么？”

“我值。”

“十一子，你真好！我喜欢你！你快点好。”

“你亲我一下，我就好得快。”

“好，亲你！”

巧云一家有了三张嘴。两个男的不能挣钱，但要吃饭。大淖东头的人家都没有积蓄，也没有什么东西可以变卖典押。结渔网，打芦席，都不能当时见钱。十一子的伤一时半会不会好，日子长了，怎么过呢？巧云没有经过太多考虑，把爹用过的箩筐找出来，磕磕尘土，就去挑担挣"活钱"去了。姑娘媳妇都很佩服她。起初她们怕她挑不惯，后来看她脚下很快，很匀，也就放心了。从此，巧云就和邻居的姑娘媳妇在一起，挑着紫红的荸荠、碧绿的菱角、雪白的连枝藕，风摆柳似的穿街过市，发髻的一侧插着大红花。她的眼睛还是那么亮，长睫毛呼扇呼扇的。但是眼神显得更深沉，更坚定了。她从一个姑娘变成了一个很能干的小媳妇。

十一子的伤会好么？

会。

当然会！

一九八一年二月四日，旧历大年三十

鉴赏家

　　全县第一个大画家是季匋民，第一个鉴赏家是叶三。

　　叶三是个卖果子的。他这个卖果子的和别的卖果子的不一样。不是开铺子的，不是摆摊的，也不是挑着担子走街串巷的。他专给大宅门送果子。也就是给二三十家送。这些人家他走得很熟，看门的和狗都认识他。到了一定的日子，他就来了。里面听到他敲门的声音，就知道：是叶三。挎着一个金丝篾篮，篮子上插一把小秤，他走进堂屋，扬声称呼主人。主人有时走出来跟他见见面，有时就隔着房门说话。"给您称——？"——"五斤。"什么果子，是看也不用看的，因为到了什么节令送什么果子都是一定的。叶三卖果子从不说价。买果子的人家也总不会亏待他。有的人家当时就给钱，大多数是到节下（端午、中秋、新年）再说。叶三把果子称好，放在八仙桌上，道一声"得罪"，就走了。他的果子不用挑，个个都是好的。他的果子的好处，

22

第一是得四时之先。市上还没有见这种果子，他的篮子里已经有了。第二是都很大，都均匀，很香，很甜，很好看。他的果子全都从他手里过过，有疤的，有虫眼的，挤筐、破皮、变色、过小的全都剔下来，贱价卖给别的果贩。他的果子都是原装；有些是直接到产地采办来的，都是树熟，——不是在米糠里闷熟了的。他经常出外，出去买果子比他卖果子的时间要多得多。他也很喜欢到处跑四乡八镇，哪个园子里，什么人家，有一棵什么出名的好果树，他都知道，而且和园主打了多年交道，熟得像是亲家一样了。——别的卖果子的下不了这样的功夫，也不知道这些路道。到处走，能看很多好景致，知道各地乡风，可资谈助，对身体也好。他很少得病，就是因为路走得多。

立春前后，卖青萝卜。棒打萝卜，摔在地下就裂开了。杏子、桃子下来时卖鸡蛋大的香白杏，白得像一团雪，只嘴儿以下有一根红线的"一线红"蜜桃。再下来是樱桃，红的像珊瑚，白的像玛瑙，端午前后卖枇杷，夏天卖瓜，七八月卖河鲜：鲜菱、鸡头、莲蓬、花下藕。卖马牙枣，卖葡萄。重阳近了，卖梨：河间府的鸭梨，莱阳的半斤酥，还有一种叫作"黄金坠子"的香气扑人个儿不大的甜梨。菊花开过了，卖金橘，卖蒂部起脐子的福州蜜橘。入冬以后，卖栗子、卖山药（粗如小儿臂）、卖百合（大如拳）、卖碧绿生鲜的檀香橄榄。

他还卖佛手、香橼。人家买去，配架装盘，书斋清供，闻香观赏。

不少深居简出的人，是看到叶三送来的果子，才想起现在是什么节令了的。

叶三卖了三十多年果子，他的两个儿子都成人了。他们都是学布店的，都出了师了。老二是三柜，老大已经升为二柜了。谁都认为老大将来是会升为头柜，并且会当管事的。他天生是一块好材料。他是店里头一把算盘，年终结总时总得由他坐在账房里哗哗剥剥打好几天。接待厂家的客人，研究进货（进货是个大学问，是一年的大计，下年多进哪路货，少进哪路货，哪些必须常备，哪些可以试销，关系全年的盈亏），都少不了他。老二也很能干。量尺、撕布（撕布不用剪子开口，两手的两个指头夹着，借一点巧劲，嗤的一声，布就撕到头了），干净利落。店伙的动作快慢，也是一个布店的招牌。顾客总愿意从手脚麻利的店伙手里买布。这是天分，也靠练习。有人就一辈子都是迟钝笨拙，改不过来。不管干哪一行，都是人比人，这是没有办法的事。弟兄俩都长得很神气，眉清目秀，不高不矮。布店的店伙穿得都很好。什么料子时新，他们就穿什么料子。他们的衣料当然是价廉物美的。他们买衣料是按进货价算的，不加利润；若是零头，还有折扣。这是布店的规矩，也是老板乐为之的，因为店伙穿得时髦，也是给店里装门面的事。有的顾客来买布，常常指着店伙的长衫或翻在外面的短衫的袖子：照你这样的，给我来一件。

弟兄俩都已经成了家，老大已经有一个孩子，叶三抱孙子了。

这年是叶三五十岁整生日，一家子商量怎么给老爷子做寿。老大老二都提出爹不要走宅门卖果子了，他们养得起他。

叶三有点生气了：

"嫌我给你们丢人？两位大布店的先生，有一个卖果子的老爹，不好看？"

儿子连忙解释：

"不是的。你老人家岁数大了，老在外面跑，风里雨里，水路旱路，做儿子的心里不安。"

"我跑惯了。我给这些人家送惯了果子。就为了季四太爷一个人，我也得卖果子。"

季四太爷即季匋民。他大排行是老四，城里人都称之为四太爷。

"你们也不用给我做什么寿。你们要是有孝心，把四太爷送我的画拿出去裱了，再给我打一口寿材。"这里有这样一种风俗，早早就把寿材准备下了，为的讨个吉利：添福添寿。于是就都依了他。

叶三还是卖果子。

他真是为了季匋民一个人卖果子的。他给别人家送果子是为了挣钱，他给季匋民送果子是为了爱他的画。

季匋民有一个脾气，一边画画，一边喝酒。喝酒不就菜，就水果。画两笔，凑着壶嘴喝一大口酒，左手拈一片水果，右手执笔接着画画。一张画要喝二斤花雕，吃斤半水果。

叶三搜罗到最好的水果，总是首先给季匋民送去。

季匋民每天一起来就走进他的小书房——画室。叶三不须通报，由一个小六角门进去，走过一条碎石铺成的冰花曲径，隔窗看见季匋民，就提着、捧着他的鲜果走进去。

"四太爷，枇杷，白沙的！"

"四太爷，东墩的西瓜，三白！这种三白瓜有点梨花香味，别处没有！"

他给季匋民送果子，一来就是半天。他给季匋民磨墨、漂朱膘、研石青石绿、抻纸。季匋民画的时候，他站在旁边很入神地看，专心致意，连大气都不出。有时看到精彩处，就情不自禁地深深吸一口气，甚至小声地惊呼起来。凡是叶三吸气惊呼的地方，也正是季匋民的得意之笔。季匋民从不当众作画，他画画有时是把书房门锁起来的。对叶三可例外，他很愿意有这样一个人在旁边看着，他认为叶三真懂，叶三的赞赏是出于肺腑，不是假充内行，也不是谀媚。

　　季匋民最讨厌听人谈画。他很少到亲戚家应酬。实在不得不去的，他也是到一到，喝半盏茶就道别。因为席间必有一些假名士高谈阔论。因为季匋民是大画家，这些名士就特别爱在他面前评书论画，借以卖弄自己高雅博学。这种议论全都是道听途说，似通不通。季匋民听了，实在难受。他还知道，他如果随声答应，应付几句，某一名士就会在别的应酬场所重贩他的高论，且说："兄弟此言，季匋民亦深为首肯。"

　　但是他对叶三另眼相看。

　　季匋民最佩服李复堂①。他认为扬州八怪里李复堂功力最深，大幅小品都好，有笔有墨，也奔放，也严谨，也浑厚，也秀润，而且不装模作样，没有江湖气。有一天叶三给他送来四开李复堂的册页，使季匋民大吃一惊：这四开册页是真的！季匋民问他是多少钱买的，叶三说没花钱。他到三垛贩果子，看见一家的柜橱的玻璃里镶了四幅画，——他在四太爷这里看过不少李复堂的画，能辨认，他用四张"苏

————————————

① 李复堂，名鳝，字宗扬，复堂是他的号，又号懊道人。他是康熙年间的举人，当过滕县知县，因为得罪上级，功名和官都被革掉了，终年只做画师。他作画有时得向郑板桥去借纸，大概是相当穷困的。他本画工笔，是宫廷画家蒋廷锡的高足。后到扬州，改画写意，师法高其佩，受徐青藤、八大、石涛的影响，风度大变，自成一家。

州片"① 跟那家换了。"苏州片"花花绿绿的，又是簇新的，那家还很高兴。

叶三只是从心里喜欢画，他从不瞎评论。季匋民画完了画，钉在壁上，自己负手远看，有时会问叶三。

"好不好？"

"好！"

"好在哪里？"

叶三大都能一句话说出好在何处。

季匋民画了一幅紫藤，问叶三。

叶三说："紫藤里有风。"

"唔！你怎么知道？"

"花是乱的。"

"对极了！"

季匋民提笔题了两句词：

深院悄无人，风拂紫藤花乱

季匋民画了一张小品，老鼠上灯台。叶三说："这是一只小老鼠。"

"何以见得。"

"老鼠把尾巴卷在灯台柱上。它很顽皮。"

---

① 仿旧的画，多为工笔花鸟，设色娇艳，旧时多为苏州画工所作，行销各地，故称"苏州片"。苏州片也有仿制得很好的，并不俗气。

"对！"

季匋民最爱画荷花。他画的都是墨荷。他佩服李复堂，但是画风和复堂不似。李画多凝重，季匋民飘逸。李画多用中锋，季匋民微用侧笔，——他写字写的是章草。李复堂有时水墨淋漓，粗头乱服，意在笔先；季匋民没有那样的恣悍，他的画是大写意，但总是笔意俱到，收拾得很干净，而且笔致疏朗，善于利用空白。他的墨荷参用了张大千，但更为舒展。他画的荷叶不勾筋，荷梗不点刺，且喜作长幅，荷梗甚长，一笔到底。

有一天，叶三送了一大把莲蓬来，季匋民一高兴，画了一幅墨荷，好些莲蓬画完了，问叶三："如何？"

叶三说："四太爷，你这画不对。"

"不对？"

"'红花莲子白花藕'。你画的是白荷花，莲蓬却这样大，莲子饱，墨色也深，这是红荷花的莲子。"

"是吗？我头一回听见！"

季匋民于是展开一张八尺生宣，画了一张红莲花，题了一首诗：

> 红花莲子白花藕，
> 果贩叶三是我师。
> 惭愧画家少见识，
> 为君破例着胭脂。

季匋民送了叶三很多画。——有时季匋民画了一张画，不满意，团掉了。叶三捡起来，过些日子送给季匋民看看，季匋民觉得也还不错，就略改改，加了题，又送给了叶三。季匋民送给叶三的画都是题了上款的。叶三也有个学名。他五行缺水，起名润生。季匋民给他起了个字，叫泽之。送给叶三的画上，常题"泽之三兄雅正"。有时径题"画与叶三"。季匋民还向他解释：以排行称呼，是古人风气，不是看不起他。

有时季匋民给叶三画了画，说："这张不题上款吧，你可以拿去卖钱，有上款不好卖。"

叶三说："题不题上款都行。不过您的画我不卖！"

"不卖？"

"一张也不卖！"

他把季匋民送他的画都放在他的棺材里。

十多年过去了。

季匋民死了。叶三已经不卖果子，但是他四季八节，还四处寻觅鲜果，到季匋民坟上供一供。

季匋民死后，他的画价大增。日本有人专门收藏他的画。大家知道叶三手里有很多季匋民的画，都是精品。很多人想买叶三的藏画。叶三说：

"不卖。"

有一天，有一个外地人来拜望叶三，叶三看了他的名片，这人的姓很奇怪，姓辻，叫辻听涛。一问，是日本人。辻听涛说他是专程来看他收藏的季匋民的画的。

因为是远道来的，叶三只得把画拿出来。辻听涛非常虔诚，要了清水洗了手，焚了一炷香，还先对画轴拜了三拜，然后才展开。他一边看，一边不停地赞叹：

"喔！喔！真好！真是神品！"

让听涛要买这些画，要多少钱都行。

叶三说：

"不卖。"

让听涛只好怅然而去。

叶三死了。他的儿子遵照父亲的遗嘱，把季匋民的画和父亲一起装进棺材里，埋了。

一九八二年二月二十八日

王四海的黄昏

　　北门外有一条承志河。承志河上有一道承志桥，是南北的通道，每天往来行人很多。这是座木桥，相当的宽。这桥的特别处是上面有个顶子，不方不圆而长，形状有点像一个船篷。桥两边有栏杆，栏杆下有宽可一尺的长板，就形成两排靠背椅。夏天，常有人坐在上面歇脚、吃瓜；下雨天，躲雨。人们很喜欢这座桥。

　　桥南是一片旷地。据说早先这里是有人家的，后来一把火烧得精光，就再也没有人来盖房子。这不知是哪一年的事了。现在只是一片平地，有一点像一个校场。这就成了放风筝、踢毽子的好地方。小学生放了学，常到这里来踢皮球。把几个书包往两边一放，这就是球门。奔跑叫喊了一气，滚得一身都是土。不知是谁喊了一声："回家吃饭啰！"于是提着书包，紧紧裤子，一窝蜂散去。

　　这又是各种卖艺人作场的地方。耍猴的。猴能爬旗杆，还能串

31

戏——自己打开箱子盖，自己戴帽子，戴胡子。最好看的是猴子戴了"鬼脸"——面具，穿一件红袄，帽子上还有两根野鸡毛，骑羊。老绵羊围着场子飞跑，颈项里挂了一串铜铃，哗棱棱棱地响。耍木头人戏的，老是那一出：《王香打虎》。王香的父亲上山砍柴，被老虎吃了。王香赶去，把老虎打死，从老虎的肚子里把父亲拉出来。父亲活了。父子两人抱在一起——完了。王香知道父亲被老虎吃了，感情很激动。那表达的方式却颇为特别：把一个木头脑袋在"台"口的栏杆上磕碰，碰得笃笃地响，"嘴"里"呜丢丢，呜丢丢"地哭诉着。这大概是所谓"呼天抢地"吧。围看的大人和小孩也不知看了多少次《王香打虎》了（王香已经打了八百年的老虎了，——从宋朝算起），但当看到王香那样激烈地磕碰木头脑袋，还是会很有兴趣地哄笑起来。耍把戏。当当当当……当当当——当！铜锣声切住。"在家靠父母，出外靠朋友。有钱的帮个钱场子，没钱的帮个人场子。"——"小把戏！玩几套？"——"玩三套！"于是一个瘦骨伶仃的孩子，脱光了上衣（耍把戏多是冬天），两手握着一根小棍，把两臂从后面撅——撅——撅，直到有人"哗叉哗叉"——投出铜钱，这才撅过来。一到要表演"大卸八块"了，有的妇女就急忙丢下几个钱，神色紧张地掉头走了。有时，腊月送灶以后，旷场上立起两根三丈长的杉篙，当中又横搭一根，人们就知道这是来了要"大把戏"的，大年初一，要表演"三上吊"了。所谓"三上吊"，是把一个女孩的头发（长发，原来梳着辫子），用烧酒打湿，在头顶心攥紧，系得实实的；头发绾扣，一根长绳，掏进发扣，用滑车拉上去，这女孩就吊在半空中了。下面的大人，把这女孩来回推晃，女孩子就在半空中悠动起来。除了做寒鸭凫水、童子拜观音等等动作外，还要做脱裤子、穿裤子的动作。这女孩子穿了八条裤子，在空中把七条裤子一条一条脱下，又一条一条穿上。这女孩子悠过来，悠过去，就是她那一把头发拴在绳子上……

到了有卖艺人作场，承志桥南的旷场周围就来了许多卖吃食的。卖烂藕的，卖煮荸荠的，卖牛肉高粱酒，卖回卤豆腐干，卖豆腐脑的，吆吆喝喝，异常热闹。还有卖梨膏糖的。梨膏糖是糖稀、白砂糖，加一点从药店里买来的梨膏熬制成的，有一点梨香。一块有半个火柴盒大，一分厚，一块一块在一方木板上摆列着。卖梨膏糖的总有个四脚交叉的架子，上铺木板，还装饰着一些绒球、干电池小灯泡。卖梨膏糖全凭唱。他有那么一个六角形的小手风琴。本地人不识手风琴，管那玩意叫"呜里哇"，因为这东西只能发出这样三个声音。卖梨膏糖的把木架支好，就拉起"呜里哇"唱起来：

太阳出来一点（呐）红，
秦琼卖马下山（的）东。
秦琼卖了他的黄骠（的）马啊，
五湖四海就访（啦）宾（的）朋！
呜里呜里哇，
呜里呜里哇……

这些玩意，年复一年，都是那一套，大家不免有点看厌了，虽则到时还会哄然大笑，会神色紧张。终于有一天，来了王四海。

有人跟卖梨膏糖的说：

"嗨，卖梨膏糖的，你的嘴还真灵，你把王四海给唱来了！"

"我？"

"你不是唱'五湖四海访宾朋'吗？王四海来啦！"

"王四海？"

卖梨膏糖的不知王四海是何许人。

王四海一行人下了船，走在大街上，就引起城里人的注意。一共七个人。走在前面的是一个小小子，一个小姑娘，一个瘦小但很精神的年轻人，一个四十开外的彪形大汉。他们都是短打扮，但是衣服的式样、颜色都很时髦。他们各自背着行李，提着皮箱。皮箱上贴满了轮船、汽车和旅馆的圆形的或椭圆形的标记。虽然是走了长路，但并不显得风尘仆仆。脚步矫健，气色很好。后面是王四海。他戴了一顶兔灰色的呢帽，穿了一件酱紫色拷花呢的大衣，——虽然大衣已经旧了，可能是在哪个大城市的拍卖行里买来的。他空着手，什么也不拿。他一边走，一边时时抱拳向路旁伫看的人们致意。后面两个看来是伙计，穿着就和一般耍把戏的差不多了。他们一个挑着一对木箱，一个扛着一捆兵器，——枪尖刀刃都用布套套着，一只手里牵着一头水牛。他们走进了五湖居客栈。

卖艺的住客栈，少有。——一般耍把戏卖艺的都住庙，有的就住在船上。有人议论："五湖四海，这倒真应了典了。"

这地方把住人的旅店分为两大类：房间"高尚"，设备新颖，软缎被窝，雪白毛巾，带点洋气的，叫旅馆，门外的招牌上则写作"××旅社"；较小的仍保留古老的习惯，叫客栈，甚至更古老一点，还有称之为"下处"的。客栈的格局大都是这样：两进房屋，当中有个天

34

井，有十来个房间。砖墙、矮窗。不知什么道理，客栈的房间哪一间都见不着太阳。一进了客栈，除了觉得空气潮湿，还闻到一股洗脸水和小便的气味。这种气味一下子就抓住了旅客，使他们觉得非常亲切。对！这就是他们住惯了的那种客栈！他们就好像到了家了。客栈房金低廉，若是长住，还可打个八折、七折。住客栈的大都是办货收账的行商、细批流年的命相家、卖字画的、看风水的、走方郎中、草台班子"重金礼聘"的名角、寻亲不遇的落魄才子……一到晚上，客栈门口就挂出一个很大的灯笼。灯笼两侧贴着扁宋体的红字，一侧写道"招商客栈"，一侧是"近悦远来"。

五湖居就是这样一个客栈。这家客栈的生意很好，为同行所艳羡。人们说，这是因为五湖居有一块活招牌，就是这家的掌柜的内眷，外号叫貂蝉。叫她貂蝉，一是因为她长得俊俏；二是因为她丈夫比她大得太多。她二十四五，丈夫已经五十大几，俨然是个董卓。这董卓的肚脐可点不得灯，他瘦得只剩下一把骨头，是个痨病胎子。除了天气好的时候，他起来坐坐，平常老是在后面一个小单间里躺着。栈里的大小事务，就都是貂蝉一个人张罗着。其实也没有多少事。客人来了，登店簿，收押金，开房门；客人走时，算房钱，退押金，收钥匙。她识字，能写会算，这些事都在行。泡茶、灌水、扫地、抹桌子、替客人跑腿买东西，这些事有一个老店伙和一个小孩子支应，她用不着管。春夏天长，她成天坐在门边的一张旧躺椅上嗑瓜子，有时轻轻地哼着小调：

一把扇子七寸长，

一个人扇风一人凉……

或拿一面镜子，用一把小镊子对着镜子夹眉毛。觉得门前有人走过，就放下镜子看一眼，似有情，又似无意。

街上人对这个女店主颇有议论。有人说，她是可以陪宿的，还说过夜的钱和房钱一块结算，账单上写得明明白白：房金多少，陪宿几次。有人说："别瞎说！你嘴上留德。人家也怪难为，嫁了个痨病壳子，说不定到现在还是个黄花闺女！"

这且不言。却说王四海一住进五湖居，下午就在全城的通衢要道，热闹市口贴了很多海报。打武卖艺的贴海报，这也少有。海报的全文上一行是："历下王四海献艺"；下行小字："每日下午承志桥"。语意颇似《老残游记》白妞黑妞说书的招贴。大抵齐鲁人情古朴，文风也简练如此。

第二天，王四海拿了名片到处拜客。这在县城，也是颇为新鲜的事。商会会长，重要的钱庄、布店、染坊、药铺，他都投了片子，进去说了几句话，无非是："初到宝地，请多关照。"随即留下一份红帖。凭帖入场，可以免费。他的名片上印的是：

南北武术　力胜牯牛
大力士王四海
山东济南

他到德寿堂药铺特别找管事的苏先生多谈了一会儿。原来王四海

36

除了"献艺"，还卖膏药。熬膏药需要膏药（黐）子，——这东西有的地方叫作"膏药粘"，状如沥青，是一切膏药之母。叙谈结果，德寿堂的管事同意八折优惠，先货后款——可以赊账。王四海当即留下十多张红帖。

至于他给女店主送去几份请帖，自不待说。

王四海献艺的头几天，真是万人空巷。

打虎亲兄弟，上阵父子兵。王四海的这个武术班子，都姓王，都是叔伯兄弟，侄儿侄女。他们走南闯北，搭过很多班社，走过很多码头。大概五省联军总司令孙传芳到过的地方，他们也都到过。他们在上海大世界、南京夫子庙、汉口民众乐园、苏州玄妙观，都表演过。他们原来在一个相当大的马戏杂技团，后来这个杂技团散了，方由王四海带着，来跑小码头。

锣鼓声紧张热烈。虎音大锣，高腔南堂鼓，听着就不一样。老远就看见铁脚高杆上飘着四面大旗，红字黑字，绣得分明："以武会友""南北武术""力胜牡牛""祖传膏药"。场子也和别人不一样，不是在土地上用锣槌棒画一个圆圈就算事，而是有一圈深灰色的帆布帷子。入门一次收费，中场不再零打钱。这气派就很"高尚"。

玩意也很地道。真刀真枪，真功夫，很干净，很漂亮，很文明，——没有一点野蛮、恐怖、残忍。

彪形大汉、精干青年、小小子、小姑娘，依次表演。或单人，或对打。三节棍、九节鞭、双手带单刀破花枪、双刀进枪、九节鞭破三节棍……

掌声，叫好。

王四海在前面表演了两个节目：护手钩对单刀、花枪，单人猴拳。他这猴拳是南派。服装就很慑人。一身白。下边是白绸肥腿大裆的灯笼裤，上身是白紧身衣，腰系白铜大扣的宽皮带，脉门上戴着两个黑皮护腕，护腕上两圈雪亮的泡钉。果然是身手矫捷，状如猿猴。他这猴拳是带叫唤的，当他尖声长啸时，尤显得猴气十足。到他手搭凉棚，东张西望，或缩颈曲爪搔痒时，周围就发出赞赏的笑声。——自从王四海来了后，原来在旷场上踢皮球的皮孩子就都一边走路，一边模仿他的猴头猴脑的动作，尖声长啸。

猴拳打完，彪形大汉和精干青年就卖一气膏药。一搭一档，一问一答。他们的膏药，就像上海的黄楚九大药房的"百灵机"一样，"有意想不到之效力"，什么病都治：五劳七伤、筋骨疼痛、四肢麻木、半身不遂、膨胀噎嗝、吐血流红、对口搭背、无名肿毒、梦遗盗汗、小便频数……甚至肾囊阴湿都能包好。

"那位说了，我这是臊裆——"

"对，俺的性大！"

"恁要是这么说，可就把自己的病耽误了！"

"这是病？"

"这是阳弱阴虚，肾不养水！"

"这是肾亏？！"

"对了！一天两天不要紧。一月两月也不要紧。一年两年，可就坏了事了！"

"坏了啥事？"

"妨碍恁生儿育女。不孝有三，无后为大。全凭一句话，提醒懵懂人。买几帖试试！"

"能见效？"

"能见效！一帖见好，两帖去病，三帖除根！三帖之后，包管恁身强力壮，就跟王四海似的，能跟水牛摔跤。买两帖，买两帖。不多卖！就这二三十张膏药，卖完了请看王四海力胜牯牛，——跟水牛摔跤！"

这两位绕场走了几圈，人们因为等着看王四海和水牛摔跤，膏药也不算太贵，而且膏药（黐）乌黑发亮，非同寻常，疑若有效，不大一会儿，也就卖完了。这时一个伙计已经把水牛牵到场地当中。

王四海再次上场，换了一身装束，斗牛士不像斗牛士，摔跤手不像摔跤手。只见他上身穿了一件黑大绒的褡裢，上绣金花，下身穿了一条紫红库缎的裤子，足蹬黑羊皮软靴。上场来，双手抱拳，作了一个罗圈揖，随即走向水牛，双手扳住牛犄角，浑身使劲。牛也不瓤，它挺着犄角往前顶，差一点把王四海顶出场外。王四海双脚一跺，钉在地上，牛顶不动他了。等王四海拿出手来，拉了一个山膀，再度攥住牛角，水牛又拼命往后退，好赖不让王四海把它扳倒。王四海把牛拽到场中，运了运气。当他又一次抓到牛角时，这水牯牛猛一扬头，把王四海扔出去好远。王四海并没有摔倒在地，而是就势翻了一串小翻，身轻如燕，落地无声。

"好！"

王四海绕场一周，又运了运气。老牛也哞哞地叫了几声。

正在这牛颇为得意的时候，王四海突然从它的背后蹿到前面，手扳牛角，用尽两膀神力，大喝一声："嗨咿！"说时迟，那时快，只听见"吭腾"一声，水牛已被摔翻在地。

"好！！"

全场爆发出炸雷一样的喝彩声。

王四海抬起身来，向四面八方鞠躬行礼，表示感谢。他这回行的不是中国式的礼，而是颇像西班牙的斗牛士行的那种洋礼，姿势优美，风度颇似泰隆宝华，越显得飒爽英俊，一表非凡。全场男女观众纷纷起立，报以掌声。观众中的女士还不懂洋规矩，否则她们是很愿意把一把一把鲜花扔给他的。他在很多观众的心目中成了一位英雄。他们以为天下英雄第一是黄天霸，第二便是王四海。有一个挨着貂蝉坐的油嘴滑舌的角色大声说："这倒真是一位吕布！"

貂蝉白了他一眼，没有说话。

观众散场。老牛这时已经起来。一个伙计扔给它一捆干草，它就半卧着吃了起来。它知道，收拾刀枪、拆帆布帷子，总得有一会儿，它尽可安安静静地咀嚼。——它一天只有到了这会儿才能吃一顿饱饭呀。这一捆干草就是它摔了一跤得到的报酬。

不几天，王四海在离承志桥不远的北门外大街上租了两间门面，卖膏药。他下午和水牛摔跤，上午坐在膏药店里卖膏药。王四海为人很"四海"，善于应酬交际。膏药开张前一天，他把附近较大店铺的管事的都请到五柳园吃了一次早茶，请大家捧场。果然到开张那天，王四海的铺子里就挂满了同街店铺送来的大红蜡笺对子、大红洋绉的幛子。对子大部分都写的是："生意兴隆通四海，财源茂盛达三江"。幛子上的金字则是"名扬四海""四海名扬"，一碗豆腐，豆腐一碗。红通通的一片，映着兵器架上明晃晃的刀枪剑戟，显得非常火炽热闹。王四海有一架 RCA 老式留声机，就搬到门口唱起来。不过他只有三张唱片，一张《毛毛雨》、一张《枪毙阎瑞生》、一张《洋人大笑》，只能翻来覆去地调换。一群男女洋人在北门外大街笑了一天，笑得前仰后合，上气不接下气。

承志河涨了春水，柳条儿绿了，不知不觉，王四海来了快两个月了。花无百日红，王四海卖艺的高潮已经过去了。看客逐渐减少。城里有不少人看"力胜水牛"已经看了七八次，乡下人进城则看了一次就不想再看了，——他们可怜那条牛。

这天晚上，老大（彪形大汉）、老六（精干青年）找老四（王四海）说"事"。他们劝老四见好就收。他们走了那么多码头，都是十天半拉月，顶多一个"号头"（一个月，这是上海话），像这样连演四十多场（刨去下雨下雪），还没有过。葱烧海参，也不能天天吃。就是海京伯来了，也不能连满仨月。要是"瞎"在这儿，败了名声，下个码头都不好走。

王四海不说话。

他们知道四海为什么留恋这个屁帘子大的小城市，就干脆把话挑明了。

"俺们走江湖卖艺的，最怕在娘们身上栽了跟头。寻欢作乐，露水夫妻，那不碍。过去，哥没问过你。你三十往外了，还没成家，不能老叫花猫吃豆腐。可是这种事，认不得真，着不得迷。你这回，是认了真，着了迷了！你打算怎么着？难道真要在这儿当个吕布？你正是好时候，功夫、卖相，都在那儿摆着。有多少白花花的大洋钱等着你去挣。你可别把一片锦绣前程自己白白地葬送了！俺们老王家，可就指望着你啦！"

"好事不出门，坏事传千里，没有不透风的墙。你听到这儿人的闲言碎语了么？别看这小地方的人，不是好欺的。墙里开花墙外香，他们不服这口气。要是叫人家堵住了，敲一笔竹杠是小事；绳捆索绑，押送出境，可就现了大眼了。一世英名，付之流水。四哥，听兄弟一句话，走吧！"

王四海还是不说话。

"你说话，说一句话呀！"

王四海说："再续半个月，再说。"

老大、老六摇头。

王四海的武术班子真是走了下坡路了，一天不如一天。老大、老六、侄儿、侄女都不卖力气。就是两个伙计敲打的锣鼓，也是没精打采的。王四海怪不得他们，只有自己格外"铆上"。山膀拉得更足，小翻多翻了三个，"嗨咻"一声也喊得更为威武。就是这样，也还是没有多少人叫好。

这一天，王四海和老牛摔了几个回合，到最后由牛的身后蹿出，扳住牛角，大喝一声，牛竟没有倒。

观众议论起来。有人说王四海的力气不行了，有人说他的力气已经用在别处了。这两人就对了对眼光，哈哈一笑。有人说："不然，这是故意卖关子。王四海今天准有更精彩的表演。——瞧！"

王四海有点沉不住气，寻思：这牛今天是怎么了？一面又绕场一周，运气，准备再摔。不料，在他绕场、运气的时候，还没有接近老牛，离牛还有八丈远，这牛"吭腾"一声，自己倒了！

观众哗然，他们大笑起来。他们明白了："力胜牤牛"原来是假的。这牛是驯好了的。每回它都是自己倒下，王四海不过是在那里装腔作势做做样子。这回不知怎么出了岔子，露了馅了。也许是这牛犯了牛脾气，再不就是它老了，反应迟钝了……大家一哄而散。

王家班开了一个全体会议，连侄儿、侄女都参加。一致决议：走！明天就走！

王四海说，他不走。

"还不走？！你真是害了花疯啦！那好，将军不下马，各自奔前程。你不走，俺们走，可别怪自己弟兄不义气！栽到这份上，还有脸再在这城里待下去吗？"

王四海觉得对不起叔伯兄弟，他什么也不要，只留下一对护手钩，其余的，什么都叫他们带走。他们走了，连那条老牛也牵走了。王四海把他们送到码头上。

老大说："四兄弟，我们这就分手了。到了那儿，给你来信。你要是还想回来，啥时候都行。"

王四海点点头。

老六说："四哥，多保重。——小心着点！"

王四海点点头。

侄儿侄女给王四海行了礼，说："四叔，俺们走了！"说着，这两个孩子的眼泪就下来了。王四海的心里也是酸酸的。

王四海一个人留下来，卖膏药。

他到德寿堂找了管事苏先生。苏先生以为他又要来赊膏药（黐）子，问他这回要多少。王四海说：

"苏先生，我来求您一件事。"

43

"什么事？"

"能不能给我几个膏药的方子？"

"膏药方子？你以前卖的膏药都放了什么药？"

"什么也没有，就是您这儿的膏药（黐）子。"

"那怎么摊出来乌黑雪亮的？"

"掺了点松香。"

"那你还卖那种膏药不行吗？"

"苏先生！要是过路卖艺，日子短，卖点假膏药，不要紧，这治不了病，可也送不了命。等买的主发现膏药不灵，我已经走了，他也找不到我。我想在贵宝地长住下去，不能老这么骗人。往后我就指着这吃饭，得卖点真东西。"

苏先生觉得这是几句有良心的话，说得也很恳切；德寿堂是个大药店，不靠卖膏药赚钱，就答应了。

苏先生还把王四海的这番话传了出去，大家都知道王四海如今卖的是真膏药。大家还议论，这个走江湖的人品不错。王四海膏药店的生意颇为不恶。

不久，五湖居害痨病的掌柜死了，王四海就和貂蝉名正言顺地在一起过了。

他不愿人议论他是贪图五湖居的产业而要了貂蝉的，五湖居的店务他一概不问。他还是开他的膏药店。

光阴荏苒，眨眼的工夫，几年过去了。貂蝉生了个白胖小子，已经满地里跑了。

王四海穿起了长衫，戴了罗宋帽，看起来和一般生意人差不多，除了他走路抓地（练武的人走路都是这个走法，脚趾头抓着地），已经不像个打把式卖艺的了。他的语声也变了。腔调还是山东腔，所用的字眼很多却是地道的本地话。头顶有点秃，而且发胖了。

他还保留一点练过武艺人的习惯，每天清早黄昏要出去遛遛弯。在承志桥上坐坐，看看来往行人。

这天他收到老大、老六的信，看完了，放在信插子里，依旧去遛弯，他坐在承志桥的靠背椅上，听见远处有什么地方在吹奏"得胜令"，他忽然想起大世界、民众乐园，想起霓虹灯、马戏团的音乐。他好像有点惆怅。他很想把那对护手钩取来耍一会儿。不大一会儿，连这点意兴也消失了。

王四海站起来，沿着承志河，漫无目的地走着。夕阳把他的影子拉得很长。

载一九八二年第二期《小说界》

八千岁

　　据说他是靠八千钱起家的，所以大家背后叫他八千岁。八千钱是八千个制钱，即八百枚当十的铜圆。当地以一百铜圆为一吊，八千钱也就是八吊钱。按当时银钱市价，三吊钱兑换一块银圆，八吊钱还不到两块七角钱。两块七角钱怎么就能起了家呢？为什么整整是八千钱，不是七千九，不是八千一？这些，谁也不去追究，然而死死地认定了他就是八千钱起家的，他就是八千岁！

　　他如果不是一年到头穿了那样一身衣裳，也许大家就不会叫他八千岁了。他这身衣裳，全城无二。无冬历夏，总是一身老蓝布。这种老蓝布是本地土织，本地的染坊用蓝靛染的。染得了，还要由一个师傅双脚分叉，站在一个 U 字形的石碾上，来回晃动，加以碾砑，然后摊在河边空场上晒干。自从有了阴丹士林，这种老蓝布已经不再生产，乡下还有时能够见到，城里几乎没有人穿了。蓝布长衫，蓝布夹袍，蓝布棉袍，他似乎做得了这几套衣服，就没有再添置过。年复一年，老是这几套。有些地方已经洗得露了白色的经纬，而且打了许多补丁。衣服的款式也很特别，长度一律离脚面一尺。这种才能盖住膝盖的长衫，从前倒是有过，叫作"二马裾"。这些年长衫兴长，穿着拖齐脚面的铁灰洋绉时式长衫的年轻的"油儿"，看了八千岁的这身二马裾，觉得太奇怪了。八千岁有八千岁的道理，衣取蔽体，下面的一截没有用处，要那么长干什么？八千岁生得大头大脸，大鼻子大嘴，大手大脚，终年穿着二马裾，任人观看，心安理得。

他的儿子跟他长得一模一样，只是比他小一号，也穿着一身老蓝布的二马裾，只是老蓝布的颜色深一些，补丁少一些。父子二人在店堂里一站，活脱是大小两个八千岁。这就更引人注意了。八千岁这个名字也就更被人叫得死死的。大家都知道八千岁现在很有钱。

八千岁的米店看起来不大，门面也很暗淡。店堂里一边是几个米囤子，囤里依次分别堆积着"头糙""二糙""三糙""高尖"。头糙是只碾一道，才脱糠皮的糙米，颜色紫红。二糙较白。三糙更白。高尖则是雪白发亮几乎是透明的上好精米。四个米囤，由红到白，各有不同的买主。头糙卖给挑箩把担卖力气的，二糙三糙卖给住家铺户，高尖只少数高门大户才用。一般人家不是吃不起，只是觉得吃这样的米有点"作孽"。另外还有两个小米囤，一囤糯米；一囤晚稻香粳——这种米是专门煮粥用的。煮出粥来，米长半寸，颜色浅碧如碧螺春，香味浓厚，是东乡三垛特产，产量低，价极昂。这两种米平常是没有人买的，只是既是米店，不能不备。另外一边是柜台，里面有一张账桌，几把椅子。柜台一头有一块竖匾，白地子，上漆四个黑字，

47

道是："食为民天"。竖匾两侧，贴着两个字条，是八千岁的手笔。年深日久，字条的毛边纸已经发黄，墨色分外浓黑。一边写的是"僧道无缘"，一边是"概不作保"。这地方每年总有一些和尚来化缘（道士似无化缘一说），背负一面长一尺、宽五寸的木牌，上画护法韦驮，敲着木鱼，走到较大铺户之前，总可得到一点布施。这些和尚走到八千岁门前，一看"僧道无缘"四个字，也就很知趣地走开了。不但僧道无缘，连叫花子也"概不打发"。叫花子知道不管怎样软磨硬泡，也不能从八千岁身上拔下一根毛来，也就都"别处发财"，省得白费工夫。中国不知从什么时候兴了铺保制度。领营业执照，向银行贷款，取一张"仰沿路军警一体放行，妥加保护"的出门护照，甚至有些私立学校填写入学志愿书，都要有两家"殷实铺保"。吃了官司，结案时要"取保释放"。因此一般"殷实"一些的店铺就有为人作保的义务。铺保不过是个名义，但也有时惹下一些麻烦。有的被保的人出了问题，官方警方不急于追究本人，却跟作保的店铺纠缠不休，目的无非是敲一笔竹杠。八千岁可不愿惹这种麻烦。"僧道无缘""概不作保"的店铺不止八千岁一家，然而八千岁如此，就不免引起路人侧目，同行议论。

　　八千岁米店的门面虽然极不起眼，"后身"可是很大。这后身本是夏家祠堂。夏家原是望族。他们聚族而居的大宅子的后面有很多大树，有合抱的大桂花，还有一湾流水，景色幽静，现在还被人称为夏家花园，但房屋已经残破不堪了。夏家败落之后，就把祠堂租给了八千岁。朝南的正屋里一长溜祭桌上还有许多夏家的显考显妣的牌位。正屋前有两棵柏树。起初逢清明，夏家的子孙还来祭祖，这几年来都不来了，那些刻字涂金的牌位东倒西歪，上面落了好多鸽子粪。这个大祠堂的好处是房屋都很高大，还有两个极大的天井，都是青砖铺的。那些高大房屋，正好当作积放稻子的仓廒，天井正好翻晒稻子。祠堂的侧门临河，出门就是码头。这条河四通八达，运粮极为方便。稻船一到，侧门打开，稻子可以由船上直接挑进仓里，这可以省去许多长途挑运的脚钱。

　　本地的米店实际是个粮行。单靠门市卖米，油水不大。一多半是靠做稻子生意，秋冬买进，春夏卖出，贱入贵出，从中取利。稻子的来源有二：有的是城中地主寄存的。这些人家收了租稻，并不过目，直接送到一家熟识的米店，由他们代为经营保管。要吃米时派个人去叫几担，要用钱时随时到柜上支取，年终结账，净余若干，报一总数。剩下的钱，大都仍存柜上。这些人家的大少爷，是连粮价也不知道的，一切全由米店店东经手。粮钱数目，只是一本良心账。另一来源，是店东自己收购的。八千岁每年过手到底有多少稻子，他是从来不说的，但是这瞒不住人。瞒不住同行，瞒不住邻居，尤其瞒不住挑夫的眼睛。这些挑夫给各家米店挑稻子，一眼估得出哪家的底子有多厚。他们说：八千岁是一只螃蟹，有肉都在壳儿里。他家仓廒里有堆稻的"窝积"挤得轧满，每一积都堆到屋顶。

　　另一件瞒不住人的事，是他有一副大碾子，五匹大骡子。这五匹骡子，单是那两匹大黑骡子，就是头三年花了八百现大洋从宋侉子手里一次买下来的。

　　宋侉子是个怪人。他并不侉。他是本城土生土长，说的也是地地道道的本地话。本地人把行为乖谬，悖乎常理，而又身材高大的人，都叫作侉子（若是身材瘦小，就叫作蛮子）。宋侉子不到二十岁就被人称为侉子。他也是个世家子弟，从小爱胡闹，吃喝嫖赌，无所不为；花鸟虫鱼，无所不好，还特别爱养骡子养马。父母在日，没有几年，他就把一点祖产挥霍得去了一半。父母一死，就更没人管他了，他干脆把剩下的一半田产卖了，做起了骡马生意。每年出门一两次。到北边去买骡马。近则徐州、山东，远到关东、口外。一半是寻钱，一半是看看北边的风景，吃吃黄羊肉、狍子肉、鹿肉、狗肉。他真也养成了一派侉子脾气。爱吃面食。最爱吃山东的锅盔，牛杂碎，喝高粱酒。酒量很大，一顿能喝一斤。他买骡子买马，不多买，一次只买几匹，但要是好的。花很大的价钱买来，又以很大的价钱卖出。他相骡子相马有一绝，看中了一匹，敲敲牙齿，捏捏后胯，然后拉着缰绳领起走三圈，突然用力把嚼子往下一拽。他力气很大，一般的骡马禁不起他这一拽，当时就会打一个趔趄。像这样的，他不要。若是纹丝不动，稳若泰山，当面成交，立刻付钱，二话不说，拉了就走。由于他这种独特的选牲口的办法和豪爽性格，使他在几个骡马市上很有点名气。他选中的牲口也的确有劲，耐使，里下河一带的碾坊磨坊很愿意买他的牲口。虽然价钱贵些，细算下来，还是划得来。

那一年，他在徐州用这办法买了两匹大黑骡子，心里很高兴，下到店里，自个儿蹲在炕上喝酒。门帘一掀，进来个人："你是宋老大？"

"不敢，贱姓宋。请教？"

"甭打听。你喝酒！"

"哎哎。"

50

"你心里高兴？"

"哎哎。"

"你买了两匹好骡子？"

"哎哎。就在后面槽上拴着。你老看来是个行家，你给看看。"

"甭看，好牲口！这两匹骡子我认得！——可是你带得回去吗？"

宋侉子一听话里有话，忙问："莫非这两匹骡子有什么弊病？"

"你给我倒一碗酒。出去看看外头有没有人。"

原来这是一个骗局。这两匹黑骡子已经转了好几个骡马市，谁看了谁爱，可是没有一个人能把它们带走。这两匹骡子是它们的主人驯熟了的，走出二百里地，它们会突然挣脱缰绳，撒开蹄子就往家奔，没有人追得上，没有人截得住。谁买的，这笔钱算白扔。上当的已经不止一个人。进来的这位，就是其中的一个。

"不能叫这个家伙再坑人！我教你个法子：你连夜打四副铁镣，把它们镣起来。过了清江浦，就没事了，再给它砸开。"

"多谢你老！"

"甭谢！我这是给受害的众人报仇！"

宋侉子把两匹骡子牵回来，来看的人不断。碾坊、磨坊、油坊、糟坊，都想买。一问价钱，就不禁吐了舌头："乖乖！"八千岁带着儿子小千岁到宋家看了看，心里打了一阵算盘。他知道宋侉子的脾气，一口价，当时就叫小千岁回去取了八百现大洋，一手交钱，一手交货，父子二人，一人牵了一匹，沿着大街，呱嗒呱嗒，走回米店。

这件事轰动全城。一连几个月，宋侉子贩骡子历险记和八千岁买骡子的壮举，成了大家茶余酒后的话题。谈论间自然要提及宋侉子荒唐怪诞的侉脾气和八千岁的二马裾。

每天黄昏，八千岁米店的碾米师傅要把骡子牵到河边草地上遛遛。骡子牵出来，就有一些人围在旁边看。这两匹黑骡子，真够"身高八尺，头尾丈二有余"。有一老者，捋须赞道："我活这么大，没见过这样高大的牲口！"个子稍矮一点的，得伸手才能够着它的脊梁。浑身黑得像一匹黑缎子。一走动，身上亮光一闪一闪。去看八千岁的骡子，竟成了附近一些居民在晚饭之前的一件赏心乐事。

因为两匹骡子都是黑的，碾米师傅就给它们取了名字，一匹叫大黑子，一匹叫二黑子。这两个名字街坊的小孩子都知道，叫得出。

宋侉子每年挣的钱不少。有了钱，就都花在虞小兰的家里。

虞小兰的母亲虞芝兰是一个姓关的旗人的姨太太。这旗人做过一任盐务道，辛亥革命后在本县买田享福。这位关老爷本城不少人还记得。他的特点是说了一口京片子，走起路来一摇一摆，有点像戏台上的方巾丑，是真正的"方步"。他们家规矩特别大，礼节特别多，男人见人打千儿，女人见人行蹲安，本地人觉得很可笑。虞芝兰是他用四百两银子从北京西河沿南堂子买来的。关老爷死后，大妇不容，虞芝兰就带了随身细软，两箱子字画，领着女儿搬出来住，租的是挨着宜园的一所小四合院。宜园原是个私人花园，后来改成公园。园子不大，但北面是一片池塘，种着不少荷花，池心有一小岛，上面有几间水榭，本地人不大懂得什么叫水榭，叫它"荷花亭子"，——其实这几间房子不是亭子；南面有一带假山，沿山种了很多梅花，叫作"梅岭"，冬末春初，梅花盛开，是很好看的；园中竹木繁茂，园外也颇有野趣，地方虽在城中，却是尘飞不到。虞芝兰就是看中它的幽静，才搬来的。

带出来的首饰字画变卖得差不多了，关家一家人已经搬到上海租界去住，没有人再来管她，虞芝兰不免重操旧业。

过了几年，虞芝兰揽镜自照，觉得年华已老，不好意思再扫榻留宾，就洗妆谢客，由女儿小兰接替了她。怕关家人来寻事，女儿随了妈的姓。

宋侉子每年要在虞小兰家住一两个月，朝朝寒食，夜夜元宵。他老婆死了，也不续弦，这里就是他的家。他有个孩子，有时也带了孩子来玩。他和关家算起来有点远亲，小兰叫他宋大哥。到钱花得差不多了，就说一声"我明天有事，不来了"，跨上他的踢雪乌骓骏马，一扬鞭子，没影儿了。在一起时，恩恩义义；分开时，潇潇洒洒。

虞小兰有时出来走走，逛逛宜园。夏天的傍晚，穿了一身剪裁合体的白绸衫裤，拿一柄生丝白团扇，站在柳树下面，或倚定红桥栏杆，看人捕鱼采藕。她长得像一颗水蜜桃，皮肤非常白嫩，腰身、手、脚都好看。路上行人看见，就不禁放慢了脚步，或者停下来装作看天上的晚霞，好好地看她几眼。他们在心里想：这样的人，这样的命，深深为她惋惜；有人不免想到家中洗衣做饭的黄脸老婆，为自己感到一点不平；或在心里轻轻吟道，"牡丹绝色三春暖，不是梅花处士妻"，情绪相当复杂。

虞小兰，八千岁也曾看过，也曾经放慢了脚步。他想：长得是真好看，难怪宋侉子在她身上花了那么多钱。不过为一个姑娘花那么多钱，这值得么？他赶快迈动他的大脚，一气跑回米店。

八千岁每天的生活非常单调。量米。买米的都是熟人，买什么米，一次买多少，他都清楚。一见有人进店，就站起身，拿起量米升子。

这地方米店量米兴报数，一边量，一边唱："一来，二来，三来——三升！"量完了，拍拍手，——手上沾了米灰，接过钱，摊平了，看看数，回身走进柜台，一扬手，把铜钱丢在钱柜里，在"流水"簿里写上一笔，入头糙三升，钱若干文。看稻样。替人卖稻的客人到店，先要送上货样。店东或洽谈生意的"先生"，抓起一把，放在手心里看看，然后两手合拢搓碾，开米店的手上都有功夫，嚓嚓嚓三下，稻壳就全搓开了；然后吹去糠皮，看看米色，撮起几粒米，放在嘴里嚼嚼，品品米的成色味道。做米店的都很有经验，这是什么品种，三十子，六十子，矮脚籼，吓一跳，一看就看出来。在米店里学生意，学的也就是这些。然后谈价钱，这是好说的，早晚市价，相差无几。卖稻的客人知道八千岁在这上头很精，并不跟他多磨嘴。

　　"前头"没有什么事的时候，他就到后面看看。进了隔开前后的屏门，一边是拴骡子的牲口槽，一边是一副巨大的石碾子。碾坊没有窗户，光线很暗，他欢喜这种暗暗的光。一近牲口槽，就闻到一股骡子粪的味道，他喜欢这种味道。他喜欢看碾米师傅把大黑子或二黑子牵出来。骡子上碾之前照例要撒一泡很长的尿，他喜欢看它撒尿。骡子上了套，石碾子就呼呼地转起来，他喜欢看碾子转，喜欢这种不紧不慢的呼呼的声音。

　　这二年，大部分米店都已经不用碾子，改用机器轧米了，八千岁却还用这种古典的方法生产。他舍不得这副碾子，舍不得这五匹大骡子。本县也还有些人家不爱吃机器轧的米，说是不香，有人家专门上八千岁家来买米的，他的生意不坏。

　　然后，去看看师傅筛米。那是一面很大的筛子，筛子有梁，用一根粗麻绳吊在房檩上，筛子齐肩高，筛米师傅就扶着筛子边框，一簸一侧地慢慢地筛。筛米的屋里浮动着细细的米糠，太阳照进来，空中像挂着一匹一匹白布。八千岁成天和米和糠打交道，还是很喜欢细糠的香味。

　　然后，去看看仓里的稻积子，看看两个大天井里晒的稻子，或拿起"搔子"把稻子翻一遍，——他身体结实，翻一遍不觉得累，连师傅们都佩服；或轰一会儿麻雀。米店稻仓里照例有许多麻雀，叽叽喳喳叫成一片。宋侉子有时在天快黑的时候，拿一把竹枝扫帚拦空一扑，一扫帚能扑下十几只来。宋侉子说这是下酒的好东西，卤熟了还给八千岁拿来过。八千岁可不吃这种东西，这有个什么吃头！

　　八千岁的食谱非常简单，他家开米店，放着高尖米不吃，顿顿都是头糙红米饭。菜是一成不变的熬青菜，——有时放两块豆腐。初二、十六打牙祭，有一碗肉或一盘咸菜煮小鲫鱼。他、小千岁和碾米师傅都一样。有肉时一人可得切得方方的两块。有鱼时一人一条，——咸菜可不少，也够下饭了。有卖稻的客人时，单加一个荤菜，也还有一壶酒。客人照例要举杯让一让，八千岁总是举起碗来说："我饭陪，饭陪！"客菜他不动一筷子，仍是低头吃自己的青菜豆腐。

　　八千岁的米店的左邻右舍都是制造食品的，左边是一家厨房。这地方有这么一种厨房，专门包办酒席，不设客座。客家先期预订，说明规格，或鸭翅席，或海参席，要几桌。只需点明"头菜"，其余冷盘热菜都有定规，不须吩咐。除了热炒，都是先在家做成半成品，用圆盒挑到，开席前再加汤回锅煮沸。八千岁隔壁这家厨房姓赵，人称赵厨房，连开厨房的也被人叫作赵厨房，——不叫赵厨子却叫赵厨房，有点不合文法。赵厨房的手艺很好，能做满汉全席。这满汉全席前清时也只有接官送官时才用，入了民国，再也没有人来订，赵厨房祖传的一套五福拱寿油红彩的满堂红的细瓷器皿，已经锁在箱子里好多年了。右边是一家烧饼店。这家专做"草炉烧饼"。这种烧饼是一箩到底的粗面做的，做蒂子只涂很少一点油，没有什么层，因为是贴在吊炉里用一把稻草烘熟的，故名草炉烧饼，以别于在桶状的炭炉中烤出的加料插酥的"桶炉烧饼"。这种烧饼便宜，也实在，乡下人进城，爱买了当饭。几个草炉烧饼，一碗宽汤饺面，有吃有喝，就饱了。八千岁坐在店堂里每天听得见左边煎炒烹炸的声音，闻得到鸡鸭鱼肉的香味，也闻得见右边传来的一阵一阵烧饼出炉时的香味，听得见打烧饼的槌子击案的有节奏的声音：定定郭，定定郭，定郭定郭定定郭，定，定，定……

八千岁和赵厨房从来不打交道，和烧饼店每天打交道。这地方有个"吃晚茶"的习惯，每天下午五点来钟要吃一次点心。钱庄、布店，概莫能外。米店因为有出力气的碾米师傅，这一顿"晚茶"万不能省。"晚茶"大都是一碗干拌面，——葱花、猪油、酱油、虾子、虾米为料，面下在里面；或几个麻团、"油墩子"，——白铁敲成浅模，浇入稀面，以萝卜丝为馅，入油炸熟。八千岁家的晚茶，一年三百六十日，都是草炉烧饼，一人两个。这里的店铺，有"客人"，照例早上要请上茶馆。"上茶馆"是喝茶，吃包子、蒸饺、烧卖。照例由店里的"先生"或东家作陪。一般都是叫一笼"杂花色"（即各样包点都有），陪客的照例只吃三只，喝茶，其余的都是客人吃。这有个名堂，叫作"一壶三点"。八千岁也循例待客，但是他自己并不

56

吃包点，还是从隔壁烧饼店买两个烧饼带去。所以他不是"一壶三点"，而是"一壶两饼"。他这辈子吃了多少草炉烧饼，真是难以计数了。他不看戏，不打牌，不吃烟，不喝酒。喝茶，但是从来不买"雨前""雀舌"，泡了慢慢地品啜。他的账桌上有一个"茶壶桶"，里面焙着一壶茶叶棒子泡的颜色混浊的釅茶。吃了烧饼，渴了，就用一个特大的茶缸子，倒出一缸咕嘟咕嘟一口气喝了下去，然后打一个很响的饱嗝。

他的令郎也跟他一样。这孩子才十六七岁，已经很老成。孩子的那点天真爱好，放风筝、掏蛐蛐、逮蝈蝈、养金铃子，都已经叫严厉的父亲的沉重的巴掌收拾得一干二净。八千岁到底还是允许他养了几只鸽子。这还是宋侉子求的情。宋侉子拿来几只鸽子，说："孩子哪儿也不去，你就让他喂几个鸽子玩玩吧。这吃不了多少稻子。你们不养，别人家的鸽子也会来。自己有鸽子，别家的鸽子不就不来了！"米店养鸽子，几乎成为通例，八千岁想了想，说："好，叫他养！"鸽子逐渐发展成一大群，点子、瓦灰、铁青子、霞白、麒麟，都有。从此夏氏宗祠的屋顶上就热闹起来，雄鸽子围着雌鸽子求爱，一面转圈儿，一面鼓着个嗉子不停地叫着："咯咯咕，咯咯咯咕……"夏家的显考显妣的头上于是就着了好些鸽子粪。小千岁一有空，就去鼓捣他的鸽子。八千岁有时也去看看，看看小千岁捉住一只宝石眼的鸽子，翻过来，正过去，鸽子眼里的"沙子"就随着慢慢地来回流动，他觉得这很有趣，而且想：这是怎么回事呢？父子二人，此时此刻，都表现了一点童心。

八千岁那样有钱，又那样俭省，这使许多人很生气。

八千岁万万没有想到，他会碰上一个八舅太爷。

这里的人不知为什么对舅舅那么有意见，把不讲理的人叫作"舅舅"，讲一种胡搅蛮缠的歪理，叫作"讲舅舅理"。

八舅太爷是个无赖浪子，从小就不安分。小学五年级就穿起皮袍子，里面下身却只穿了一条纺绸单裤。上初中的时候，代数不及格，篮球却打得很漂亮，球衣球鞋都非常出众，经常代表校队、县队，到处出风头。初中三年级时曾用这地方出名的土匪徐大文的名义写信恐吓一个土财主，限他几天之内交一百块钱放在土地庙后第七棵柳树的树洞里，如若不然，就要绑他的票。这土财主吓得坐立不安，几天睡不着觉，又不敢去报案，竟然乖乖地照办了。这土财主原来是他的一个同班同学的父亲，常见面的。他知道这老头儿胆小，所以才敲他一下。初中毕业后，他读了一年体育师范，又上了一年美专，都没上完，却在上海入了青帮，门里排行是通字辈，从此就更加放浪形骸，无所不至。他居然拉过几天黄包车。他这车没有人敢坐，——他穿了一套铁机纺绸裤褂在拉车！他把车放在会芳里弄堂口或丽都舞厅门外，专拉长三堂子的妓女和舞女。这些妓女和舞女可不在乎，她们心想：倷弗是要白相相吗？格么好，大家白相白相！又不是阎瑞生，怕点啥！后来又进了一个什么训练班，混进了军队，"安清不分远和近，三祖流传到如今"，因为青洪帮的关系，结交很多朋友，虽不是黄埔出身，却在军队中很"兜得转"，和冷欣、顾祝同都能拉上关系。

抗战军兴，他随着所在部队调到江北，在里下河几个县轮流转。他手下部队有四营人，名义却是一个独立混成旅。

"八一三"以后，日本人打到扬州，就停下来，暂时不再北进。

日本人不来，"国军"自然不会反攻，这局面竟维持了相当长的时间。起初人心惶惶，一夕数惊，到后来大家有点麻木了；竟好像不知道有日本兵就在一二百里之外这回事，大家该做什么还是做什么。种田的种田，做生意的做生意。长江为界，南北货源虽不那么畅通，很多人还可以通过封锁线走私贩运，虽然担点风险，获利却倍于以前。一时间，几个县竟呈现出一种畸形的繁荣，茶馆、酒馆、赌场、妓院，无不生意兴隆。

八舅太爷在这一带真是得其所哉。非常时期，军事第一，见官大一级，他到了哪里就成了这地方的最高军政长官，县长、区长，一传就到。军装给养，小事一桩。什么时候要用钱，通知当地商会一声就是。来了，要接风，叫作"驻防费"；走了，要送行，叫作"开拔费"。间三岔五的，还要现金实物"劳军"。当地人觉得有一支军队驻着，可以壮壮胆，军队不走，就说明日本人不会来，也似乎心甘情愿地孝敬他。他有时也并不麻烦商会，可以随意抓几个人来罚款。他的旅部的小牢房里经常客满。只要他一拍桌子，骂一声"汉奸"，就可以军法从事，把一个人拉出去枪毙。他一到哪里，就把当地的名花包下来，接到公馆里去住。一出来，就是五辆摩托车，他自己骑一辆，前后左右有四辆，风驰电掣，穿街过市。城里和乡下的狗一见他的车队来了，赶紧夹着尾巴躲开。他是个霸王，没人敢惹他。他行八，小名叫小八子，大家当面叫他旅长、旅座，背后里叫他八舅太爷。

他这回来，公馆安在宜园，一见虞小兰，相见恨晚。他有时住在虞家，有时把虞小兰接到公馆里去。后来干脆把宜园的墙打通了，——虞家和宜园本只一墙之隔，这样进出方便。

他把全城的名厨都叫来，轮流给他做饭。座上客常满，杯中酒不空。他爱唱京戏，时常把县里的名票名媛约来，吹拉弹唱一整天。他还很风雅，爱字画。谁家有好字画古董，他就派人去，说是借去看两天。有借无还。他也不白要你的，会送一张他自己画的画跟你换，他不是上过一年美专么？他的画宗法吴昌硕，大刀阔斧，很有点霸悍之气。他请人刻了两方押角图章，一方是阴文："戎马书生"，一方是阳文："富贵英雄美丈夫"——这是《紫钗记·折柳阳关》里的词句，他认为这是中国文学里最好的词句。他也有一匹乌骓马，他请宋侉子来给他看看，嘱咐宋侉子把自己的踢雪乌骓也带来。千不该万不该，宋侉子不该褒贬了八舅太爷的马。他说："旅长，你这不是真正的踢雪乌骓。真正的踢雪乌骓是只有四个蹄子的前面有一小块白；你这匹，四蹄以上一圈都是白的，这是踏雪乌骓。"八舅太爷听了很高兴，说："有道理！"接着又问："你那匹是多少钱买的？"宋侉子是个外场人，他知道八舅太爷不是要他来相马，是叫他来进马了，反正这匹马保不住了，就顺水推舟，很慷慨地说："旅长喜欢，留着骑吧！"——"那，我怎么谢你呢？我给你画一张画吧！"

宋侉子拿了这张画，到八千岁米店里坐下，喝了一碗茶叶棒泡的酽茶，说不出话来。八千岁劝他："算了，是儿不死，是财不散，看开一点，你就当又在虞小兰家花了一笔钱吧！"宋侉子只好苦笑。

没想到，过了两天，八舅太爷派了两个兵把八千岁"请"去了。当这两个兵把八千岁铐上，推出店门时，八千岁只来得及跟儿子说一句："赶快找宋大伯去要主意！"

宋侉子找到八舅太爷的秘书了解一下，案情相当严重，是"资敌"。八千岁有几船稻子，运到仙女庙去卖，被八舅太爷的部下查获了。仙女庙是敌占区。"资敌"就是汉奸，汉奸是要枪毙的。宋侉子知道罪不至此。仙女庙是粮食集散中心，本地贩粮至仙女庙，乃是常例，"抗战军兴"，未尝中断。不过别的粮商都是事前运动，打通关节，拿到"准予放行"的执照的，八千岁没有花这笔钱，八舅太爷存心找他的茬，所以他就触犯了军法。宋侉子知道这是非花钱不能了事的，就转弯抹角地问秘书，若是罚款，该罚多少。秘书说："旅座的意思，至少得罚一千现大洋。"宋侉子说："他拿不出来。你看看他穿的这身二马裾！"秘书说："包子有肉，不在褶儿上。他拿得出，我们了解。你可以见他本人谈谈！"

宋侉子见了八千岁，劝他不要舍命不舍财，这个血是非出不可的。八千岁问："能不能少拿一点？"宋侉子叫他拿出一百块钱送给虞芝兰，托虞小兰跟八舅太爷说说，八千岁说："你做主吧。我一辈子就你这么个信得过的朋友！"说着就落了两滴眼泪。宋侉子心里也酸酸的。

虞小兰替八千岁说了两句好话："这个人一辈子省吃俭用，也怪可怜的。"八舅太爷说："那好！看你的面子，少要他二百！他叫八千岁，要他八百不算多。他肯花八百块钱买两匹骡子，还不能花八百块钱买一条命吗！叫他找两个铺保，带了钱，到旅部领人。少一个，不行！"

宋侉子说了好多好话，请了八千岁的两个同行，米店的张老板、李老板出面作保，带了八百现大洋，签字画押，把八千岁保了出来。张老板、李老板陪着八千岁出来，劝他："算了，是儿不死，是财不散。不就是八百块钱吗？看开一点。破财免灾，只当生了一场夹气伤寒。"

八千岁心里想：不是八百，是九百！不过回头想想，毕竟少花了一百，又觉得有些欣慰，好像他凭空捡到一百块钱似的。

八舅太爷敲了八千岁一杠子，是有精神上和物质上两方面理由的。精神上，他说："我平生最恨俭省的人，这种人都该杀！"物质上，他已经接到命令，要调防，和另外一位舅太爷换换地方，他要"别姬"了，需要用一笔钱。这八百块钱，六百要给虞小兰买一件西狐胠的斗篷，好让她冬天穿了在宜园梅岭踏雪赏梅；二百，他要办一桌满汉全席，在水榭即荷花亭子里吃它一整天，上午十点钟开席，一直吃到半夜！

八舅太爷要办满汉全席的消息传遍全城，大家都很感兴趣，因为这是多年没有的事了。八千岁证实这消息可靠，因为办席的就是他的紧邻赵厨房。赵厨房到他的米店买糯米，他知道这是做火腿烧卖馅子用的；还买香粳米，这他就不解了。问赵厨房："这满汉全席还上稀粥？"赵厨房说："满汉全席实际上满点汉菜，除了烧烤，有好几道满洲悖悖，还要上几道粥，旗人讲究喝粥，莲子粥、薏米粥、芸豆粥……""有多少道菜？"——"可多可少，八舅太爷这回是一百二十道。"——"啊？！"——"你没事过来瞧瞧。"

八千岁真还过去看了看：烧乳猪、叉子烤鸭、八宝鱼翅、鸽蛋燕窝……赵厨房说："买不到鸽子蛋，就这几个，太少了！"八千岁说："你要鸽子蛋，我那里有！"八千岁真是开了眼了，一面看，一面又掉了几滴泪，他想：这是吃我哪！

八千岁用一盆水把"食为民天"旁边的"概不作保"的字条闷了闷，刮下来。他这回是别人保出来的，以后再拒绝给别人作保，这说不过去。刮掉了，觉得还留着一条"僧道无缘"也没多少意思，而且单独一条，也不好看，就把"僧道无缘"也刮掉。八千岁做了一身蓝阴丹士林的长袍，长短与常人等，把他的老蓝布二马裾换了下来。他的儿子也一同换了装。

是晚茶的时候，儿子又给他拿了两个草炉烧饼来，八千岁把烧饼往账桌上一拍，大声说："给我去叫一碗三鲜面！"

小说三篇

求雨

昆明栽秧时节通常是不缺雨的。雨季已经来了，三天两头地下着。停停，下下；下下，停停。空气是潮湿的，洗的衣服当天干不了。草长得很旺盛。各种菌子都出来了。青头菌、牛肝菌、鸡油菌……稻田里的泥土被雨水浸得透透的，每块田都显得很膏腴，很细腻。积蓄着的薄薄的水面上停留着云影。人们戴着斗笠，把新拔下的秧苗插进稀软的泥里……

但是偶尔也有那样的年月，雨季来晚了，缺水，栽不下秧。今年就是这样。因为通常不缺雨水，这里的农民都不预备龙骨水车。他们用一个戽斗，扯动着两边的绳子，从小河里把浑浊的泥浆一点一点地浇进育苗的秧田里。但是这一点点水，只能保住秧苗不枯死，不能靠它插秧。秧苗已经长得过长了，再不插就不行了。然而稻田里却是干干的。整得平平的田面，晒得结了一层薄壳，裂成一道一道细缝。多少人仰起头来看天，一天看多少次。然而天蓝得要命。天的颜色把人的眼睛都映蓝了。雨呀，你怎么还不下呀！雨呀，雨呀！

望儿也抬头望天。望儿看看爸爸和妈妈，他看见他们的眼睛是蓝的。望儿的眼睛也是蓝的。他低头看地，他看见稻田里的泥面上有一道一道螺蛳爬过的痕迹。望儿想了一个主意：求雨。望儿昨天看见邻村的孩子求雨，他就想过：我们也求雨。

他把村里的孩子都叫在一起，找出一套小锣小鼓，就出发了。

一共十几个孩子，大的十来岁，最小的一个才六岁。这是一个枯瘦、褴褛、有些污脏的，然而却是神圣的队伍。他们头上戴着柳条编成的帽圈，敲着不成节拍的、单调的小锣小鼓：咚咚当，咚咚当……他们走得很慢。走一段，敲锣的望儿把锣槌一举，他们就唱起来：

> 小小儿童哭哀哀，
> 撒下秧苗不得栽。
> 巴望老天下大雨，
> 乌风暴雨一起来。

调子是非常简单的，只是按照昆明话把字音拉长了念出来。他们的声音是凄苦的，虔诚的。这些孩子都没有读过书。他们有人模模糊糊地听说过有个玉皇大帝，还有个龙王，龙王是管下雨的。但是大部分孩子连玉皇大帝和龙王也不知道。他们只知道天，天是无常的。它

65

有时对人很好，有时却是无情的，它的心很狠。他们要用他们的声音感动天，让它下雨。

（这地方求雨和别处大不一样，都是利用孩子求雨。所以望儿他们能找出一套小锣小鼓。大概大人们以为天也会疼惜孩子，会因孩子的哀求而心软。）

他们戴着柳条圈，敲着小锣小鼓，歌唱着，走在昆明的街上。

> 小小儿童哭哀哀，
> 撒下秧苗不得栽。
> 巴望老天下大雨，
> 乌风暴雨一起来。

过路的行人放慢了脚步，或者干脆停下来，看着这支幼小的、褴褛的队伍。他们的眼睛也是蓝的。

望儿的村子在白马庙的北边。他们从大西门，一直走过华山西路、金碧路，又从城东的公路上走回来。

他们走得很累了，他们都还很小。就着泡辣子，吃了两碗苞谷饭，就都爬到床上睡了。一睡就睡着了。

半夜里，望儿叫一个炸雷惊醒了。接着，他听见屋瓦上噼噼啪啪的声音。过了一会儿，他才意识过来：下雨了！他大声喊起来："爸！妈！下雨啦！"

他爸他妈都已经起来了，他们到外面去看雨去了。他们进屋来了。他们披着蓑衣，戴着斗笠。斗笠和蓑衣上滴着水。

"下雨了！"

"下雨了！"

妈妈把油灯点起来，一屋子都是灯光。灯光映在妈妈的眼睛里。妈妈的眼睛好黑，好亮。爸爸烧了一杆叶子烟，叶子烟的火光映在爸爸的脸上，也映在他的眼睛里。

第二天，插秧了！

全村的男女老少都出来了，到处都是人。

望儿相信，这雨是他们求下来的。

迷路

我不善于认路。有时到一个朋友家去，或者是朋友自己带了我去，或者是随了别人一同去，第二次我一个人去，常常找不着。在城市里好办，手里捏着地址，顶多是多问问人，走一些冤枉路，最后总还是会找到的。一敲门，朋友第一句话常常是："啊呀！你怎么才来！"在乡下可麻烦。我住在一个村子里，比如说是王庄吧，到城里去办一点事，再回来，我记得清清楚楚是怎么走的，回来时走进一个样子也有点像王庄的村子，一问，却是李庄！还得李庄派一个人把我送到王庄。有一个心理学家说不善于认路的人，大都是意志薄弱的人。唉，有什么办法呢！

1951 年，我参加土改，地点在江西进贤。这是最后一批土改，也是规模最大的一次土改。参加的人数很多，各色各样的人都有。有干部、民主人士、大学教授、宗教界的信徒、诗人、画家、作家……相当一部分是统战对象。让这些人参加，一方面是工作需要，一方面是让这些人参加一次阶级斗争，在实际工作中锻炼锻炼，改造世界观。

工作队的队部设在夏家庄，我们小组的工作点在王家梁。小组的成员除了我，还有一个从美国回来不久的花腔女高音歌唱家，一个法师。工作队指定，由我负责。王家梁来了一个小伙子接我们。

进贤是丘陵地带，处处是小山包。土质是红壤土，紫红紫红的。有的山是茶山，种的都是油茶，在潮湿多雨的冬天开着一朵一朵白花。有的山是柴山，长满了马尾松。当地人都烧松柴。还有一种树，长得很高大，是梓树。我第一次认识"桑梓之乡"的梓。梓树籽榨成的油叫梓油，虽是植物油，却是凝结的，颜色雪白，看起来很像猪油。梓油炒菜极香，比茶油好吃。田里有油菜花，有紫云英。我们随着小伙子走着。这小伙子常常行不由径，抄近从油茶和马尾松丛中钻过去。但是我还是暗暗地记住了从夏家庄走过来的一条小路。南方的路不像北方的大车路那样平直而清楚，大都是弯弯曲曲的，有时简直似有若无。我们一路走着，对这片陌生的土地觉得很新鲜，为我们将要开展的斗争觉得很兴奋，又有点觉得茫茫然，——我们都没有搞过土改，有一点像是在做梦。不知不觉地，王家梁就到了。据小伙子说，夏家庄到王家梁有二十里。

法师法号静溶。参加土改工作团学习政策时还穿着灰色的棉直裰，好容易才说服他换了一身干部服。大家叫他静溶或静溶同志。他笃信佛法，严守戒律，绝对吃素，但是斗起地主来却毫不手软。我不知道他是怎样把我佛慈悲的教义和阶级斗争调和起来的。花腔女高音姓周，老乡都叫她老周，她当然一点都不老。她身上看不到什么洋气，很能吃苦，只是有点不切实际的幻想。她总以为土改应该像大歌剧那样充满激情。事实上真正工作起来，却是相当平淡的。

我们的工作开展得还算顺利。阶级情况摸清楚了，群众不难发动。也不是十分紧张。每天晚上常常有农民来请我们去喝水。这里的农民有"喝水"的习惯。一把瓦壶，用一根棕绳把壶梁吊在椽子上，下面烧着稻草，大家围火而坐。水开了，就一碗一碗喝起来。同时嚼着和辣椒、柚子皮腌在一起的鬼子姜，或者生番薯片。女歌唱家非常爱吃番薯，这使农民都有点觉得奇怪。喝水的时候，我们除了了解情况，也听听他们说说闲话，说说黄鼠狼、说说果子狸，也说说老虎。他们说这一带出过一只老虎，王家梁有一个农民叫老虎在脑袋上拍了一掌，至今头皮上还留着一个虎爪的印子……

到了预定该到队部汇报的日子了，当然应该是我去。我背了挎包，就走了，一个人，准确无误地走到了夏家庄。

回来，离开夏家庄时，已经是黄昏了。不过我很有把握。我记得清清楚楚，从夏家庄一直往北，到了一排长得齐齐的，像一堵墙似的梓树前面，转弯向右，往西北方向走一截，过了一片长满杂树的较高的山包，就望见王家梁了。队部同志本来要留我住一晚，第二天早上再走，我说不行，我和静溶、老周说好了的，今天回去。

一路上没有遇见一个人。太阳已经完全落下去了，青苍苍的暮色，悄悄地却又迅速地掩盖了下来。不过，好了，前面已经看到那一堵高墙似的一排梓树了。

然而，当我沿梓树向右，走上一个较高的山包，向西北一望，却看不到王家梁。前面一无所有，只有无尽的山丘。

我走错了，不是该向右，是该向左？我回到梓树前面，向左走了一截，到高处看看：没有村庄。

　　是我走过了头，应该在前面就转弯了？我从梓树墙前面折了回去，走了好长一段，仍然没有发现可资记认的东西。我又沿原路走向梓树。

　　我从梓树出发，向不同方向各走了一截，仍然找不到王家梁。

　　我对自己说，我迷路了。

　　天已经完全黑下来了。除了极远的天际有一点暧昧的余光，什么也辨认不清了。

　　怎么办呢？

　　我倒还挺有主意：看来只好等到明天早上再说。我攀上一个山包，选了一棵树（不知道是什么树），爬了上去，找到一个可以倚靠的枝杈，准备就在这里过夜了。我掏出烟来，抽了一支。借着火柴的微光，看了看四周，榛莽丛杂，落叶满山。不到一会儿，只听见树下面悉悉悉悉……，索索索索索……，不知是什么兽物窜来窜去。听声音，是一些小野兽，可能是黄鼠狼、果子狸，不是什么凶猛的大家伙。我头一次知道山野的黑夜是很不平静的。这些小兽物是不会伤害我的。但我开始感觉在这里过夜不是个事情。而且天也越来越冷了。江西的冬夜虽不似北方一样酷寒，但是早起看宿草上结着的高高的霜花，便知夜间不会很暖和。不行。我想到呼救了。

　　我爬下树来，两手拢在嘴边，大声地呼喊："喂——有人吗——？"

　　"喂——有人吗——？"

　　我听见自己的声音传得很远。

然而没有人答应。

我又喊：

"喂——有人吗——？"

我听见几声狗叫。

我大踏步地，笔直地向狗叫的方向走去。

我不知道脚下走过的是什么样的树丛、山包，我走过一大片农田，田里一撮一撮干得发脆的稻桩，我跳过一条小河，笔直地，大踏步地走去。我一遇到事，没有一次像这样不慌张，这样冷静，这样有决断。我看见灯光了！

狗激烈地叫起来。

一盏马灯。马灯照出两个人。一个手里拿着梭镖（我明白，这是值夜的民兵），另一个，是把我们从夏家庄领到王家梁的小伙子！

"老汪！你！"

这是距王家梁约有五里的另一个小村子，叫顾家梁，小伙子是因事到这里来的。他正好陪我一同回去。

"走！老汪！"

到了王家梁，几个积极分子正聚在一家喝水。静溶和老周一见我进门，腾地一下子站了起来。他们的眼睛分明写着两个字：老虎。

卖蚯蚓的人

我每天到玉渊潭散步。

玉渊潭有很多钓鱼的人。他们坐在水边，瞅着水面上的飘子。难

71

得看到有人钓到一条二三寸长的鲫瓜子。很多人一坐半天，一无所得。等人、钓鱼、坐牛车，这是世间"三大慢"。这些人真有耐性。各有一好。这也是一种生活。

在钓鱼的旺季，常常可以碰见一个卖蚯蚓的人。他慢慢地蹬着一辆二六的旧自行车，有时扶着车慢慢地走着。走一截，扬声吆唤：

"蚯蚓——蚯蚓来——"

"蚯蚓——蚯蚓来——"

有的钓鱼的就从水边走上堤岸，向他买。

"怎么卖？"

"一毛钱三十条。"

来买的掏出一毛钱，他就从一个原来是装油漆的小铁桶里，用手抓出三十来条，放在一小块旧报纸里，交过去。钓鱼人有时带点解嘲意味，说："一毛钱，玩一上午！"

有些钓鱼的人只买五分钱的。

也有人要求再添几条。

"添几条就添几条，一个这东西！"

蚯蚓这东西，泥里咕叽，原也难一条一条地数得清，用北京话说，"大概其"，就得了。

这人长得很敦实，五短身材，腹背都很宽厚。这人看起来是不会头疼脑热、感冒伤风的，而且不会有什么病能轻易地把他一下子打倒。他穿的衣服都是宽宽大大的，旧的，褪了色，而且带着泥渍，但都还整齐，并不褴褛，而且单夹皮棉，按季换衣。——皮，是说他入冬以后的早晨有时穿一件出锋毛的山羊皮背心。按照老北京人的习惯，也

72

可能是为了便于骑车，他总是用带子扎着裤腿。脸上说不清是什么颜色，只看到风、太阳和尘土。只有有时他剃了头，刮了脸，才看到本来的肤色。新剃的头皮是雪白的，下边是一张红脸。看起来就像是一件旧铜器在盐酸水里刷洗了一通，刚刚拿出来一样。

因为天天见，面熟了，我们碰到了总要点点头，招呼招呼，寒暄两句。

"吃啦？"

"您遛弯儿！"

有时他在钓鱼人多的岸上把车子停下来，我们就说会子话。他说他自己："我这人——爱聊。"

我问他一天能卖多少钱。

"一毛钱三十条，能卖多少！块数来钱，两块，闹好了有时能卖四块钱。"

"不少！"

"凑合吧。"

我问他这蚯蚓是哪里来的，"是挖的？"

旁边有一位钓鱼的行家说："是赍的。"

这个"赍"字我不知道该怎么写，只能记音。这位行家给我解释，是用蚯蚓的卵人工孵化的意思。

"蚯蚓还能'赍'？"

卖蚯蚓的人说：

"有'赍'的，我这不是，是挖的。'赍'的看得出来，身上有小毛，都是一般长。瞧我的：有长有短，有大有小，是挖的。"

我不知道蚯蚓还有这么大的学问。

"在哪儿挖的，就在这玉渊潭？"

"不！这儿没有。——不多。丰台。"

他还告诉我丰台附近的一个什么山，山根底下，那儿出蚯蚓，这座山名我没有记住。

"丰台？一趟不得三十里地？"

"我一早起蹬车去一趟，回来卖一上午。下午再去一趟。"

"那您一天得骑百十里地的车？"

"七十四了，不活动活动成吗！"

他都七十四了！真不像。不过他看起来像多少岁，我也说不上来。这人好像是没有岁数。

"您一直就是卖蚯蚓？"

"不是！我原来在建筑上，——当壮工。退休了。退休金四十几块，不够花的。"

我算了算，连退休金加卖蚯蚓的钱，有百十块钱，断定他一定爱喝两盅。我把手圈成一个酒杯形，问："喝两盅？"

"不喝。——烟酒不动！"

那他一个月的钱一个人花不完，大概还会贴补儿女一点。

"我原先也不是卖蚯蚓的。我是挖药材的。后来药材公司不收购，才改了干这个。"

他指给我看：

"这是益母草，这是车前草，这是红苋草，这是地黄，这是豨莶……这玉渊潭到处是钱！"

他说他能认识北京的七百多种药材。

"您怎么会认药材的？是家传？学的？"

"不是家传。有个街坊，他挖药材，我跟着他，用用心，就学会了。——这北京城，饿不死人，你只要肯动弹，肯学！你就拿晒槐米来说吧——"

"槐米？"我不知道槐米是什么，真是孤陋寡闻。

"就是没有开开的槐花骨朵，才米粒大。晒一季槐米能闹个百儿八十的。这东西外国要，不知道是干什么用，听说是酿酒。不过得会晒。晒好了，碧绿的！晒不好，只好倒进垃圾堆。——蚯蚓！——蚯蚓来！"

我在玉渊潭散步，经常遇见的还有两位，一位姓乌，一位姓莫。乌先生在大学当讲师，莫先生是一个研究所的助理研究员。我跟他们见面也点头寒暄。他们常常发一些很有学问的议论，很深奥，至少好像是很深奥，我听不大懂。他们都是好人，不是造反派，不打人，但是我觉得他们的议论有点不着边际。他们好像是为议论而议论，不是要解决什么问题，就像那些钓鱼的人，意不在鱼，而在钓。

乌先生听了我和卖蚯蚓人的闲谈，问我："你为什么对这样的人那样有兴趣？"

我有点奇怪了。

"为什么不能有兴趣？"

"从价值哲学的观点来看，这样的人属于低级价值。"

莫先生不同意乌先生的意见。

"不能这样说。他的存在就是他的价值。你不能否认他的存在。"

75

"他存在。但是充其量，他只是我们这个社会的填充物。"

"就算是填充物，填充物也是需要的。'填充'，就说明他的存在的意义。社会结构是很复杂的，你不能否认他也是社会结构的组成部分，哪怕是极不重要的一部分。就像自然界的需要维持生态平衡，我们这个社会也需要有生态平衡。从某种意义来说，这种人也是不可缺少的。"

"我们需要的是走在时代前面的人，呼啸着前进的，身上带电的人！而这样的人是历史的遗留物。这样的人生活在现在，和生活在汉代没有什么区别，——他长得就像一个汉俑。"

我不得不承认，他对这个卖蚯蚓人的形象描绘是很准确且生动的。

乌先生接着说：

"他就像一具石磨。从出土的明器看，汉代的石磨和现在的没有什么不同。现在已经是原子时代——"

莫先生抢过话来，说：

"原子时代也还容许有汉代的石磨，石磨可以磨豆浆，——你今天早上就喝了豆浆！"

他们争执不下，转过来问我对卖蚯蚓的人的"价值""存在"有什么看法。

我说：

"我只是想了解了解他。我对所有的人都有兴趣，包括站在时代的前列的人和这个汉俑一样的卖蚯蚓的人。这样的人在北京还不少。他们的成分大概可以说是城市贫民。糊火柴盒的、捡破烂的、捞鱼虫的、晒槐米的……我对他们都有兴趣，都想了解。我要了解他们吃什么和想什么。用你们的话说，是他们的物质生活和精神生活。吃什么，我知道一点。比如这个卖蚯蚓的老人，我知道他的胃口很好，吃什么都香。他一嘴牙只有一个活动的。他的牙很短、微黄，这种牙最结实，北方叫作'碎米牙'，他说：'牙好是口里的福。'我知道他今天早上吃了四个炸油饼。他中午和晚上大概常吃炸酱面，一顿能吃半斤，就着一把小水萝卜。他大概不爱吃鱼。至于他想些什么，我就不知道了，或者知道得很少。我是个写小说的人，对于人，我只能想了解、欣赏，并对他进行描绘，我不想对任何人做出论断。像我的一位老师一样，对于这个世界，我所倾心的是现象。我不善于作抽象的思维。我对人，更多地注意的是他的审美意义。你们可以称我是一个生活现象的美食家。这个卖蚯蚓的粗壮的老人，骑着车，吆喝着'蚯蚓——蚯蚓来！'不是一个丑的形象。——当然，我还觉得他是个善良的，有古风的自食其力的劳动者，他至少不是社会的蛀虫。"

这时忽然有一个也常在玉渊潭散步的学者模样的中年人插了进来，他自我介绍：

"我是一个生物学家。——我听了你们的谈话。从生物学的角度，是不应鼓励挖蚯蚓的。蚯蚓对农业生产是有益的。"

我们全都傻了眼了。

一九八三年四月一日写成

云致秋行状

云致秋是个乐天派，凡事看得开，生死荣辱都不太往心里去，要不他活不到他那个岁数。

我认识致秋时，他差不多已经死过一次。肺病。很严重了。医院通知了剧团，剧团的办公室主任上他家给他送了一百块钱。云致秋明白啦：这是让我想吃点什么吃点什么呀！——吃！涮牛肉，一天涮二斤。那阵牛肉便宜，也好买。卖牛肉的和致秋是老街坊，"发孩"，又是个戏迷，致秋常给他找票看戏。他知道致秋得的这个病，就每天给他留二斤嫩的，切得跟纸片儿似的，拿荷叶包着，等着致秋来拿。致秋把一百块钱牛肉涮完了，上医院一检查，你猜怎么着：好啦！大夫直纳闷：这是怎么回事呢？致秋说："我的火炉子好！"他说的"火炉子"指的是消化器官。当然他的病也不完全是涮牛肉涮好了的，组织上还让他上小汤山疗养了一阵。致秋说："还是共产党好啊！要不，

78

就凭我，一个唱戏的，上小汤山，疗养——姥姥！"肺病是好了，但是肺活量小了。他说："我这肺里好些地方都是死膛儿，存不了多少气！"上一趟四楼，到了二楼，他总得停下来，摆摆手，意思是告诉和他一起走的人先走，他缓一缓，一会儿就来。就是这样，他还照样到楼梓庄参加劳动，到番字牌搞"四清"，上井冈山去体验生活，什么也没有落下。

除了肺不好，他还有个"犯肝阳"的毛病。"肝阳"一上来，两眼一黑，什么都看不见了。他从口袋里摸出一个干辣椒（他口袋里随时都带几个干辣椒）放到嘴里嚼嚼，闭闭眼，一会儿就好了。他说他平时不吃辣，"肝阳"一犯，多辣的辣椒嚼起来也不辣。这病我没听说过，不知是一种什么怪病。说来就来，一会儿又没事了。原来在起草一个什么材料，戴上花镜接茬儿下笔千言离题万里地写下去；原来在给人拉胡琴说戏，把合上的弓子抽开，定定弦，接茬儿说；原来在聊天，接茬儿往下聊。海聊穷逗，谈笑风生，一点不像刚刚犯过病。

致秋家贫，少孤。他家原先开一个小杂货铺，不是唱戏的，是外行。——梨园行把本行以外的人和人家都称为"外行"。"外行"就是不是唱戏的，并无褒贬之意。谁家说了一门亲事，俩老太太遇见了，聊起来。一个问："姑娘家里是干什么的？"另一个回答是干吗干吗的，完了还得找补一句："是外行。"为什么要找补一句呢？因为梨园行的嫁娶，大都在本行之内选择。门当户对，知根知底。因此剧团的演员大都沾点亲，"论"得上，"私底下"都按亲戚辈分称呼。这自然会影响到剧团内部人跟人的关系。剧团领导曾召开大会反过这种习气，但是到了还是没有改过来。

致秋上过学，读到初中，还在青年会学了两年英文。他文笔通顺，字也写得很清秀，而且写得很快。照戏班里的说法是写得很"溜"。他有一桩本事，听报告的时候能把报告人讲的话一字不落地记下来。他曾在邮局当过一年练习生，后来才改了学戏。因此他和一般出身于梨园世家的演员有些不同，有点"书卷气"。

原先在致兴成科班。致兴成散了，他拜了于连萱。于先生原先也是"好角"，后来塌了中①，就不再登台，在家教戏为生。

那阵拜师学戏，有三种。一种是按月致送束脩的。先生按时到学生家去，或隔日一次，或一个月去个十来次。一种本来已经坐了科，能唱了，拜师是图个名，借先生一点"仙气"，到哪儿搭班，一说是谁谁谁的徒弟，"那没错！"台上台下都有个照应。这就说不上固定报酬了，只是三节两寿——五月节，八月节，年下，师父、师娘生日，送一笔礼。另一种，是"写"给先生的。拜师时立了字据。教戏期间，分文不取。学成之后，给先生效几年力。搭了班，唱戏了，头天晚上开了戏份——那阵都是当天开份，戏没有打住，后台管事都把各人的戏份封好了，第二天，原封交给先生。先生留下若干，剩下的给学生。也有的时候，班里为了照顾学生，会单开一个"小份"，另外封一封，这就不必交先生了。先生教这样的学生，是实授的，真教给东西。这种学生叫作"把手"的徒弟。师徒之间，情义很深。学生在先生家早晚出入，如一家人。

云致秋很聪明，模仿能力很强，他又有文化，能抄本子，这比口传心授自然学得快得多，于先生很喜欢他。没学几年，就搭班了。他

① 中年嗓子失音，谓之"塌中"。

是学"二旦"的，但是他能唱青衣，——一般二旦都只会花旦戏，而且文的武的都能来，《得意缘》的郎霞玉，《银空山》的代战公主，都行。《四郎探母》，他的太后。——那阵班里派戏，都有规矩。比如《探母》，班里的旦角，除了铁镜公主，下来便是萧太后，再下来是四夫人，再下来才是八姐、九妹。谁来什么，都有一定。所开戏份，自有差别。致秋唱了几年戏，不管搭什么班，只要唱《探母》，太后都是他的。

致秋有一条好嗓子。据说年轻时扮相不错，——我有点怀疑。他是一副窄长脸，眼睛不大，鼻子挺长，鼻子尖还有点翘。我认识他时，他已经是干部，除了主演忙，或领导上安排布置，他不再粉墨登场了。我一共看过他两出戏：《得意缘》和《探母》。他那很多地方是死腔的肺里的氧气实在不够使，我看他扮着郎霞玉，拿着大枪在台上一通折腾，不停地呼哧呼哧喘气，真够他一呛！不过他还是把一出《得意缘》唱下来了。《探母》那回是"大合作"，在京的有名的须生、青衣都参加了，在中山公园音乐堂。那么多的"好角"，可是他的萧太后还真能压得住，一出场就来个碰头好。观众也有点起哄。一来，他确实有个太后的气派，"身上"，穿着花盆底那两步走，都是样儿；再则，他那扮相实在太绝了。京剧演员扮戏，早就改了用油彩。梅兰芳、程砚秋、尚小云，后来都是用油彩。他可还是用粉彩，鹅蛋粉、胭脂，眉毛描得笔直，樱桃小口一点红，活脱是一幅"同光十三绝"，俨然陈德霖再世。

云致秋到底为什么要用粉彩化妆，这是出于一种什么心理，我一直没有捉摸透。问他，他说："粉彩好看！油彩哪有粉彩精神呀！"

这是真话么？这是标新（旧）立异？玩世不恭？都不太像。致秋说："粉彩怎么啦，公安局管吗？"公安局不管，领导上不提意见，就许他用粉彩扮戏。致秋是个凡事从众随俗的人，有的时候，在无害于人，无损于事的情况下，也应该容许他发一点小小的狂。这会使他得到一点快乐，一点满足："这就是我——云致秋！"

致秋有个习惯，说着说着话，会忽然把眉毛、眼睛、鼻子"纵"在一起，嘴唇紧闭；然后又用力把嘴张开，把眼睛鼻子挣回原处。这是用粉彩落下的毛病。小时在科班里，化装，哪儿给你准备蜜呀，用一大块冰糖，拿开水一沏，师父给你抹一脸冰糖水，就往上扑粉。冰糖水干了，脸上绷得难受，老想活动活动肌肉，好松快些，久而久之，成了习惯，几十年也改不了。看惯了，不觉得。生人见面，一定很奇怪。我曾跟致秋说过："你当不了外交部长！——接见外宾，正说着世界大事，你来这么一下，那怎么行？"致秋说："对对对，我当不了外交部长！——我会当外交部长吗？"

致秋一辈子走南闯北，跑了不少码头，搭过不少班，"傍"过不少名角。他给金少山、叶盛章、唐韵笙都挎过刀①。他会的戏多，见过的也多，记性又好，甭管是谁家的私房秘本，什么四大名旦，哪叫麒派、马派，什么戏缺人，他都来顶一角，而且不用对戏，拿起来就唱。他很有戏德，在台上保管能把主角傍得严严实实，不洒汤，不漏水，叫你唱得舒舒服服。该你得好的地方，他事前给你垫足了，主角略微一使劲，"好儿"就下来了；主角今天嗓音有点失润，他也能想法帮你"遮"过去，不特别"铆上"，存心"啃"你一下。临时有个演员，

————————
① 当主要配角，叫作"挎刀"。

或是病了，或是家里出了点事，上不去，戏都开了，后台管事急得乱转："云老板，您来一个！""救场如救火"，甭管什么大小角色，致秋二话不说，包上头就扮戏。他好说话。后台嘱咐"马前"，他就可以掐掉几句；"马后"，他能在台上多"绷"一会儿。有一次唱《桑园会》，老生误了场，他的罗敷，愣在台上多唱出四句大慢板！——临时旋编词儿。一边唱，一边想，唱了上句，想下句。打鼓佬和拉胡琴的直纳闷：他怎还唱呀！下来了，问他："您这是哪一派？"——"云派！"他聪明，脑子快，能"钻锅"，没唱过的戏，说说，就上去了，还保管不会出错。他台下人缘也好。从来不"拿糖""吊腰子"。为了戏份、包银不合适，临时把戏"砍"下啦，这种事他从来没干过。戏班里的事，也挺复杂，三叔二大爷，师兄，师弟，你厚啦，我薄啦，你鼓啦，我瘪啦，仨一群，俩一伙，你踩和我，我挤对你，又合啦，又咧啦……经常闹纷纷。常言说："宁带千军，不带一班。"这种事，致秋从来不往里掺和。戏班里流传两句"名贤集"式的处世格言，一是"小心干活，大胆拿钱"，一是"不多说，不少道"，致秋是身体力行的。他爱说，但都是海聊穷逗，从不钩心斗角，拨弄是非。因此，从南到北，都愿意用他，来约的人不少，他在家赋闲当"散仙"的时候不多。

他给言菊朋挂过二牌，有时在头里唱一出，也有时陪着言菊朋唱唱《汾河湾》一类的"对儿戏"。这大概是云致秋的艺术生涯登峰造极的时候了。

我曾问过致秋："你为什么不自己挑班？"致秋说："有人撺掇过我。我也想过。不成，我就这半碗。唱二路，我有富裕；挑大梁，我不够。不要小鸡吃绿豆，强努。挑班，来钱多，事儿还多哪。挑班，约人，处好了，火炉子，热烘烘的；处不好，'虱子皮袄'，还得穿它，又咬得慌。还得到处请客、应酬、拜门子，我淘不了这份神。这样多好，我一个唱二旦的，不招风，不惹事。黄金荣、杜月笙、袁良、日本宪兵队，都找寻不到我头上。得，有碗醋卤面吃就行啦！"

致秋在外码头搭班唱戏了，所得包银，就归自己了。不过到哪儿，回北京，总得给于先生带回点什么。于先生病故，他出钱买了口好棺材，披麻戴孝，致礼尽哀。

攒了点钱，成了家。媳妇相貌平常，但是性情温厚，待致秋很好，净变法子给他做点好吃的，好让他的"火炉子"烧得旺旺的。

跟云致秋在一起，待一天，你也不会闷得慌。他爱聊天，也会聊。他的聊天没有什么目的。聊天还有什么目的？——有。有人爱聊，是在显示他的多知多懂。剧团有一位就是这样，他聊完了一段，往往要来这么几句："这种事你们哪知道啊！爷们，学着点吧！"致秋的爱聊，只是反映出他对生活，对人，充满了近于童心的兴趣。致秋聊天，极少臧否人物。"闲谈莫论人非"，他从不发人阴私，传播别人一点不大见得人的秘闻，以博大家一笑。有时说到某人某事，也会发一点善意的嘲笑，但都很有分寸，绝不流于挖苦刻薄。他的嘴不损。他的语言很生动，但不装腔作势，故弄玄虚。有些话说得很逗，但不是"胳肢"人，不"贫"。他走南闯北，知道的事情很多，而且每个细节都记得非常清楚，——这真是一种少有的才能，一个小说家必备的才能！这事发生在哪一年，那年洋面多少钱一袋；是樱桃、桑葚下来的时候，还是韭花开的时候，一点错不了。

我写过一个关于裘盛戎的剧本，把初稿送给他看过，为了核对一些事实，主要是盛戎到底跟杨小楼合唱过《阳平关》没有。他那时正在生病，给我写了一个字条：

> 盛戎和杨老板合演《阳平关》实有其事。那是 1935 年，盛戎二十，我十七。在华乐。那天杨老板的三出。头里一出是朱琴心的《采花赶府》（我的丫鬟）。盛戎那时就有观众，一个引子满堂好。……

这大概是致秋留在我这里的唯一的一张"遗墨"了。头些日子我翻出来看过，不胜感慨。

致秋是北京解放后戏曲界第一批入党的党员。在第一届戏曲演员讲习会的时候就入党了。他在讲习会表现好，他有文化，接受新事物快。许多闻所未闻的革命道理，他听来很新鲜，但是立刻就明白了，"是这么个理儿！"许多老艺人对"猴变人"，怎么也想不通。在学习"谁养活谁"时，很多底包演员一死儿认定了是"角儿"养活了底包。他就掰开揉碎地给他们讲，他成了一个实际上的学习辅导员，——虽然讲了半天，很多老艺人还是似通不通。解放，对于云致秋，真正是一次解放，他的翻身感是很强烈的。唱戏的不再是"唱戏低"了，不是下九流了。他一辈子傍角儿。他和挑班的角儿关系处得不错，但他毕竟是个唱二旦的，不能和角儿平起平坐。"是龙有性"，角儿都有角儿的脾气。角儿今天脸色不好，全班都像顶着个雷。入了党，致秋觉得精神上长了一块，打心眼儿里痛快。"从今往后，我不再傍角儿！我傍领导！傍组织！"

他回剧团办过扫盲班。这个"盲"真不好扫呀。

舞台工作队有个跟包打杂的，名叫赵旺。他本叫赵旺财。《荷珠配》里有个家人，叫赵旺，专门伺候员外吃饭。员外后来穷了，还是一来就叫"赵旺！——我要吃饭了"。"赵旺"和"吃饭"变成了同义语。剧团有时开会快到中午了，有人就提出："咱们该赵旺了吧！"这就是说：该吃饭了。大家就把赵旺财的财字省了，上上下下都叫他赵旺。赵旺出身很苦（他是个流浪孤儿，连自己的出生年月都不知道），又是"工人阶级"，"文化大革命"中就成了几个战斗组争相罗致的招牌，响当当的造反派。

就是这位赵旺老兄，曾经上过扫盲班。那时扫盲没有新课本，还是沿用"人手足刀尺"。云致秋在黑板上写了个"足"字，叫赵旺读。赵旺对着它相了半天面。旁边有个演员把脚伸出来，提醒他。赵旺读出来了："鞋！"云致秋摇摇头。那位把鞋脱了，赵旺又读出来了："哦，袜子。"云致秋又摇摇头。那位把袜子也脱了，赵旺大声地读了出来："脚巴丫子！"（云致秋想：你真行！一个字会读成四个字！）

扫盲班结束了，除了赵旺，其余的大都认识了不少字，后来大都能看《北京晚报》了。

后来，又办了一期学员班。

学员班只有三个人是脱产的，都是从演员里抽出来的，一个贾世荣，是唱里子老生的，一个云致秋，算是正副主任。还有一个看功的老师马四喜。

马四喜原是唱武花脸的，台上不是样儿，看功却有经验。他父亲就是在科班里抄功的。他有几个特点。一是抽关东烟，闻鼻烟，绝对不抽纸烟。二是肚子里很宽，能读"三列国"，《永庆升平》《三侠剑》，倒背如流。另一个特点是讲话爱用成语，又把成语的最后一个字甚至几个字"歇"掉。他在学员练功前总要讲几句话：

"同志们，你们可都是含苞待，大家都有锦绣前！这练功，一定要硬砍实，可不能偷工减！千万不要少壮不，将来可就要老大徒啦！——踢腿：走！"

贾世荣是个慢性子，什么都慢。台上一场戏，他一上去，总要比别人长出三五分钟。他说话又喜欢咬文嚼字，引经据典。所据经典，都是戏。他跟一个学员谈话，告诫他不要骄傲："可记得关云长败走麦城之故耳？……"下面就讲开了《走麦城》。从科班到戏班，除此以外，他哪儿也没去过。不知道谁的主意，学员班要军事化。他带操，"立正！报数！齐步走！"这都不错。队伍走到墙根了，他不叫"左转弯走"或"右转弯走"，也不知道叫"立定"，一下子慌了，就大声叫："吁！……"云致秋和马四喜也跟在队后面走。马四喜炸了："怎么碴！把我们全当成牲口啦！"

贾世荣和马四喜各执其事，不负全面责任，学员班的一切行政事务，全面由云致秋一个人操持。借房子，招生，考试，政审，请教员。谁的五音不全，谁的上下身不合。谁正在倒仓，能倒过来不能。谁的半月板扭伤了，谁撕裂了韧带，请大夫，上医院。男生干架，女生斗嘴……事无巨细，都得要管。每天还要说戏。凡是小嗓的，他全包了，青衣、花旦、刀马，唱做念打，手眼身法步，一招一式地教。

学员班结业，举行了汇报演出。剧团的负责人，主要演员都到场看了，——一半是冲着云致秋的面子去的。"咱们捧捧致秋！办个学员班，不易！"——"捧捧！"党委书记讲话，说学员班办得很有成绩，为剧团输送了新的血液。实际上是输送了一些"院子过道"、宫女丫鬟。真能唱一出的，没有两个。当初办学员班，目的就在招"院子过道"、宫女丫鬟，没打算让他们唱一出。这一期学员，后来在"文化大革命"中可没少热闹。

　　致秋后来又当了一任排练科长。排练科是剧团最敏感的部门。演员们说，剧团只有两件事是"过真格"的。一是"拿顶"。"拿顶"就是领工资，——剧团叫"开支"。过去领工资不兴签字，都要盖戳。戳子都是字朝下，如拿顶，故名"戳子拿顶"。一简化，就光剩下"拿顶"了。"嗨，快去，拿顶来！"另一件，是排戏。一个演员接连排出几出戏，观众认可了，嗡嗡嗡，就许能红了。几年不演戏，本来有两下子的，就许窝了回去。给谁排啦，不给谁排啦，派谁什么角色啦，讨俏不讨俏，费力不费力，广告上登不登，戏单上有没有名字……剧团到处喊喊喳喳，交头接耳，咬牙跺脚，两眼发直，整天就是这些事儿。排练科长，官不大，权不小。权这个东西是个古怪东西，人手里有它，就要变人性。说话调门儿也高啦，用的字眼儿也不同啦，神气也变啦。谁跟我不错，"好，有在那里！"谁得罪过我，"小子，你等着吧，只要我当一天科长，你就甭打算痛快！"因此，两任排练科长，没有不招恨的。有人甚至在死后还挨骂："×××，真他妈不是个东西！"云致秋当了两年排练科长，风平浪静。他排出来的戏码，定下的"人位"（戏班把分派角色叫作"定人位"），一碗水端平，谁也挑不出什么来。有人给他家装了一条好烟，提了两瓶酒，几斤苹果，致秋一概婉辞拒绝："哥们！咱们不兴这个！我要不想抽您那条大中华，喝您那两瓶西凤，我是孙子！可我现在在这个位置上，不能让人戳我的脊梁骨。您拿回去！咱们天知地知，你知我知，就当没有这回事！"

后来致秋调任了办公室副主任，——主任是贾世荣。

他这个副主任没地儿办公。办公室里会计、出纳、总务、打字员，还有贾主任独据一张演《林则徐》时候特制的维多利亚时代硬木雕花的大写字台（剧团很多家具都是舞台上撤下来的大道具），都满了。党委办公室还有一张空桌子，"得来，我就这儿就乎就乎吧！"我们很欢迎他来，他来了热闹。他不把我们看成"外行"，对于从老解放区来的，部队下来的，老郭、老吴、小冯、小梁，还有像我这样的"秀才"，天生来有一种好感。我们很谈得来。他事实上成了党委会的一名秘书。党委和办公室的工作原也不大划得清。在党委会工作的几个人，没有十分明确的分工。有了事，大家一齐动手；没事，也可以瞎聊。致秋给自己的工作概括成为四句话：跑跑颠颠，上传下达，送往迎来，喜庆堂会。

党委会经常要派人出去开会。有的会，谁也不愿去，就说："嗨，致秋，你去吧！""好，我去！"市里或区里布置春季卫生运动大检查、植树、"交通安全宣传周"，以及参加刑事杀人犯公审（公审后立即枪决）……这都是他的事。回来，传达。他的笔记记得非常详细，有闻必录。让他念念笔记，他开始念了：张主任主持会议。张主任说：'老王，你的糖尿病好了一点没有？'……"问他会议的主要精神是什么，什么是张主任讲话的要点，答曰："不知道。"他经常起草一些向上面汇报的材料，翻翻笔记本，摊开横格纸就写，一写就是十来张。写到后来，写不下去了，就叫我："老汪，你给我瞧瞧，我这写的是什么呀？"我一看：哩哩啦啦，噜苏重复，不知所云。他写东西还有个特点，不分段，从第一个字到末一个句号，一气到底，一大篇！经常得由我给他"归置归置"，重新整理一遍。他看了说："行！你真有两下。"我说："你写之前得先想想，想清楚再写呀。李笠翁说，要袖手于前，才能疾书于后哪！"——"对对对！我这是疾书于前，袖手于后！写到后来，没了辙了！"

他的主要任务，实际是两件。一是做上层演员的统战工作。剧团的党委书记曾有一句名言：剧团的工作，只要把几大头牌的工作做好，就算搞好了一半（这句话不能算是全无道理，可是在"文化大革命"中成为群众演员最为痛恨的一条罪状）。云致秋就是搞这种工作的工具。另一件，是搞保卫工作。

致秋经常出入于头牌之门，所要解决的都是些难题。主要演员彼此常为一些事情争，争剧场（谁都愿上工人俱乐部、长安、吉祥，谁也不愿去海淀，去圆恩寺……），争日子口（争节假日，争星期六、星期天），争配角，争胡琴，争打鼓的。致秋得去说服其中的一个顾全大局，让一让。最近"业务"不好，希望哪位头牌把本来预订的"歇工戏"改成重头戏；为了提拔后进，要请哪位头牌"捧捧"一个青年演员，跟她合唱一出"对儿戏"；领导上决定，让哪几个青年演员"拜"哪几位头牌，希望头牌能"收"他们……这些等等，都得致秋去说。致秋的工作方法是进门先不说正事，三叔二舅地叫一气，插科打诨，嘻嘻哈哈，然后才说："我今儿来，一来是瞧瞧您，再，还有这么档事……"他还有一个偏方，是走内线。不找团长（头牌都是团长、副团长），却找"团太"。——这是戏班里兴出来的特殊称呼，管团长的太太叫"团太"。团太知道他无事不登三宝殿，有时绷着脸："三婶今儿不高兴，给三婶学一个！"致秋有一手绝活：学人。甭管是台上、台下，几个动作，神情毕肖。凡熟悉梨园行的，一看就知道是谁。他经常学的是四大须生出场报名，四人的台步各有特色，音色各异，对比鲜明。"漾（杨）抱（宝）森"（声音浑厚，有气无力）；"谭富音（英）"（又高又急又快，"英"字抵腭不穿鼻，读成"鬼音"）；"奚啸伯"（嗓音很细，"奚、啸"皆读尖字，"伯"字读为入声）；"马——连——良呃！"（吊儿郎当，满不在乎）。逗得三婶哈哈一乐："什么事？说吧！"致秋把事情一说。"就这么点事儿呀？嘿！没什么大不了的！行了，等老头子回来，我跟他说说！"事情就算办成了。

党委会的同志对他这种做法很有意见。有时小冯或小梁跟他一同去，出了门就跟他发作："云致秋！你这是干什么！——小丑！"——"是小丑！咱们不是为把这点事办圆全了吗？这是党委交给我的任务，我有什么办法？你当我愿意哪！"

云致秋上班有两个专用的包。一个是普通双梁人造革黑提包，一个是带拉链、有一把小锁的公文包。他一出门，只要看他的自行车把上挂的是什么包，就知道大概是上哪里去。如果是双梁提包，就不外是到区里去，到文化局或是市委宣传部去。如果是拉锁公文包，就一定是到公安局去。大家还知道公文包里有一个蓝皮的笔记本。这笔记本是编了号的，并且每一页都用打号机打了页码。这里记的都是有关治安保卫的材料。材料有的是公安局传达的，有的是他向公安局汇报的。这些笔记本是绝对保密的。他从公安局开完会，立刻回家，把笔记本锁在一口小皮箱里。云致秋那么爱说，可是这些笔记本里的材料，他绝对守口如瓶，没有跟任何人谈过。谁也不知道这里面写的是什么，不少人都很想知道。因为他们知道这些材料关系到很多人的命运。出国或赴港演出，谁能去，谁不能去；谁不能进人民大会堂，谁不能到小礼堂演出；到中南海给毛主席演戏，名单是怎么定的……这些等等，云致秋的小本本都起着作用。因为那只拉锁公文包和包里的蓝皮笔记本，使很多人暗暗地对云致秋另眼相看，一看见他蹬上车，车把上挂着那个包，就彼此努努嘴，暗使眼色。这些笔记本，在云致秋心里，是很有分量的。他感到党对自己的信任，也为此觉得骄傲，有时甚至有点心潮澎湃，壮怀激烈。

因为工作关系，致秋不但和党委书记、团长随时联系，和文化局的几位局长也都常有联系。主管戏曲的、主管演出的和主管外事的副局长，经常来电话找他。这几位局长的办公室，家里，他都是推门就进。找他，有时是谈工作，有时是托他办点私事，——在全聚德订两只烤鸭，到前门饭店买点好烟、好酒……有时甚至什么也不为，只是找他来瞎聊，解解闷（少不得要喝两盅）。他和局长们虽未到了称兄道弟的程度，但也可以说是"忘形到尔汝"了。他对局长，从来不称官衔，人前人后，都是直呼其名。他在局长们面前这种自由随便的态度很为剧团许多演员所羡慕，甚至嫉妒。他们很纳闷：云致秋怎么能和头儿们混得这样熟呢？

致秋自己说的"四大任务"之一的"喜庆堂会"，不是真的张罗唱堂会——现在还有谁家唱堂会呢？第一是张罗拜师。有一阵戏曲界大兴拜师之风。领导上提倡，剧团出钱。只要是看来有点出息的演员，剧团都会由一个老演员把他（她）们带着，到北京来拜一个名师。名演员哪有工夫教戏呀？他们大都有一个没有嗓子可是戏很熟的大徒弟当助教。外地的青年演员来了，在北京住个把月，跟着大师哥学一两出本门的戏，由名演员的琴师说说唱腔，临了，走给老师看看，老师略加指点，说是"不错！"这就高高兴兴地回去，在海报上印上"×××老师亲授"字样，顿时身价十倍，提级加薪。到北京来，必须有人"引见"。剧团的老演员很多都是先投云致秋，因为北京的名演员的家里，致秋哪家都能推门就进。拜师照例要请客。文化局的局长、科长，剧团的主要演员、琴师、鼓师，都得请到。云致秋自然少不了。致秋这辈子经手操办过的拜师仪式，真是不计其数了。如果你愿意听，他可以给你报一笔总账，保管落不下一笔。

致秋忙乎的另一件事是帮着名角办生日。办生日不过是借名请一次客。致秋是每请必到，大都是头一个。他既是客人，也一半是主人，——负责招待。他是不会忘记去吃这一顿的，名角们的生辰他都记得烂熟。谁今年多大，属什么的，问他，张口就能给你报出来。

我们对致秋这种到处吃喝的作风提过意见。他说："他们愿意请，不吃白不吃！"

致秋火炉子好，爱吃喝，但平常家里的饭食也很简单。有一小包天福号的酱肘子，一碟炒麻豆腐，就酒菜、饭菜全齐了。他特别爱吃醋卤面。跟我吹过几次，他一做醋卤，半条胡同都闻见香。直到他死后，我才弄清楚醋卤面是一种什么面。这是山西"吃儿"（致秋原籍山西）。我问过山西人，山西人告诉我："嘻！茄子打卤，搁上醋！"这能好吃到哪里去么？然而我没能吃上致秋亲手做的醋卤面，想想还是有些怅然，因为他是诚心请我的。

　　"文化大革命"一来，什么全乱了。

　　京剧团是个凡事落后的地方，这回可是跑到前面去了。一夜之间，剧团变了模样。成立了各色各样，名称奇奇怪怪的战斗组。所有的办公室、练功厅、会议室、传达室，甚至堆煤的屋子、烧暖气的锅炉间、做刀枪靶子的作坊……全都给瓜分占领了。不管是什么人，找一个地方，打扫一番，搬来一些箱箱柜柜，都贴了封条，在门口挂出一块牌子，这就是他们的领地了。——只有会计办公室留下了，因为大家知道每个月月初还得"拿顶"，得有个地方让会计算账。大标语、大字报，高音喇叭，语录歌，五颜六色，乱七八糟。所有的人都变了人性。"小心干活，大胆拿钱"，"不多说，不少道"，全都不时兴了。平常挺斯文的小姑娘，会站在板凳上跳着脚跟人辩论，口沫横飞，满嘴脏字，完全成了一个泼妇。连贾世荣也上台发言搞大批判了。不过他批远不批近，不批团领导、局领导，他批刘少奇，批彭真。他说的都是报上的话，但到了他嘴里都有点"上韵"的味道。他批判这些大头头，不用"反革命修正主义"之类的帽子，他一律称之为"××老儿！"云致秋在下面听着，心想：真有你的！大家听着他满口"××老儿"，都绷着。一个从音乐学院附中调来的弹琵琶的女孩终于忍不住扑哧一声笑出来了。有一回，他又批了半天"××老儿"，下面忽

94

然有人大声嚷嚷："去你的'××老儿'吧！你给他们捧的臭脚还少哇！——下去吧你！"这是马四喜。从此，贾世荣就不再出头露面。他自动地走进了"牛棚"。进来跟"黑帮"们抱拳打招呼，说："我还是在这儿好。"

从学员班毕业出来的这帮小爷可真是神仙一样的快活。他们这辈子没有这样自由过，没有这样随心所欲，想干什么就干什么过。他们跟社会上的造反团体挂钩，跟"三司"，跟"西纠"，跟"全艺造"，到处拉关系。他们学得很快。社会上有什么，剧团里有什么。不过什么事到了他们手里，就都还有所发明，有所创造，有所前进，就都带上了京剧团的特点，也更加闹剧化。京剧团真是藏龙卧虎哇！一下子出了那么多司令、副司令，出了那么多理论家，出了那么多笔杆子（他们被称为刀笔）和那么多"糨子手"。——这称谓是京剧团以外所没有的，即专门刷大字报糨糊的。戏台上有"牢子手""刽子手"，专刷褙子的于是被称为"糨子手"。赵旺就是一名"糨子手"。外面兴给黑帮挂牌子了，他们也挂！可是他们给黑帮挂的牌子却是外面见不到的：《拿高登》里的石锁，《空城计》诸葛亮抚的瑶琴，《女起解》苏三戴的鱼枷。——这些"砌末"上自然都写了黑帮的姓名过犯。外面兴游街，他们也得让黑帮游游。几个战斗组开了联席会议，会上决定，给黑帮"扮上"：给这些"敌人"勾上阴阳脸，戴上反王盔，插一根翎子，穿上各色各样古怪戏装，让黑帮打着锣，自己大声报名，谁声音小了，就从后腰眼狠狠地杵一锣槌。

马四喜跟这些小将不一样。他一个人成立一个战斗组。他这个战斗组随时改换名称，这些名称多半与"独"字有关，一会儿叫"独

立寒秋战斗组"，一会儿叫"风景这边独好战斗组"。用得较久的是
"不顺南不顺北战士"（北京有一句俗话："骑着城墙骂鞑子，不顺
南不顺北"）。团里分为两大派，他哪一派不参加，所以叫"不顺南
不顺北"。他上午睡觉，下午写大字报。天天写，谁都骂，逮谁骂谁，
晚上是他最来精神的时候。他自愿值夜，看守黑帮。看黑帮，他并不
闲着，每天找一名黑帮"单个教练"。他喝完了酒，沏上一壶酽茶，
抽上关东烟，就开始"单个教练"了。所谓"单个教练"，是他给黑
帮上课，讲马列主义。黑帮站着，他坐着。一教练就是两个小时，从
十二点到次日凌晨两点，准时不误。

　　（不知道为什么，他没有把我叫去"教练"过，因此，我不知
道他讲马列主义时是不是也是满口的歇后成语。要是那样，那可真
受不了！）

　　云致秋完全蒙了。他从旧社会到新社会形成的、维持他的心理平
衡的为人处世哲学彻底崩溃了。他不但不知道怎么说话，怎么待人，
甚至也不知道怎么思想。他习惯了依靠组织，依靠领导，现在组织砸
烂了，领导都被揪了出来。他习惯于有事和同志们商量商量，现在同
志们一个个都难于自保，谁也怕担干系，谁也不给谁拿什么主意。他
想和老伴谈谈，老伴吓得犯了心脏病躺在床上，他什么也不敢跟她
说。他发现他是孤孤零零的一个人活在这个乱乱糟糟的世界上，这可
真是难哪！每天都听到熟人横死的消息。言慧珠上吊了（他是看着她
长大的）。叶盛章投了河（他和他合演过《酒丐》）。侯喜瑞一对爱
如性命的翎子叫红卫兵撅了（他知道这对翎子有多长）。裘盛戎演

96

《姚期》的白满叫人给铰了（他知道那是多少块现大洋买的。）……
"今夜脱了鞋，不知明天来不来"。谁也保不齐今天会发生什么事。
过一天，算一日！云致秋倒不太担心被打死：他担心被打残废了，
那可就恶心了！每天他还得上团里去。老伴每天都嘱咐："早点回
来！"——"晚不了！"每天回家，老伴都得问一句："回来了？——
没什么事？"——"没事。全须全尾——吃饭！"好像一吃饭，他今
天就胜利了，这会儿至少不会有人把他手里的这杯二锅头夺过去泼在
地上！不过，他喝着喝着酒，又不禁重重地叹气："唉！这乱到多会
儿算一站？"

　　云致秋在"文化大革命"中做了三件他在平时绝不会做的事。这
三件事对致秋以后的生活产生了相当深远的影响。

　　一件是揭发批判剧团的党委书记。他是书记的亲信，书记有些直
送某某首长"亲启"的机密信件都是由致秋用毛笔抄写送出的。他不
揭发，就成了保皇派。他揭发了半天，下面倒都没有太强烈的反应，
有一个地方，忽然爆发出哄堂的笑声。致秋说："你还叫我保你！——
我保你，谁保我呀！"这本来是一句大实话，这不仅是云致秋的真实
思想，也是许多人灵魂深处的秘密，很多人"造反"其实都是为了保
住自己。不过这种话怎么可以公开地，在大庭广众之前说出来呢？于
是大家觉得可笑，就大声地笑了，笑得非常高兴。他们不是笑自己的
自私，而是笑云致秋的老实。

　　第二件，是他把有关治安保卫工作的材料，就是他到公安局开会
时记了本团有关人事的蓝皮笔记本，交出去了。那天他下班回家，正
吃饭，突然来了十几个红卫兵："云致秋！你他妈的还喝酒！跪下！"

红卫兵随即展读了一道"勒令",大意谓:云致秋平日专与人民为敌,向反动的公检法多次提供诬陷危害革命群众的黑材料。是可忍熟(原文如此)不可忍。云致秋必须立即将该项黑材料交出,否则后果自负。"后果自负"是具有很大威力的恐吓性的词句,云致秋糊里糊涂地把放这些材料的皮箱的钥匙交给了革命群众。革命群众拿到材料,点点数目,几个人分别装进挎包,蹬上自行车,呼啸而去。

第二天上班,几个党员就批评他。"这种材料怎么可以交出去?"——"他们说这是黑材料。"——"这是黑材料吗?你太软弱了!如果国民党来了,你怎么办!你还算个党员吗?"——"我怕他们把我媳妇吓死。"这也是一句实情话,可是别人是不会因此而原谅他的。当时事情也就过去了,后来到整党时,他为这件事多次通不过,他痛哭流涕地检查了好多回。他为这件事后悔了一辈子。他知道,以后他再也不适合干带机要性质的工作了。

第三件,是写了不少揭发材料,关于局领导的,团领导的。这些材料大都不是什么重大政治问题,都是些鸡毛蒜皮的生活小事。但是这些材料都成了斗争会上的炮弹,虽然打不中要害,但是经过添油加醋,对"搞臭"一个人却有作用。被批判的人心里明白,这些材料是云致秋提供的,只有他能把时间、地点、事情的经过记得那样清楚。

除了陪着黑帮游了两回街,听了几次马四喜的"单个教练",云致秋在"文化大革命"中没有受太大的罪。他是旧党委的"黑班底",但够不上是走资派,他没有进"牛棚",只是由革命群众把他和一些中层干部集中在"干部学习班"学习,学毛选,写材料。后来两派群众热衷于打派仗,也不大管他们,他觉得心里踏实下来,在没人注意他们时，他又悄悄传播一些外面的传闻，而且又开始学人、逗乐了。干部学习班的空气有时相当活跃。

云致秋"解放"得比较早。

成立了革委会。上面指示：要恢复演出。团里的几出样板戏，原来都是云致秋领着到样板团去"刻模子"刻出来的，他记性好，能把原剧复排出来。剧中有几个角色有政治问题，得由别人顶替，这得有人给说。还有几个"红五类"的青年演员要培养出来接班。军代表、工宣队和革委会的委员们一起研究：还得把云致秋"请"出来。说是排戏，实际上是教戏。云致秋爱教戏，教戏有瘾，也会教。有的在北京、天津、南京已经颇有名气的演员，有时还特意来找云致秋请教，不管哪一出，他都能说出个幺二三，官中大路是怎样的，梅在哪里改了改，程在哪里走的是什么，简明扼要，如数家珍。单是《长坂坡》的"抓帔"，我就见他给不下七八个演员说过。只要高盛麟来北京演出《长坂坡》，给盛麟配戏的旦角都得来找致秋。他教戏还是有教无类，什么人都给说。连在党委会工作的小梁，他都愣给她说了一出《玉堂春》，一出《思凡》。

不过培养这几个"红五类"接班人，可把云致秋给累苦了。这几个接班人完全是"小老斗"①，连脚步都不会走，致秋等于给她们重新开蒙。他给她们"掰扯"嘴里，"抠嗤"身上，得给她们说"范儿"。"要先有身上，后有手"，"劲儿在腰里，不在肩膀上"，"先出左脚，重心在右脚，再出右脚，把重心移过来"……他帮她们找共鸣，纠正发音位置，哪些字要用丹田，哪些字"嘴里唱"就行了。有一个

---

① 未经过严格训练，一举一动都不是样儿，叫作"老斗"。

演员嗓音缺乏弹性，唱不出"擞音"，声音老是直的，他恨不得钻进她的嗓子，提喽着她的声带让它颤动。好不容易，有一天，这个演员有了一点"擞"，云致秋大叫了一声："我的妈呀，你总算找着了！"致秋一天三班，轮番给这几位接班人说戏，每说一个"工时"，得喝一壶开水。

致秋教学生不收礼，不受学生一杯茶。剧团有这么一个不成文的规矩，老师来教戏，学生得给预备一包好茶叶。先生把保温杯拿出来，学生立刻把茶叶折在里面，给沏上，闷着。有的老师就有一个杯子由学生保存，由学生在提兜里装着，老师未到，茶已沏好。致秋从不如此，他从来是自己带着一个"瓶杯"——玻璃水果罐头改制的，里面装好了茶叶。他倒有几个很好看的杯套，是女生用玻璃丝编了送他的。

于是云致秋又成了受人尊敬的"云老师"，"云老师"长，"云老师"短，叫得很亲热。因为他教学有功，几出样板戏都已上演，有时有关部门招待外国文化名人的宴会，他也收到请柬。他的名字偶尔在报上出现，放在"知名人士"类的最后一名。"还有知名人士×××、×××、云致秋"。干部学习班的"同学"有时遇见他，便叫他"知名人士"，云致秋："别逗啦！我是'还有'！"

在云致秋又"走正字"的时候，他得了一次中风，口眼歪斜。他找了小孔。孔家世代给梨园行瞧病，演员们都很信服。致秋跟小孔大夫很熟。小孔说："你去找两丸安宫牛黄来，你这病，我包治！"两丸安宫牛黄下去，吃了几剂药，真好了。致秋挂了几天拐棍，后来拐棍也扔了，他又来上班了。

"致秋，又活啦！"

"又活啦。我寻思这回该上八宝山了，没想到，到了五棵松，这又回来啦！"

"还喝吗？"

"还喝！——少点。"

打倒"四人帮"，百废俱兴，政策落实，没想到云致秋倒成了闲人。

原来的党委书记兼团长调走了。新由别的剧团调来一位党委书记兼团长。辛团长（他姓辛）和云致秋原来也是老熟人，但是他带来了全部班底，从副书记到办公室、政工、行政各部门的主任、会计出纳、医务室的大夫，直到扫楼道的工人、看传达室的……他没有给云致秋安排工作。局里的几位副局长全都"起复"了，原来分工干什么的还干什么。有人劝致秋去找找他们，致秋说："没意思。"这几位头头，原来三天不见云致秋，就有点想他。现在，他们想不起他来了。局长们的胸怀不会那样狭窄，他们不会因为致秋曾经揭发过他们的问题而耿耿于怀，只是他们对云致秋的感情已经很薄了。有时有人在他们面前提起致秋，他们只是淡淡地说："云致秋，还是那么爱逗吗？"致秋是个热闹惯了、忙活惯了的人，他闲不住。闲着闲着，就闲出病来了。病走熟路，他那些老毛病挨着个儿来找他，他于是就在家里歇病假，哪儿也不去。他的工资还是团里领，每月月初，由他的女儿来"拿顶"。他连团里大门也不想迈。

他的老伴忽然死了，死于急性心肌梗死。这对于致秋的打击是难以想象的。他整个地垮了。在他老伴的追悼会上，他站不起来，只是瘫坐在一张椅子里，不停地流泪。熟人走过，跟他握手，他反复地说：

"我完了！我完了！"老伴火化了，他也就被送进了医院。

他出院后，我和小冯、小梁去看他。他精神还好，见了我们挺高兴。

"哎呀，你们几位还来呀！——我这儿现在没有什么人来了！"

我们给他带了一点水果，一只烧鸡，还有一瓶酒。他用手把烧鸡撕开，喝起来。

喝着酒，他说："老汪，小冯，小梁，我告诉你们，我活不了多久了。"

我们都说："别瞎说！你现在挺好的。"

"不骗你们！这一阵我老是做梦，梦见我媳妇。昨儿夜里还梦见。我出外，她送我。跟真事一模一样。那年，李世芳坐飞机摔死那年，我要上青岛去。下大雨。前门火车站前面水深没脚脖子。她蹚着水送我。火车快开了。她说：'咱们别去了！咱们不挣那份钱！'那回她是这么说来着。一样！清清楚楚，说话的声音，神气！快了，我们就要见面了。"

小冯说："你是一个人在家里闷的，胡思乱想！身体再好些，外边走走，找找熟人，聊聊！"

"我原说我走在她头里，没想到她倒走在我头里。一辈子的夫妻，没红过脸。现在我要换衣服，得自己找了。——我女儿她们不知道在哪儿。这是怎么话说的，就那么走了！"

又喝了两杯酒．他说，像是问我们，又像是自言自语："我这也是一辈子。我算个什么人呢？"

小冯调到戏校管人事，她和戏校的石校长说："云致秋为什么老让他闲着？他还能发挥作用。咱们还缺教员，是不是把他调过来？"

　　石校长一听，立刻同意："这个人很有用！他们不要，我们要！你就去办这件事！"

　　小冯找到致秋，致秋欣然同意。他说："过了冬天，等我身体好一点，不太喘了，就去上班。"

　　我因事到南方去转了一圈，回来时，听小梁说："云致秋死了。"

　　"什么病？"

　　"他的病多了！前一阵他觉得身体好了些，想到戏校上班。别人劝他再休息休息。他弄了一架录音机，对着录音机说戏，想拿到戏校给学生先听着。接连说了五天，第六天，不行了。家里没有人。邻居老关发现了，赶紧叫了几个人，弄了一辆车，把他送到医院，到了医院，已经没有脉了。他在车上人还清楚，还说了一句话：'给我一条手绢'。车上人很急乱，他的声音很小，谁也没注意，只老关听见了。"

　　这时候，他要一条手绢干什么？"给我一条手绢"是他最后说的一句话，但是这大概不能算是"遗言"。

　　要给致秋开追悼会。我们几个人算是他的老战友了，大家都说："去，一定去！别人的追悼会可以不去，致秋的追悼会一定得去！"

　　我们商量着要给致秋送一副挽联。我想了想，拟了两句。小梁到荣宝斋买了两张云南宣，粘接好了，我试了试笔，就写起来：

跟着谁，傍着谁，立志甘当二路角；

　　会几出，教几出，课徒不受一杯茶。

　　大家看了，都说："贴切。"

　　论演员，不过是二路；论职务，只是办公室副主任和戏校教员，我们知道，致秋的追悼会的规格是不会高的，——追悼会也讲规格，真是叫人丧气！但是没有想到会是这样凄惨。来的人很少。一个小礼堂，稀稀落落地站了不满半堂人。戏曲界的名人，致秋的"生前好友"，甚至他教过的学生，很多都没有来。来的都是剧团的一些老熟人：贾世荣、马四喜、赵旺……花圈倒不少，把两边墙壁都摆满了。这是向火葬场一总租来的。落款的人名好些是操办追悼会的人自作主张地写上去的，本人都未必知道。挽联却只有我们送的一副，孤零零的，看起来颇有点嘲笑的味道。石校长致悼词。上面供着致秋的遗像。致秋大概第一次把照片放得这样大。小冯入神地看着致秋的像，轻轻地说："致秋这张像拍得很像。"小梁点点头："很像！"

　　我们到后面去向致秋的遗体告别。我参加追悼会，向来不向遗体告别，这次是破例。致秋和生前一样，只是好像瘦小了些。头发发干了，干得像草。脸上很平静。一个平日爱跟致秋逗的演员对着致秋的脸端详了很久，好像在想什么。他在想什么呢？该不会是想：你再也不能把眉毛眼睛鼻子纵在一起了吧？

　　天很晴朗。

　　我坐在回去的汽车里，听见一个演员说了一句什么笑话，车里一半人都笑了起来。我不禁想起陶渊明的《拟挽歌辞》："向来相送人，各自还其家。亲戚或余悲，他人亦已歌。"不过，在云致秋的追悼会后说说笑话，似乎是无可非议的，甚至是很自然的。

致秋死后，偶尔还有人谈起他："致秋人不错。"

"致秋教戏有瘾。他也会教，说的都是地方，能说到点子上。——他会的多，见的也多。"

最近剧团要到香港演出，还有人念叨："这会儿要是有云致秋这样一个又懂业务，又能做保卫工作的党员，就好了！"

一个人死了，还会有人想起他，就算不错。

1983年7月2日写完，为纪念一位亡友而作。

（这是小说，不是报告文学。文中所写，并不都是真事。）

故里三陈

陈小手

我们那地方，过去极少有产科医生。一般人家生孩子，都是请老娘。什么人家请哪位老娘，差不多都是固定的。一家宅门的大少奶奶、二少奶奶、三少奶奶，生的少爷、小姐，差不多都是一个老娘接生的。老娘要穿房入户，生人怎么行？老娘也熟知各家的情况，哪个年长的女用人可以当她的助手，当"抱腰的"，不须临时现找。而且，一般人家都迷信哪个老娘"吉祥"，接生顺当。——老娘家供着送子娘娘，天天烧香。谁家会请一个男性的医生来接生呢？——我们那里学医的都是男人，只有李花脸的女儿传其父业，成了全城仅有的一位女医人。她也不会接生，只会看内科，是个老姑娘。男人学医，谁会去学产科呢？都觉得这是一桩丢人没出息的事，不屑为之。但也不是绝对没有。

陈小手就是一位出名的男性的妇科医生。

陈小手的得名是因为他的手特别小，比女人的手还小，比一般女人的手还更柔软细嫩。他专能治难产。横生、倒生，都能接下来（他当然也要借助于药物和器械）。据说因为他的手小，动作细腻，可以减少产妇很多痛苦。大户人家，非到万不得已是不会请他的。中小户人家，忌讳较少，遇到产妇胎位不正，老娘束手，老娘就会建议："去请陈小手吧。"

陈小手当然是有个大名的，但是都叫他陈小手。

接生，耽误不得，这是两条人命的事。陈小手喂着一匹马。这匹马浑身雪白，无一根杂毛，是一匹走马。据懂马的行家说，这马走的脚步是"野鸡柳子"，又快又细又匀。我们那里是水乡，很少人家养马。每逢有军队的骑兵过境，大家就争着跑到运河堤上去看"马队"，觉得非常好看。陈小手常常骑着白马赶着到各处去接生，大家就把白马和他的名字联系起来，称之为"白马陈小手"。

同行的医生，看内科的、外科的，都看不起陈小手，认为他不是医生，只是一个男性的老娘。陈小手不在乎这些，只要有人来请，立刻跨上他的白马，飞奔而去。正在呻吟惨叫的产妇听到他的马脖子上的銮铃的声音，立刻就安定了一些。他下了马，即刻进了产房。过了一会儿（有时时间颇长），听到哇的一声，孩子落地了。陈小手满头大汗，走了出来，对这家的男主人拱拱手："恭喜恭喜！母子平安！"男主人满面笑容，把封在红纸里的酬金递过去。陈小手接过来，看也不看，装进口袋里，洗洗手，喝一杯热茶，道一声"得罪"，出来上马，只听见他的马的銮铃声"哗棱哗棱"……走远了。

陈小手活人多矣。

有一年，来了联军。我们那里那几年打来打去的，是两支军队。一支是国民革命军，当地称之为"党军"；相对的一支是孙传芳的军队。孙传芳自称"五省联军总司令"，他的部队就被称为"联军"。联军驻扎在天王庙，有一团人。团长的太太（谁知道是正太太还是姨太太）要生了，生不下来。叫来几个老娘，还是弄不出来。这太太杀猪也似的乱叫。团长派人去叫陈小手。

陈小手进了天王庙。团长正在产房外面不停地"走柳"。见了陈小手，说：

"大人，孩子，都得给我保住，保不住要你的脑袋！进去吧！"

这女人身上的脂油太多了，陈小手费了九牛二虎之力，总算把孩子掏出来了。和这个胖女人较了半天劲，累得他筋疲力尽。他逦里歪斜走出来，对团长拱拱手：

"团长！恭喜您，是个男伢子，少爷！"

团长龇牙笑了一下，说："难为你了！——请！"

外边已经摆好了一桌酒席。副官陪着。陈小手喝了两口。团长拿出二十块大洋，往陈小手面前一送：

"这是给你的！——别嫌少哇！"

"太重了！太重了！"

喝了酒，揣上二十块现大洋，陈小手告辞了："得罪！"

"不送你了！"

陈小手出了天王庙，跨上马。团长掏出手枪来，从后面一枪就把他打下来了。团长说："我的女人，怎么能让他摸来摸去！她身上，除了我，任何男人都不许碰！你小子太欺负人了！日他奶奶！"

团长觉得怪委屈。

陈四

陈四是个瓦匠，外号"向大人"。

我们那个城里，没有多少娱乐。除了听书，瞧戏，大家最有兴趣的便是看会，看迎神赛会，——我们那里叫作"迎会"。

所迎的神，一是城隍，一是都土地。城隍老爷是阴间的一县之主，但是他的爵位比阳间的县知事要高得多，敕封"灵应侯"。他的气派也比县知事要大得多。县知事出巡，哪有这样威严，这样多的仪仗队伍，还有各种杂耍玩意的呢？再说打我记事起，就没见过县知事出巡过，他们只是坐了一顶小轿或坐了自备的黄包车到处去拜客。都土地东西南北四城都有，保佑境内的黎民，地位相当于一个区长。他比活着的区长要神气得多，但比城隍菩萨可就差了一大截了。他的爵位是"灵显伯"。都土地都是有名有姓的。我所居住的东城的都土地是张巡。张巡为什么会到我的家乡来当都土地呢，他又不是战死在我们那里的，这一点我始终没有弄明白。张巡是太守，死后为什么倒降职成了区长了呢？我也不明白。

都土地出巡是没有什么看头的。短簌簌的一群人，打着一些稀稀落落的仪仗，把都天菩萨（都土地为什么被称为"都天菩萨"，这一点我也不明白）抬出来转一圈，无声无息地，一会儿就过完了。所谓"看会"，实际上指的是看赛城隍。

我记得的赛城隍是在夏秋之交，阴历的七月半，正是大热的时候。不过好像也有在十月初出会的。

　　那真是万人空巷，倾城出观。到那天，凡城隍所经的要闹之处的店铺就都做好了准备：燃香烛，挂宫灯，在店堂前面和临街的柜台里面放好了长凳，有楼的则把楼窗全部打开，烧好了茶水，等着东家和熟主顾人家的眷属光临。这时正是各种瓜果下来的时候，牛角酥、奶奶哼（一种很"面"的香瓜）、红瓤西瓜、三白西瓜、鸭梨、槟子、海棠、石榴，都已上市，瓜香果味，飘满一街。各种卖吃食的都出动了，争奇斗胜，吟叫百端。到了八九点钟，看会的都来了。老太太、大小姐、小少爷。老太太手里拿着檀香佛珠，大小姐衣襟上挂着一串白兰花。用人手里提着食盒，里面是兴化饼子、绿豆糕，各种精细点心。远远听见鞭炮声、锣鼓声，"来了，来了！"于是各自坐好，等着。

　　我们那里的赛会和鲁迅先生所描写的绍兴的赛会不尽相同。前面并无所谓"塘报"。打头的是"拜香的"。都是一些十六七岁的小伙子，光头净脸，头上系一条黑布带，前额缀一朵红绒球，青布衣衫，赤脚草鞋，手端一个红漆的小板凳，板凳一头钉着一个铁管，上插一支安息香。他们合着节拍，依次走着，每走十步，一齐回头，把板凳放到地上，算是一拜，随即转向再走。这都是为了父母生病到城隍庙许了愿的，"拜香"是还愿。后面是"挂香"的，则都是壮汉，用一个小铁钩勾进左右手臂的肉里，下系一个带链子的锡香炉，炉里烧着檀香。挂香多的可至香炉三对。这也是还愿的。后面就是各种玩意了。

　　十番锣鼓音乐篷子。一个长方形的布篷，四面绣花篷檐，下缀走水流苏。四角支竹竿，有人撑着。里面是吹手，一律是笙箫细乐，边走边吹奏。锣鼓篷悉有五七篷，每隔一段玩意有一篷。

茶担子。金漆木桶，桶口翻出，上置一圈细瓷茶杯，桶内和杯内都装了香茶。

花担子。鲜花装饰的担子。

挑茶担子、花担子的扁担都极软，一步一颤。脚步要匀，三进一退，各依节拍，不得错步。茶担子、花担子虽无很难的技巧，但几十副担子同时进退，整整齐齐，亦颇婀娜有致。

舞龙。

舞狮子。

跳大头和尚戏柳翠[①]。

跑旱船。

跑小车。

最清雅好看的是"站高肩"。下面一个高大结实的男人，挺胸调息，稳稳地走着，肩上站着一个孩子，也就是五六岁，都扮着戏，青蛇、白蛇、法海、许仙，关、张、赵、马、黄，李三娘、刘知远、咬脐郎、火公窦老……他们并无动作，只是在大人的肩上站着，但是衣饰鲜丽，孩子都长得清秀伶俐，惹人疼爱。"高肩"不是本城所有，是花了大钱从扬州请来的。

后面是高跷。

[①] 即唐宋杂戏里的《月明和尚戏柳翠》，演和尚的戴一个纸浆做成的很大的和尚的脑袋，白色的脑袋，淡青的头皮，嘻嘻地笑着。我们那里已不知和尚法名月明，只是叫他"大头和尚"。

再后面是跳判的。判有两种，一种是"地判"，一文一武，手执朝笏，边走边跳。一种是"抬判"。两根杉篙，上面绑着一个特制的圈椅，由四个人抬着。圈椅上蹲着一个判官。下面有人举着一个扎在一根细长且薄的竹片上的红绸做的蝙蝠，逗着判官。竹片极软，有弹性，忽上忽下，判官就追着蝙蝠，做出各种带舞蹈性的动作。他有时会跳到椅背上，甚至能在上面打飞脚。抬判不像地判只是在地面做一些滑稽的动作，这是要会一点"轻功"的。有一年看会，发现跳抬判的竟是我的小学的一个同班同学，不禁哑然。

迎会的玩意到此就结束了。这些玩意的班子，到了一些大店铺的门前，店铺就放鞭炮欢迎，他们就会停下来表演一会儿，或绕两个圈子。店铺常有犒赏。南货店送几大包蜜枣，茶食店送糕饼，药店送凉药洋参，绸缎店给各班挂红，钱庄则干脆扛出一钱板一钱板的铜圆，俵散众人。

后面才真正是城隍老爷（叫城隍为"老爷"或"菩萨"都可以，随便的）自己的仪仗。

前面是开道锣。几十面大筛同时敲动。筛极大，得吊在一根杆子上，前面担在一个人的肩上，后面的人担着杆子的另一头，敲。大筛的节奏是非常单调的：哐（锣槌头一击）定定（槌柄两击筛面）哐定定哐，哐定定哐定定哐……如此反复，绝无变化。唯其单调，所以显得很庄严。

后面是虎头牌。长方形的木牌，白漆，上画虎头，黑漆扁宋体黑字，大书"肃静""回避""敕封灵应侯""保国佑民"。

后面是伞，——万民伞。伞有多柄，都是各行同业公会所献，彩缎绣花，缂丝平金，各有特色。我们县里最讲究的几柄伞却是纸伞。硖石所出。白宣纸上扎出芥子大的细孔，利用细孔的虚实，衬出虫鱼花鸟。这几柄宣纸伞后来被城隍庙的道士偷出来拆开一扇一扇地卖了，我父亲曾收得几扇。我曾看过纸伞的残片，真是精细绝伦。

最后是城隍老爷的"大驾"。八抬大轿，抬轿的都是全城最好的轿夫。他们踏着细步，稳稳地走着。轿顶四面鹅黄色的流苏均匀地起伏摆动着。城隍老爷一张油白大脸，疏眉细眼，五绺长须，蟒袍玉带，手里捧着一柄很大的折扇，端端地坐在轿子里。这时，人们的脸上都严肃起来了，正如鲁迅先生所说：诚惶诚恐，不胜屏营待命之至。

城隍老爷要在行宫（也是一座庙里）待半天，到傍晚时才"回宫"。回宫时就只剩下少许人扛着仪仗执事，抬着轿子，飞跑着从街上走过，没有人看了。

且说高跷。

我见过几个地方的高跷，都不如我们那里的。我们那里的高跷，一是高，高至丈二。踩高跷的中途休息，都是坐在人家的房檐口。我们县的踩高跷的都是瓦匠，无一例外。瓦匠不怕高。二是能玩出许多花样。

高跷队前面有两个"开路"的，一个手执两个棒槌，不停地"郭郭，郭郭"地敲着。一个手执小铜锣，敲着"光光，光光"。他们的声音合在一起，就是"郭郭，光光；郭郭，光光"。我总觉得这"开路"的来源是颇久远的。老远地听见"郭郭，光光"，就知道高跷来了，人们就振奋起来。

高跷队打头的是渔、樵、耕、读。就中以渔公、渔婆最逗。他们要矮身蹲在高跷上横步跳来跳去做钓鱼撒网各种动作，重心很不好掌握。后面是几出戏文。戏文以《小上坟》最动人。小丑和旦角都要能踩"花梆子"碎步。这一出是带唱的。唱的腔调是柳枝腔。当中有一出"贾大老爷"。这贾大老爷不知是何许人，只是一个衙役在戏弄他，贾大老爷不时对着一个夜壶口喝酒。他的颠顶总是引得看的人大笑。垫底的是"火烧向大人"。三个角色：一个铁公鸡，一个张嘉祥，一个向大人。向大人名荣，是清末的大将，以镇压太平天国有功，后死于任。看会的人是不管他究竟是谁的，也不论其是非功过，只是看扮演向大人的"演员"的功夫。那是很难的。向大人要在高跷上蹬马，在高跷上坐轿，——两只手抄在前面，"存"着身子，两只脚（两只跷）一撩一撩地走，有点像戏台上"走矮子"。他还要能在高跷上做"探海""射雁"这些在平地上也不好做的高难动作（这可真是"高难"，又高又难）。到了挨火烧的时候，还要左右躲闪，簸脑袋，甩胡须，连连转圈。到了这时，两旁店铺里的看会人就会炸雷也似的大声叫起"好"来。

擅长表演向大人的，只有陈四，别人都不如。

到了会期，陈四除了在县城表演一回，还要到三垛去赶一场。县城到三垛，四十五里。陈四不卸装，就登在高跷上沿着澄子河堤赶了去。赶到那里，准不误事。三垛的会，不见陈四的影子，菩萨的大驾不起。

有一年，城里的会刚散，下了一阵雷暴雨，河堤上不好走，他一路赶去，差点没摔死。到了三垛，已经误了。

三垛的会首乔三太爷抽了陈四一个嘴巴，还罚他当众跪了一炷香。

陈四气得大病了一场。他发誓从此再也不踩高跷。陈四还是当他的瓦匠。

到冬天，卖灯。

冬天没有什么瓦匠活，我们那里的瓦匠冬天大都以糊纸灯为副业，到了灯节前，摆摊售卖。陈四的灯摊就摆在保全堂廊檐下。他糊的灯很精致。荷花灯、绣球灯、兔子灯。他糊的蛤蟆灯，绿背白腹，背上用白粉点出花点，四只爪子是活的，提在手里，来回划动，极其灵巧。我每年要买他一盏蛤蟆灯，接连买了好几年。

陈泥鳅

邻近几个县的人都说我们县的人是黑屁股。气得我的一个姓孙的同学，有一次当着很多人褪下了裤子让人看："你们看！黑吗？"我们当然都不是黑屁股。黑屁股指的是一种救生船。这种船专在大风大浪的湖水中救人、救船，因为船尾涂成黑色，所以叫作黑屁股。说的是船，不是人。

陈泥鳅就是这种救生船上的一个水手。

他水性极好，不愧是条泥鳅。运河有一段叫清水潭。因为民国十年、民国二十年都曾在这里决口，把河底淘成了一个大潭。据说这里的水深，三篙子都打不到底。行船到这里，不能撑篙，只能荡桨。水流也很急，水面上拧着一个一个漩涡。从来没有人敢在这里游水。陈泥鳅有一次和人打赌，一气游了个来回。当中有一截，他半天不露脑袋，半天半天，岸上的人以为他沉了底，想不到一会儿，他笑嘻嘻地爬上岸来了！

他在通湖桥下住。非遇风浪险恶时，救生船一般是不出动的。他看看天色，知道湖里不会出什么事，就待在家里。他也好义，也好利。湖里大船出事，下水救人，这时是不能计较报酬的。有一次一只装豆子的船琵琶闸炸了，炸得粉碎。事后知道，是因为船底有一道小缝漏水，水把豆子浸湿了，豆子吃了水，突然间一齐膨胀起来，"砰"的一声把船撑炸了——那力量是非常之大的。船碎了，人掉在水里。这时跳下水救人，能要钱么？民国二十年，运河决口，陈泥鳅在激浪里救起了很多人。被救起的都已经是家破人亡，一无所有了，陈泥鳅连人家的姓名都没有问，更谈不上要什么酬谢了。在活人身上，他不能讨价；在死人身上，他却是不少要钱的。

人淹死了，尸首找不着。事主家里一不愿等尸首泡涨漂上来，二不愿尸首被"四水捞子"①钩得稀烂八糟，这时就会来找陈泥鳅。陈泥鳅不但水性好，且在水中能开眼见物。他就在出事地点附近，察看水流风向，然后一个猛子扎下去，潜入水底，伸手摸触。几个猛子之后，他准能把一个死尸托上来。不过得事先讲明，捞上来给多少酒钱，他才下去。有时讨价还价，得磨半天。陈泥鳅不着急，人反正已经死了，让他在水底多待一会儿没事。

陈泥鳅一辈子没少挣钱，但是他不置产业，一个积蓄也没有。他散漫花钱很散漫，有钱就喝酒尿了，赌钱输了。有的时候，也偷偷地

---

① "四水捞子"是一种在水中打捞东西的用具，四面有弯钩，状如一小铁锚，而钩尖极锐利。

周济一些孤寡老人，但嘱咐千万不要说出去。他也不娶老婆。有人劝他成个家，他说："瓦罐不离井上破，大将难免阵头亡。淹死会水的。我见天跟水闹着玩，不定哪天龙王爷就把我请了去。留下孤儿寡妇，我死在阴间也不踏实。这样多好，吃饱了一家子不饥，无牵无挂！"

通湖桥桥洞里发现了一具女尸。怎么知道是女尸？她的长头发在洞口外飘动着。行人报了乡约，乡约报了保长，保长报到地方公益会。桥上桥下，围了一些人看。通湖桥是直通运河大闸的一道桥，运河的水由桥下流进澄子河。这座桥的桥洞很高，洞身也很长，但是很狭窄，只有人的肩膀那样宽。桥以西，桥以东，水面落差很大，水势很急，翻花卷浪，老远就听见訇訇的水声，像打雷一样。大家研究，这女尸一定是从大闸闸口冲下来的，不知怎么会卡在桥洞里了。不能就让她这么在桥洞里堵着。可是谁也想不出办法，谁也不敢下去。

去找陈泥鳅。

陈泥鳅来了，看了看。他知道桥洞里有一块石头，突出一个尖角（他小时候老在洞里钻来钻去，对洞里每一块石头都熟悉）。这女人大概是身上衣服在这个尖角上绊住了。这也是个巧劲儿，要不，这样猛的水流，早把她冲出来了。"十块现大洋，我把她弄出来。"

"十块？"公益会的人吃了一惊，"你要得太多了！"

"是多了点。我有急用。这是玩命的事！我得从桥洞西口顺水窜进桥洞，一下子把她拨拉动了，就算成了。就这一下。一下子拨拉不动，我就会塞在桥洞里，再也出不来了！你们也都知道，桥洞只有肩膀宽，没法转身。水流这样急，退不出来。那我就只好陪着她了。"

大家都说："十块就十块吧！这是砂锅捣蒜，一槌子！"陈泥鳅把浑身衣服脱得光光的，道了一声"对不起了！"纵身入水，顺着水流，笔直地窜进了桥洞。大家都捏着一把汗。只听见欻的一声，女尸冲出来了。接着陈泥鳅从东面洞口凌空蹿出了水面。大家伙发了一声喊："好水性！"

陈泥鳅跳上岸来，穿了衣服，拿了十块钱，说了声"得罪得罪！"转身就走。

大家以为他又是进赌场、进酒店了。没有，他径直地走进陈五奶奶家里。

陈五奶奶守寡多年。她有个儿子，去年死了，儿媳妇改了嫁，留下一个孩子。陈五奶奶就守着小孙子过，日子很折皱①。这孩子得了急惊风，浑身滚烫，鼻翅扇动，四肢抽搐，陈五奶奶正急得两眼发直。陈泥鳅把十块钱交在她手里，说："赶紧先到万全堂，磨一点羚羊角，给孩子喝了，再抱到王淡人那里看看！"

说着抱了孩子，拉了陈五奶奶就走。

陈五奶奶也不知哪里来的劲，跟着他一同走得飞快。

一九八三年八月一日急就

---

① 这是我的家乡话，意思是很困难，很不顺利。

118

日　规

　　西南联大新校舍对面是"北院"。北院是理学院区。一个狭长的大院，四面有夯土版筑的围墙。当中是一片长方形的空场。南北各有一溜房屋，土墙，铁皮房顶，是物理系、化学系和生物系的办公室、教室和实验室。房前有一条土路，路边种着一排不高的尤加利树。一览无余，安静而不免枯燥。这里不像新校舍一样有大图书馆、大食堂、学生宿舍。教室里没有风度不同的教授讲授各种引人入胜的课程，墙上也没有五花八门互相论战的壁报，也没有寻找失物或出让衣物的启事。没有操场，没有球赛。因此，除了理学院的学生，文法学院的学生很少在北院停留。不过他们每天要经过北院。由正门进，出东面的侧门，上一个斜坡，进城墙缺口。或到"昆中""南院"听课，或到文林街坐茶馆，到市里闲逛，看电影……理学院的学生读书多是比较扎实的，不像文法学院的学生放浪不羁，多少带点才子气。记定理、抄公式、画细胞，都要很专心。因此文法学院的学生走过北院时都不大声讲话，而且走得很快，免得打扰人家。但是他们在走尽南边的土路，将出侧门时，往往都要停一下：路边开着一大片剑兰！

这片剑兰开得真好！是美国种。别处没有见过。花很大，比普通剑兰要大出一倍。什么颜色的都有。白的、粉的、桃红的、大红的、浅黄的、淡绿的、蓝的、紫得像是黑色的。开得那样旺盛，那样水灵！可是，许看不许摸！这些花谁也不能碰一碰。这是化学系主任高崇礼种的。

高教授是个出名的严格方正、不讲情面的人。他当了多年系主任，教普通化学和有机化学。他的为人就像分子式一样，丝毫通融不得。学生考试，不及格就是不及格。哪怕是考了五十九分，照样得重新补修他教的那门课程。而且常常会像训小学生一样，把一个高年级的学生骂得面红耳赤。这人整天没有什么笑容，老是板着脸。化学系的学生都有点怕他，背地里叫他高阎王。他除了科学，没有任何娱乐嗜好。不抽烟。不喝酒。教授们有时凑在一起打打小麻将，打打桥牌，他绝不参加。他不爱串门拜客闲聊天。可是他爱种花，只种一种：剑兰。

这还是在美国留学时养成的爱好。他在麻省理工学院读化学。每年暑假，都到一家专门培植剑兰的花农的园圃里去做工，挣取一学年的生活费用，因此精通剑兰的种植技术。回国时带回了一些花种，每年还种一些。在北京时就种。学校迁到昆明，他又带了一些花种到昆明来，接着种。没想到昆明的气候土壤对剑兰特别相宜，花开得像美国那家花农的园圃里的一般大。逐年发展，越种越多，长了那样大一片！

可是没有谁会向他要一穗花，因为都知道高阎王的脾气：他的花绝不送人。而且大家知道，现在他的花更碰不得，他的花是要卖钱的！

昆明近日楼有个花市。近日楼外边，有一个水泥砌的圆池子。池子里没有水，是干的。卖花的就带了一张小板凳坐在池子里，把各种鲜花摊放在池沿上卖。晚香玉、缅桂花、康乃馨，也有剑兰。池沿上摆得满满的，色彩缤纷，老远地就闻到了花香。昆明的中产之家，有买花插瓶的习惯。主妇上街买菜，菜篮里常常一头放着鱼肉蔬菜，一头斜放着一束鲜花。花菜一篮，使人感到一片盎然的生意。高教授有一天走过近日楼，看看花市，忽然心中一动。

于是他每天一清早，就从家里走到北院，走进花圃，选择几十穗半开的各色剑兰，剪下来，交给他的夫人，拿到近日楼去卖。他的剑兰花大，颜色好，价钱也不太贵，很快就卖掉了。高太太就喜吟吟地走向菜市场。来时一篮花，归时一篮菜。这样，高教授的生活就提高了不少。他家的饭桌上常见荤腥。星期六还能炖一只母鸡。云南的玉溪鸡非常肥嫩，肉细而汤清。高太太把刚到昆明时买下的，已经弃置墙角多年的汽锅也洗出来了。剑兰是多年生草本，全年开花；昆明的气候又是四季如春，不缺雨水，于是高教授家汽锅鸡的香味时常飘入教授宿舍的左邻右舍。他的两个在读中学的儿女也有了比较整齐的鞋袜。

那位说：教授卖花，未免欠雅。先生，您可真是站着说话不腰疼！您不知道抗日战争期间，大后方的教授，穷苦到什么程度。您不知道，一位国际知名的化学专家，同时又是对社会学、人类学具有广博知识的才华横溢而性格（在有些人看来）不免古怪的教授，穿的是一双"空前绝后"的布鞋——脚趾和脚跟部位都磨通了。中文系主任，当代散文大师的大衣破得不能再穿，他就买了一件云南赶马人穿的粗毛氆氇一口钟穿在身上御寒，样子有一点像传奇影片里的侠客，只是身材略嫌矮小。原来抽筇立克、555 牌香烟的教授多改成抽烟斗，抽本地出的鹿头牌的极其辛辣的烟丝。他们的 3B 烟斗的接口处多是破裂的，缠着白线。有些著作等身的教授，因为家累过重，无暇治学，只能到中学去兼课。有个治古文字的学者在南纸店挂笔单为人治印。有的教授开书法展览会卖钱。教授夫人也多想法挣钱，贴补家用。有的制作童装，代织毛衣毛裤，有几位哈佛和耶鲁毕业的教授夫人，集资制作西点，在街头设摊出售。因此，高崇礼卖花，全校师生，皆无非议。

大家对这一片剑兰增加了一层新的看法，更加不敢碰这些花了。走过时只是远远地看看，不敢走近，更不敢停留。有的女同学想多看两眼，另一个就会说："快走，快走！高阎王在办公室里坐着呢！"没有谁会想起干这种恶作剧的事，半夜里去偷掐高教授的一穗花。真要是有人掐一穗，第二天早晨，高教授立刻就会发现。这花圃里有多少穗花，他都是有数的。

只有一个人可以走进高教授的花圃，蔡德惠。蔡德惠是生物系助教，坐办公室。生物系办公室和化学系办公室紧挨着，门对门。蔡德惠和高教授朝夕见面，关系很好。

蔡德惠是一个非常用功的学生。从小学到大学，各门功课都很好。他生活上很刻苦，联大四年，没有在外面兼过一天差。

联大学生的家大都在沦陷区。自从日本人占了越南，滇越铁路断了，昆明和平津沪杭不通邮汇，这些大学生就断绝了经济来源。教育部每月给大学生发一点生活费，叫作"贷金"。"贷金"名义上是"贷"给学生的，但是谁都知道这是永远不会归还的。这实际上是救济金，不知是哪位聪明的官员想出了这样一个新颖别致的名目，大概是觉得救济金听起来有伤大学生的尊严。"贷金"数目很少，每月十四元。货币贬值，物价飞涨，这十四元一直未动。这点"贷金"只够交伙食费，所以联大大部分学生都在外面找一个职业。半工半读，对付着过日子。五花八门，干什么的都有。有的在中学兼课，有的当家庭教师。昆明有个冠生园，是卖广东饭菜点心的。这个冠生园不知道为什么要办一个职工夜校，而且办了几年，联大不少同学都去教过那些广东名厨和糕点师傅。有的到西药房或拍卖行去当会计。上午听课，下午坐在柜台里算账，见熟同学走过，就起身招呼谈话。有的租一间门面，修理钟表。有一位坐在邮局门前为人代写家信。昆明有一个古老的习惯，每到正午时要放一炮，叫作"放午炮"。据说每天放这一炮的，也是联大的一位贵同学！这大概是哪位富于想象力的联大同学造出来的谣言。不过联大学生遍布昆明的各行各业，什么都干，却是事实。像蔡德惠这样没有兼过一天差的，极少。

　　联大学生兼差的收入，差不多全是吃掉了。大学生的胃口都极好：都很馋。照一个出生在南洋的女同学的说法，这些人的胃口都"像刀子一样"，见什么都想吃。也难怪这些大学生那么馋，因为大食堂的伙食实在太坏了！早晨是稀饭，一碟炒蚕豆或豆腐乳。中午和晚上都是大米干饭，米极糙，颜色紫红，中杂不少沙粒石子和耗子屎，装在一个很大的木桶里。盛饭的勺子也是木制的。因此饭粒入口，总带着很重的松木和杨木的气味。四个菜，分装在浅浅的酱色的大碗里。

经常吃的是煮芸豆；还有一种不知是什么原料做成的紫灰色像是鼻涕一样的东西，叫作"魔芋豆腐"。难得有一碗炒猪血（昆明叫"旺子"），几片炒回锅肉（半生不熟，极多猪毛）。这种淡而无味的东西，怎么能满足大学生们的刀子一样的食欲呢？二十多岁的人，单靠一点淀粉和碳水化合物是活不成的，他们要高蛋白，还要适量的动物脂肪！于是联大附近的小饭馆无不生意兴隆。新校舍的围墙外面出现了很多小食摊。这些食摊上的食品真是南北并陈，风味各别。最受欢迎的是一个广东老太太卖的鸡蛋饼：鸡蛋和面，入盐，加大量葱花，于平底锅上煎熟。广东老太太很舍得放猪油，饼在锅里煎得滋滋地响，实在是很大的诱惑。

煎得之后，两面焦黄，径可一尺，卷而食之，极可解馋。有一家做一种饼，其实也没有什么稀奇，不过就是加了一点白糖的发面饼，但是是用松毛（马尾松的松叶）烤熟的，带一点清香，故有特点。联大的女学生最爱吃这种饼。昆明人把女大学生叫作"摩登"，于是这种饼就被叫成"摩登"粑粑。这些"摩登"们常把一个粑粑切开，中夹叉烧肉四两，一边走，一边吃，丝毫不觉得有什么不文雅。有一位贵州人每天挑一副担子来卖馄饨面。他卖馄饨是一边包一边下的。有时馄饨皮包完了，他就把馄饨馅一小疙瘩一小疙瘩拨到汤里下面。有人问他："你这叫什么面？"这位贵州老乡毫不犹豫地答曰："桃花面！"……

蔡德惠偶尔也被人拉到米线铺里去吃一碗焖鸡米线，但这样的时候很少。他每天只是吃食堂。吃煮芸豆和"魔芋豆腐"。四年都是这样。

蔡德惠的衣服倒是一直比较干净整齐的。

联大的学生都有点像是阴沟里的鹅——顾嘴不顾身。女同学一般都还注意外表。男同学里西服革履，每天把裤子脱下来压在枕头下以保持裤线的，也有，但是不多。大多数男大学生都是不衫不履，邋里邋遢。有人裤子破了，找一根白线，把破洞处系成一个疙瘩，只要不露肉就行。蔡德惠可不是这样。

蔡德惠四五年来没有添置过什么衣服，——除了鞋袜。他的衣服都还是来报考联大时从家里带来的。不过他穿得很仔细。他的衣服都是自己洗，而且换洗得很勤。联大新校舍有一个文嫂，专给大学生洗衣服。蔡德惠从来没有麻烦过她。不但是衣服，他连被窝都是自己拆洗，自己做。这在男同学里是很少有的。因此，后来一些同学在回忆起蔡德惠时，首先总是想到蔡德惠在新校舍一口很大的井边洗衣裳，见熟同学走过，就抬起头来微微一笑。他还会做针线活，会裁会剪。一件衬衫的肩头穿破了，他能拆下来，把下摆移到肩头，倒个个儿，缝好了依然是一件完整的衬衫，还能再穿几年。这样的活计，大概多数女同学也干不了。

也许是性格所决定，蔡德惠在中学时就立志学生物。他对植物学尤其感兴趣。到了大学三年级，就对植物分类学着了迷。植物分类学在许多人看来是一门很枯燥的学问，单是背那么多拉丁文的学名，就是一件叫人头疼的事。可是蔡德惠觉得乐在其中。有人问他："你干吗搞这么一门干巴巴的学问？"蔡德惠说："干巴巴的？——不，这是一门很美的科学！"他是生物系的高才生。四年级的时候，系里就决定让他留校。一毕业，他就当了助教，坐办公室。

高崇礼教授对蔡德惠很有好感。蔡德惠算是高崇礼的学生，他选读过高教授的普通化学。蔡德惠的成绩很好，高教授还记得。但是真正使高教授对蔡德惠产生较深印象，是在蔡德惠当了助教以后。蔡德惠很文静。隔着两道办公室的门，一天几乎听不到他的声音。他很少大声说话。干什么事情都是轻手轻脚的，绝不会把桌椅抽屉搞得乒乒乱响。他很勤奋。每天高教授来剪花的时候（这时大部分学生都还在高卧），发现蔡德惠已经坐在窗前低头看书，做卡片。虽然在学问上隔着行，高教授无从了解蔡德惠在植物学方面的造诣，但是他相信这个年轻人是会有出息的，这是一个真正做学问的人。高教授也听生物系主任和几位生物系的教授谈起过蔡德惠，都认为他有才能，有见解，将来可望在植物分类学方面取得很高的成就。高教授对这点深信不疑。因此每天高教授和蔡德惠点头招呼，眼睛里所流露的，就不只是亲切，甚至可以说是：敬佩。

高教授破例地邀请蔡德惠去看看他的剑兰。当有人发现高阎王和蔡德惠并肩站在这一片华丽斑斓的花圃里时，不禁失声说了一句："这真是黄河清了！"蔡德惠当然很喜欢这些异国名花。他时常担一担水来，帮高教授浇浇花；用一个小薅锄松松土；用烟叶泡了水除治剑兰的腻虫。高教授很高兴。

蔡德惠简直是钉在办公室里了，他很少出去走走。他交游不广，但是并不孤僻。有时他的杭高老同学会到他的办公室里来坐坐，——他是杭州人，杭高（杭州高中）毕业，说话一直带着杭州口音。他在新校舍同住一屋的外系同学，也有时来。他们来，除了说说话，附带来看蔡德惠采集的稀有植物标本。蔡德惠每年暑假都要到滇西、滇南去采集标本。像木蝴蝶那样的植物种子，是很好玩的。一片一片，薄薄的，完全像一个蝴蝶，而且一个荚子里密密地挤了那么多。看看这种种子，你会觉得：大自然真是神奇！有人问他要两片木蝴蝶夹在书里当书签，他会欣然奉送。这东西滇西多的是，并不难得。

在蔡德惠那里坐了一会儿的同学，出门时总要看一眼门外朝南院墙上的一个奇怪东西。这是一个日规。蔡德惠自己做的。所谓"做"，其实很简单，找一点石灰，跟瓦匠师傅借一个抿子，在墙上抹出一个规整的长方形，长方形的正中，垂直着钉进一根竹筷子，——院墙是土墙，是很容易钉进去的。筷子的影子落在雪白的石灰块上，随着太阳的移动而移动。这是蔡德惠的钟表。蔡德惠原来是有一只怀表的，后来坏了，他就一直没有再买，——也买不起。他只要看看筷子的影子，就知道现在是几点几分，不会差错。蔡德惠做了这样一个古朴的日规，一半是为了看时间，一半也是为了好玩，增加一点生活上的情趣。至于这是不是也表示了一种意思：寸阴必惜，那就不知道了。大概没有。蔡德惠不是那种把自己的决心公开表现给人看的人。不过凡熟悉蔡德惠的人，总不免引起一点感想，觉得这个现代古物和一个心如古井的青年学者，倒是十分相称的。人们在想起蔡德惠时，总会很自然地想起这个日规。

蔡德惠病了。不久，死了。死于肺结核。他的身体原来就比较孱弱。

生物系的教授和同学都非常惋惜。

高崇礼教授听说蔡德惠死了，心里很难受。这天是星期六。吃晚饭了，高教授一点胃口都没有。高太太把汽锅鸡端上桌，汽锅盖噗噗地响，汽锅鸡里加了宣威火腿，喷香！高崇礼忽然想起：蔡德惠要是每天喝一碗鸡汤，他也许不会死！这一天晚上的汽锅鸡他一块也没有吃。

蔡德惠死了，生物系暂时还没有新的助教递补上来，生物系主任难得到系里来看看，生物系办公室的门窗常常关锁着。

蔡德惠手制的日规上的竹筷的影子每天仍旧在慢慢地移动着。

一九八四年六月五日初稿，六月七日重写

故人往事

戴车匠

戴车匠是东街一景。

车匠是一种很古老的行业了。中国什么时候开始有车匠，无可考。想来这是很久远的事了。所谓车匠，就是在木制的车床上用旋刀车旋小件圆形木器的那种人。从我记事的时候，全城似只有这一个车匠，一家车匠店。

车匠店离草巷口不远，坐南朝北。左邻是侯家银匠店，右邻是杨家香店。侯银匠成天用一根吹管吹火打银簪子、银镯子，或用小錾子錾银器上的花纹。侯家还出租花轿。花轿就停放在店堂的后面。大红缎子的轿帏，上绣丹凤朝阳和八仙，——中国的八仙是一组很奇怪的仙人，什么场合都有他们的份。结婚和八仙有什么关系呢？谁家姑娘要出阁，就事前到侯银匠家把花轿订下来。这顶花轿不知抬过多少新娘子了。附近几条街巷的人家，大家小户，都用这顶花轿。杨家香店柜前立着一块竖匾，上面不是写的字，却是用金漆堆塑出一幅"鹤鹿同春"的画。弯着脖子吃草的金鹿和蜷一只腿的金鹤留给过往行人很深的印象，因为一天要看见好多次。而且这是一幅画，凡是画，只要画得不太难看，人们还是愿意看一眼的。这在劳碌的生活中也是一种享受。我们那里不知道为什么有这样一种规矩，香店里每天都要打一盆稀稀的糨糊，免费供应街邻。人家要用少量的糨糊，就拿一块小纸，到香店里去"寻"。——大量的当然不行，比如糊窗户、打袼褙，那得自己家里拿面粉冲。我小时糊风筝，就常到杨家香店寻糨糊（一个"三尾"的风筝是用不了多少糨糊的）……戴家车匠店夹在两家之间。门面很小，只有一间，地势却颇高。跨进门槛，得上五层台阶。因此车匠店有点像个小戏台（戴车匠就好像在台上演戏）。店里正面是一堵板壁。板壁上有一副一尺多长，四寸来宽的小小的朱红对子，写的是：

室雅何须大
花香不在多

不知这是哪位读书人的手笔。但是看来戴车匠很喜欢这副对子。板壁后面，是住家。前面，是作坊。作坊靠西墙，放着两张车床。这所谓车床和现代的铁制车床是完全不同的。就像一张狭长的小床，木制的，有一个四框，当中有一个车轴，轴上安小块木料，轴下有皮条，皮条钉在踏板上，双脚上下踏动踏板，皮条牵动车轴，木料来回转动，车匠坐在坐板上，两手执定旋刀，车旋成器，这就是中国的古式的车床，——其原理倒是和铁制车床是一样的。这东西用语言是说不清楚的。《天工开物》之类的书上也许有车床的图，我没有查过。

靠里的车床是一张大的，那还是戴车匠的父亲留下的。老一辈人打东西不怕费料，总是超过需要的粗壮。这张老车床用了两代人，坐板已经磨得很光润，所有的榫头都还是牢牢实实的，没有一点活动。戴车匠嫌它过于笨重，就自己另打了一张新的。除了做特别沉重的东西，一般都使用外边较小的这一张。

戴车匠起得很早。在别家店铺才卸下铺板的时候，戴车匠已经吃了早饭，选好了材料，看看图样，坐到车床的坐板上了。一个人走进他的工作，是叫人感动的。他这就和这张床子成了一体，一刻不停地做起活来了。看到戴车匠坐在床子上，让人想起古人说的："百工居于肆，以成其器。"中国的工匠，都是很勤快的。好吃懒做的工匠，大概没有，——很少。车匠做的活都是圆的。常言说"砍的没有旋的圆"。较粗的活是量米的升子，烧饼槌子。——我们那里擀烧饼不用擀杖，用一种特制的烧饼槌子，一段圆木头，车光了，状如一个小碌碡，当中掏出圆洞，插进一个木杆。较细的活是布掸子的把，——末端车成一个滴溜圆的小球或甘露形状；擀烧卖皮用的细擀杖，——我们那里擀烧卖皮用两根小擀杖同时擀，擀杖长五寸，粗如指，极光滑，两根擀杖须分量相等。最细致的活是装围棋子的槟榔木的小圆罐，——罐盖须严丝合缝，木理花纹不错分毫。戴车匠做得最多的是大小不等的滑车。这是三桅大帆船上用的。布帆升降，离不开滑车。做得了的东西，都悬挂在西边墙上，真是琳琅满目，细巧玲珑。

车匠用的木料都是坚实细致的，檀木——白檀、紫檀、红木、黄杨、枣木、梨木，最次的也是榆木的。戴车匠踩动踏板，执刀就料，旋刀轻轻地吟叫着，吐出细细的木花。木花如书带草，如韭菜叶，如番瓜瓤，有白的、浅黄的、粉红的、淡紫的，落在地面上，落在戴车匠的脚上，很好看。住在这条街上的孩子多爱上戴车匠家看戴车匠做活，一个一个，小傻子似的，聚精会神，一看看半天。

孩子们愿意上戴车匠家来，还因为他养着一窝洋老鼠——白耗子，装在一个一面有玻璃的长方木箱里，挂在东面的墙上。洋老鼠在里面踩车、推磨、上楼、下楼，整天不闲着，——无事忙。戴车匠这么大的人了，对洋老鼠并无多大兴趣，养来是给他的独儿子玩的。

一到快过清明节了，大街小巷的孩子就都惦记起戴车匠来。

这里的风俗，清明那天吃螺蛳，家家如此，说是清明吃螺蛳，可以明目。买几斤螺蛳，入盐，少放一点五香大料，煮出一大盆，可供孩子吃一天。孩子们除了吃，还可以玩，——用螺蛳弓把螺蛳壳射出去，螺蛳弓是竹制的小弓，有一支小弓箭，附在双股麻线拧成的弓弦上。竹箭从竹片窝成的弓背当中的一个窟窿里穿过去。孩子们用竹箭的尖端把螺蛳掏出来吃了，用螺蛳壳套在竹箭上，一拉弓弦，弓背弯成满月，一撒手，哒的一声，螺蛳壳便射了出去。射得相当高，相当远。在平地上，射上屋顶是没有问题的。——竹箭被弓背挡住，是射不出去的。家家孩子吃螺蛳，放螺蛳弓，因此每年夏天瓦匠检漏时，总要从瓦楞里打扫下好些螺蛳壳来。不知道为什么，这种螺蛳弓都是车匠做，——其实这东西不用上床子旋，只要用破竹的作刀即能做成，应该由竹器店供应才对。清明前半个月，戴车匠就把别的活都停下来，整天地做螺蛳弓。孩子们从戴车匠门前过，就都兴奋起来。到了接近清明，戴车匠家就都是孩子。螺蛳弓分大、中、小三号，弹力有差，射程远近不同，价钱也不一样。孩子们眼睛发亮，挑选着，比较着，挨挨挤挤，叽叽喳喳，好不热闹。到清明那天，听吧，到处是拉弓放箭的声音："哒——哒！"

戴车匠每年照例要给他的儿子做一张特号的大弓。所有的孩子看了都羡慕。

戴车匠眯缝着眼睛看着他的儿子坐在门槛上吃螺蛳，把螺蛳壳用力地射到对面一家倒闭了的钱庄的屋顶上，若有所思。

他在想什么呢？

他的儿子已经八岁了。他该不会是想：这孩子将来干什么？是让他也学车匠，还是另外学一门手艺？世事变化很快，他隐隐约约觉得，车匠这一行恐怕不能永远延续下去。

一九八一年，我回乡了一次（我去乡已四十余年）。东街已经完全变样，戴家车匠店已经没有痕迹了。——侯家银匠店，杨家香店，也都没有了。

也许这是最后一个车匠了。

收字纸的老人

中国人对于字有一种特殊的崇拜心理，认为字是神圣的。有字的纸是不能随便抛掷的。亵渎了字纸，会遭到天谴。因此，家家都有一个字纸篓。这是一个小口、宽肩的扁篓子，竹篾为胎，外糊白纸，正面竖贴着一条二寸来宽的红纸，写着四个正楷的黑字"敬惜字纸"。字纸篓都挂在一个尊贵的地方，一般都在堂屋里家神菩萨的神案的一侧。隔十天半月，字纸篓快满了，就由收字纸的收去。这个收字纸的姓白，大人小孩都叫他老白。他上岁数了，身体却很好。满腮的白胡子楂，衬得他的脸色异常红润。眼不花，耳不聋。走起路来，腿脚还很轻快。他背着一个大竹筐，推门走进相熟的人家，到堂屋里把字纸倒在竹筐里，转身就走，并不惊动主人。有时遇见主人正在堂屋里，也说说话，问问老太爷的病好些了没有，小少爷快该上学了吧……

他把这些字纸背到文昌阁去，烧掉。

文昌阁的地点很偏僻，在东郊，一条小河的旁边，一座比较大的灰黑色的四合院。叫作阁，其实并没有什么阁。正面三间朝北的平房，砖墙瓦顶，北墙上挂了一幅大立轴，上书"文昌帝君之神位"，纸色已经发黑。香案上有一副锡制的香炉烛台。除此之外，一无所有，显得空荡荡的。这文昌帝君不知算是什么神，只知道他原先也是人，读书人，曾经连续做过十七世士大夫，不知道怎么又变成了"帝君"。他是司文运的。更具体地说，是掌握读书人的功名的。谁该有什么功名，都由他决定。因此，读书人对他很崇敬。过去，每逢初一、十五，总有一些秀才或候补秀才到阁里来磕头。要是得了较高的功名，中了举，中了进士，就更得到文昌阁来拈香上供，感谢帝君恩德。科举时期，文昌阁在一县的士人心目中是占据很重要的位置的，后来，就冷落下来了。

正房两侧，各有两间厢房。西厢房是老白住的。他是看文昌阁的，也可以说是一个庙祝。东厢房存着一副《文昌帝君阴骘文》的书版。当中是一个颇大的院子，种着两棵柿子树。夏天一地浓荫，秋天满株黄柿。柿树之前，有一座一人多高的砖砌的方亭子，亭子的四壁各有一个脸盆大的圆洞。这便是烧化字纸的化纸炉。化纸炉设在文昌阁，顺理成章。老白收了字纸，便投在化纸炉里，点火焚烧。化纸炉四面通风，不大一会儿，就烧尽了。

老白孤身一人，日子好过。早先有人拈香上供，他可以得到赏钱。有时有人家拿几刀纸让老白代印《阴骘文》（印了送人，是一种积德的善举），也会送老白一点工钱。老白印了多次《阴骘文》，几乎能背下来了（他是识字的），开头是："帝君曰：吾一十七世为士大夫，身未尝虐民酷吏……"后来，也没有人来印《阴骘文》了，这副版子就闲在那里，落满了灰尘。不过老白还是饿不着的。他挨家收字纸，逢年过节，大家小户都会送他一点钱。端午节，有人家送他几个粽子；八月节，几个月饼；年下，给他二升米，一方咸肉。老白粗茶淡饭，怡然自得。化纸之后，关门独坐。门外长流水，日长如小年。

他有时也会想想县里的几个举人、进士到阁里来上供谢神的盛况。往事历历，如在目前。有一天夜里，他做了一个梦，李三老爷点了翰林，要到文昌阁拈香。旗锣伞扇，摆了二里长。他听见有人叫他："老白！老白！李三老爷来进香了，轿子已经到了螺蛳坝，你还不起来把正门开了！"老白一骨碌坐起来，愣怔了半天，才想起来三老爷已经死了好几年了。这李三老爷虽说点了翰林，人缘很不好，一县人背后都叫他李三麻子。

老白收了字纸，有时要抹平了看看（他怕万一有人家把房地契当

135

字纸扔了，这种事曾经发生过）。近几年他收了一些字纸，却一个字都不认得。字横行如蚯蚓，还有些三角、圆圈、四方块。那是中学生的英文和几何的习题。他摇摇头，把这些练习本和别的字纸一同填进化纸炉烧了。孔夫子和欧几米德、纳斯菲尔于是同归于尽。

老白活到九十七岁，无疾而终。

花瓶

这张汉是对门万顺酱园连家的一个亲戚兼食客，全名是张汉轩，大家都叫他张汉，大概觉得已经沦为食客，就不必"轩"了。此人有七十岁了，长得活脱像一个伏尔泰，一张尖脸，一个尖尖的鼻子。他年轻时在外地做过幕，走过很多地方，见多识广，什么都知道，是个百事通。比如说抽烟，他就告诉你烟有五种：水、旱、鼻、雅、潮。"雅"是鸦片。"潮"是潮烟，这地方谁也没见过。说喝酒，他就能说出山东黄、状元红、莲花白……说喝茶，他就告诉你狮峰龙井、苏州的碧螺春，云南的"烤茶"是怎样在一个罐里烤的，福建的工夫茶的茶杯比酒盅还小，就是吃了一只炖肘子，也只能喝三杯，这茶太酽了。他熟读《子不语》《夜雨秋灯录》，能讲许多鬼狐故事。他还知道云南怎样放蛊，湘西怎样赶尸。他还亲眼见到过旱魃、僵尸、狐狸精，有时间，有地点，有鼻子有眼。三教九流，医卜星相，他全知道。他读过《麻衣神相》《柳庄神相》，会算"奇门遁甲""六壬课""灵棋经"。他总要到快九点钟时才出现（白天不知道他干什么），他一来，

136

大家精神为之一振，这一晚上就全听他一个人白话。

（旧作《异秉》）

张汉在保全堂药店讲过许多故事。有些故事平平淡淡，意思不大（尽管他说得神乎其神）。有些过于不经，使人难信。有一些却能使人留下强烈印象，日后还会时常想起。下面就是他讲过的一个故事。

死生由命，富贵在天。不但是人，就是猫狗，也都有它的命。就是一件器物，什么时候毁坏，在它造出来的那一天，就已经注定了。

江西景德镇，有一个瓷器工人，专能制造各种精美瓷器。他造的瓷器，都很名贵。他同时又是个会算命的人。每回造出一件得意的瓷器，他就给这件瓷器算一个命。有一回，他造了一只花瓶。出窑之后，他都呆了：这是一件窑变，颜色极美，釉彩好像在不停地流动，光华夺目，变幻不定。这是他入窑之前完全没有想到的。他给这只花瓶也算了一个命。花瓶脱手之后，他就一直设法追踪这只宝器的下落。

过了若干年，这件花瓶数易其主，落到一家人家。当然是大户人家，而且是爱好古玩的收藏家。小户人家是收不起这样价值连城的花瓶的。

这位瓷器工人，访到了这家，等到了日子，敲门求见。主人出来，知是远道来客，问道："何事？"——"久闻府上收了一只窑变花瓶，我特意来看看。——我是造这只花瓶的工人。"主人见这人的行动有点离奇，但既是造花瓶的人，不便拒绝，便迎进客厅侍茶。

瓷器工人抬眼一看，花瓶摆在条案上，别来无恙。

主人好客，虽是富家，却不倨傲。他向瓷器工人讨教了一些有关烧窑挂釉的学问，并拿出几件宋元瓷器，请工人鉴赏。宾主二人，谈得很投机。

忽然听到当啷一声，条案上的花瓶破了！主人大惊失色，跑过去捧起花瓶，跌着脚连声叫道："可惜！可惜——好端端地，怎么会破了呢？"

瓷器工人不慌不忙，走了过去，接过花瓶，对主人说："不必惋惜。"他从瓶里摸出一根方头铁钉，并让主人向花瓶胎里看一看。只见瓶腹内用蓝釉烧着一行字：

某年月日时鼠斗落钉毁此瓶

这是一个迷信故事。这个故事当然是编出来的。不过编得很有情致。这比许多荒唐恐怖的迷信故事更能打动人，并且使人获得美感。一件瓷器的毁损，也都是前定的，这种宿命观念不可谓不深刻。这故事是谁编的？为什么要编出这样的故事？迷信当然不能提倡，但是宿命观念是久远而且牢固的，它将会在相当长的时间内，在中国人的思想里潜伏。人类只要还不能完全掌握自己的命运，迷信总还会存在。许多迷信故事应当收集起来，这对我们了解这个民族长期形成的心理素质是有帮助的。从某一方面说，这也是一宗文化遗产。

如意楼和得意楼

扬州人早上皮包水（上茶馆），晚上水包皮（上澡堂子）。扬八属（扬州所属八县）莫不如此，我们那个小县城就有不少茶楼。竺家巷是一条不很长，也不宽的巷子，巷口就有两家茶馆。一家叫如意楼，一家叫得意楼。两家茶馆斜对门。如意楼坐西朝东，得意楼坐东朝西。两家离得很近。下雨天，从这家到那家，三步就能跳过去。两家的楼上的茶客可以凭窗说话，不用大声，便能听得清清楚楚。如要隔楼敬烟，把烟盒轻轻一丢，对面便能接住。如意楼的老板姓胡，人称胡老板或胡老二。得意楼的老板姓吴，人称吴老板或吴老二。

上茶馆并不是专为喝茶。茶当然是要喝的。但主要是去吃点心。所以"上茶馆"又称"吃早茶"。"明天我请你吃早茶。"——"我的东，我的东！"——"我先说的，我先说的！"茶馆又是人们交际应酬的场所。摆酒请客，过于隆重。吃早茶则较为简便，所费不多。朋友小聚，店铺与行客洽谈生意，大都是上茶馆。间或也有为了房地纠纷到茶馆来"说事"的。有人居中调停，两下拉拢；有人仗义执言，明辨是非，有点类似江南的"吃讲茶"。上茶馆是我们那一带人生活里的重要项目，一个月里总要上几次茶馆。有人甚至是每天上茶馆的，熟识的茶馆里有他的常座和单独给他预备的茶壶。

扬州一带的点心是很讲究的，世称"川菜扬点"。我们那个县里茶馆的点心不如扬州富春那样的齐全，但是品目也不少。计有：

包子。这是主要的。包子是肉馅的（不像北方的包子往往掺了白菜或韭菜）。到了秋天，螃蟹下来的时候，则在包子嘴上加一撮蟹肉，谓之"加蟹"。我们那里的包子是不收口的。捏了褶子，留一个小圆洞，可以看到里面的馅。

"加蟹"包子每一个的口上都可以看到一块通红的蟹黄，油汪汪

139

的，逗引人们的食欲。野鸭肥壮时，有几家大茶馆卖野鸭馅的包子，一般茶馆没有。如意楼和得意楼都未卖过。

蒸饺。皮极薄，皮里一包汤汁。吃蒸饺须先咬破一小口，将汤汁吸去。吸时要小心，否则烫嘴。蒸饺也是肉馅，也可以加笋，——加切成米粒大的冬笋细末，则须于正价之外，另加笋钱。

烧卖。烧卖通常是糯米肉末为馅。别有一种"清糖菜"烧卖，乃以青菜煮至稀烂，菜叶菜梗，都已溶化，略无渣滓，少加一点盐，加大量的白糖、猪油，搅成糊状，用为馅。这种烧卖蒸熟后皮子是透明的，从外面可以看到里面碧绿的馅，故又谓之翡翠烧卖。

千层油糕。

糖油蝴蝶花卷。

蜂糖糕。

开花馒头。

在点心没有上桌之前，先喝茶，吃干丝。我们那里茶馆里吃点心都是现要，现包，现蒸，现吃。笼是小笼，一笼蒸十六只。不像北方用大笼蒸出一屉，拾在盘子里。因此要了点心，得等一会儿。喝茶、吃干丝的时候，也是聊天的时候，干丝是扬州镇江一带特有的东西。压得很紧的方块豆腐干，用快刀劈成薄片，再切为细丝，即为干丝。干丝有两种。一种是烫干丝，干丝在开水里烫后，加上好秋油、小磨麻油、金钩虾米、姜丝、青蒜末。上桌一拌，香气四溢。一种是煮干丝，乃以鸡汤煮成，加虾米、火腿。煮干丝较俗，不如烫干丝清爽。吃干丝必须喝浓茶。吃一筷干丝，呷一口茶，这样才能各有余味，相得益彰。有爱喝酒的，也能就干丝喝酒。早晨喝酒易醉。常言说："莫饮卯时酒，昏昏直至酉。"但是我们那里爱喝"卯酒"的人不少。这样喝茶，吃干丝，吃点心，一顿早茶要吃两个来小时。我们那里的人，过去的生活真是够悠闲的。——一九八一年我回乡一次，吃早茶的风气还有，但大家吃起来都是匆匆忙忙的了。恐怕原来的生活节奏也是需要变一变。

如意楼的生意很好。一大清早，小徒弟就把铺板卸了，把两口炉灶生起来，——一口烧开水，一口蒸包子，巷口就弥漫了带硫黄味道的煤烟。一个师傅剁馅。茶馆里剁馅都是在一个高齐人胸的粗大的木墩上剁。师傅站在一个方木块上，两手各执一把厚背的大刀，抡起胳膊，乒乒乓乓地剁。一个师傅就一张方桌边切干丝。另外三个师傅揉面。"打到的媳妇揉到的面"，包子皮有没有咬劲，全在揉。他们都很紧张，很专注，很卖力气。一天就这样开始了。

如意楼的胡二老板有三十五六了。他是个矮胖子，生得五短，但是很精神。双眼皮，大眼睛，满面红光，一头乌黑的短头发。他是个很勤勉的人。每天早起，店门才开，他即到店。各处巡视，尝尝肉馅咸淡，切开揉好的面，看看蜂窝眼的大小。我们那里包包子的面不能发得太大，不像北方的包子，过于暄腾，得发得只起小孔，谓之"小酵面"。这样才筋道，而且不会把汤汁渗进包子皮。然后，切下一小块面，在烧红的火叉上烙一烙，闻闻面香，看兑碱兑得合适不合适。其实师傅们调馅兑碱都已很有经验，准保咸淡适中，酸碱合度，不会有差。但是胡老二还是每天要试验一下，方才放心。然后，就坐下来和师傅们一同擀皮子，刮馅儿，包包子、烧卖、蒸饺……（他是学过这行手艺的，是城里最大的茶馆小蓬莱出身）茶馆的案子都是比较矮的，他一坐下，就好像短了半截。如意楼做点心的有三个人，连胡老二自己，四个。胡二老板坐在靠外的一张矮板凳上，为的是有熟客来时，好欠起屁股来打个招呼："您来啦！您请楼上坐！"客人点点头，就一步一步登上了楼梯。

胡老二在东街不算是财主，他自己总是很谦虚地说他的买卖本小利微，经不起风雨。他和开布店的、开药店的、开酱园的、开南货店的、开棉席店的……自然不能相比。他既是财东，又是要手艺的。他穿短衣时多，很少有穿了长衫，摇着扇子从街上走的时候。但是大家都知道他手里很足实，这些年正走旺字。屋里有金银，外面有戥秤。他一天卖了多少笼包子，下多少本，看多少利，本街的人是算得出来的。"如意楼"这块招牌不大，但是很亮堂。招牌下面缀着一个红布条，迎风飘摆。

相形之下，对面的得意楼就显得颇为暗淡。如意楼高朋满座，得意楼茶客不多。上得意楼的多是上城完粮的小乡绅、住在五湖居客栈的外地人，本街的茶客少。有些是上了如意楼楼上一看，没有空座，才改主意上对面的。其实两家卖的东西差不多，但是大家都爱上如意楼，不爱上得意楼。这真是没有办法的事。

得意楼的老板吴老二有四十多了，是个细高挑儿，疏眉细眼。他自己不会做点心的手艺，整天只是坐在账桌边写账，——其实茶馆是没有多少账好写的。见有人来，必起身为礼："楼上请！"然后扬声吆喝："上来×位！"这是招呼楼上的跑堂的。他倒是穿长衫的。账桌上放着一包哈德门香烟，不时点火抽一根，蹙着眉头想心事。

得意楼年年亏本，混不下去了。吴老二只好改弦更张，另辟蹊径。他把原来做包点的师傅辞了，请了一个厨子，茶馆改酒馆。旧店新开，不换招牌，还叫作得意楼。开张三天，半卖半送。鸡鸭鱼肉，煎炒烹炸，面饭两便，气象一新。同街店铺送了大红对子，道喜兼来尝新的络绎不绝，颇为热闹。过了不到二十天，就又冷落下来了。门前的桌案上摆了几盘煎熟了的鱼，看样子都不怎么新鲜。灶上的铁钩上挂了两只鸡，颜色灰白。纱橱里的猪肝、腰子，全都瘪塌塌地摊在盘子里。吴老二脱去了长衫，穿了短袄，系了一条白布围裙，从老板降格成了跑堂的了。他肩上搭了一条抹布，围裙的腰里别了一把筷子。——这不知是一种什么规矩，——酒馆的跑堂的要把筷子别在腰里。这种规矩，别处似少见。他脚上有脚垫，又是"踆趾"——脚趾头撅着，走路不利索。他就这样一拐一拧地招呼座客。面色黄白，两眼无神，好像害了一种什么不易治疗的慢性病。

　　得意楼酒馆看来又要开不下去。一街的人都预言，用不了多久，就会关张的。

　　吴老二蹙着眉头想：我怎么就这么不走运呢？

　　他不知道，他的买卖开不好，原因就是他的精神萎靡。他老是这么拖拖沓沓，没精打采，吃茶吃饭的顾客，一看见他的呆滞的目光，就倒了胃口了。

　　一个人要兴旺发达，得有那么一点精气神。

一九八五年七月上旬作

讲 用

　　郝有才一辈子没有什么露脸的事。也没有多少现眼的事。他是个极其普通的人，没有什么特点。要说特点，那就是他过日子特别仔细，爱打个小算盘。话说回来了，一个人过日子仔细一点，爱打个小算盘，这碍着别人什么了？为什么有些人总爱拿他的一些小事当笑话说呢？

　　他是三分队的。三分队是舞台工作队。一分队是演员队，二分队是乐队。管箱的，——大衣箱、二衣箱、旗包箱，梳头的，检场的……这都归三分队。郝有才没有坐过科，拜过师，是个"外行"，什么都不会，他只会装车、卸车、搬布景、挂吊杆，干一点杂活。这些活，看看就会，没有三天力巴。三分队的都是"苦哈哈"，他们的工资都比较低。不像演员里的"好角"，一月能拿二百多、三百。也不像乐队里的名琴师、打鼓佬，一月也能拿一百八九。他们每月都只有几十块钱。"开支"的时候，工资袋里薄薄的一叠，数起来很省事。他们

144

的家累也都比较重，孩子多。因此，三分队的过日子都比较俭省，郝有才是其尤甚者。

他们家的饭食很简单。不过能够吃饱。一年难得吃几次鱼，都是带鱼，熬一大盆，一家子吃一顿。他们家的孩子没有吃过虾。至于螃蟹，更不知道是什么滋味了。中午饭有什么吃什么，窝头、贴饼子、烙饼、馒头、米饭。有时也蒸几屉包子，菠菜馅的、韭菜馅的、茴香馅的，肉少菜多。这样可以变变花样，也省粮食。晚饭一般是吃面。炸酱面、麻酱面。茄子便宜的时候，茄子打卤。扁豆老了的时候，焖扁豆面，——扁豆焖熟了，把面往锅里一下，一翻个儿，得！吃面浇什么，不论，但是必须得有蒜。"吃面不就蒜，好比杀人不见血！"他吃的蒜也都是紫皮大瓣。"青皮萝卜紫皮蒜，抬头的老婆低头的汉，这是上讲的！"他的蒜都是很磁棒，很鼓立的，一头是一头，上得了画，能拿到展览会上去展览。每一头都是他精心挑选过，挨着个儿用手捏过的。

不但是蒜，他们家吃的菜也都是经他精心挑选的。他每天中午、晚晌下班，顺便买菜。从剧团到他们家共有七家菜摊，经过每一个菜摊，他都要下车——他骑车，问问价，看看菜的成色。七家都考察完了，然后决定买哪一家的，再骑车返回去选购。卖菜的约完了，他都要再复一次秤，——他的自行车后架上随时带着一杆小秤。他买菜回来，邻居见了他买的菜都羡慕："你瞧有才买的这菜，又水灵，又便宜！"郝有才骗腿下车，说："货买三家不吃亏，——您得挑！"

郝有才干了一件稀罕事。他对他们家附近的烧饼、焦圈作了一次周密的调查研究。他早点爱吃个芝麻烧饼夹焦圈。他家在西河沿。他曾骑车西至牛街，东至珠市口，把这段路上每家卖烧饼焦圈的铺子都走遍，每一家买两个烧饼、两个焦圈，回家用戥子一一约过。经过细品，得出结论：以陕西巷口大庆和的质量最高。烧饼分量足，焦圈炸得透。他把这结论公诸于众，并买了几套大庆和的烧饼、焦圈，请大家尝。大家嚼食之后，一致同意他的结论。于是纷纷托他代买。他也乐于跑这个小腿。好在西河沿离陕西巷不远，骑车十分钟就到了。他的这一番调查给大家留下深刻印象，因为别人都没有想到。

剧团外出，他不吃团里的食堂。每次都是烙了几十张烙饼，用包袱皮一包，带着。另外带了好些卤虾酱、韭菜花、臭豆腐、青椒糊、豆儿酱、芥菜疙瘩、小酱萝卜，瓶瓶罐罐，丁零当啷。他就用这些小菜就干烙饼。一到烙饼吃完，他就想家了，想北京，想北京的"吃儿"。他说，在北京，哪怕就是虾米皮熬白菜，也比外地的香。"为什么呢？因为，——五味神在北京！""五味神"是什么神？至今尚未有人考证过，不见于载籍。

他抽烟，抽烟袋，关东烟。他对于烟叶，要算个行家。什么黑龙江的亚布利、吉林的交河烟、易县小叶，及至云南烤烟，他只要看看，捏一撮闻闻，准能说出个子午卯酉。不过他一般不上烟铺买烟，他遛烟摊。这摊上的烟叶子厚不厚，口劲强不强，是不是"灰白火亮"，他老远地一眼就能瞧出来。买烟的耍的"手彩"别想瞒过他。什么"插翎儿""洒药"，全都逃不过他的眼睛。"几捆烟摆在地下，你一瞧，色气好，叶儿挺厚实，拐子不多，不赖！买烟的打一捆里，噌——抽出了一根：'尝尝！尝尝！'你揉一揉往烟袋里一摁，点火，抽！真不赖，'满口烟'喷香！其实他这几捆里就这一根是好的，是插进去的，——卖烟的知道。你再抽抽别的叶子，不是这个味儿了！——这为'插翎'。要说，这个'侃儿'起得挺有个意思，烟叶可不有点像鸟的翎毛么？还有一种，归'洒药'。地下一堆碎烟叶。你来了，卖烟的抢过你的烟袋：'来一袋，尝尝！试试！'给你装了一袋，一抽：真好！其实这一袋，是他一转身的那工夫，从怀里掏出来给你装上的，——这是好烟。你就买吧！买了一包，地下的，一抽，咳！——屁烟！——'洒药'！"

他爱喝一口酒。不多，最多二两。他在家不喝。家里不预备酒，免得老想喝。在小铺里喝。不就菜，抽关东烟就酒。这有个名目，叫作"云彩酒"。

他爱逛寄卖行。他家大人孩子们的鞋、袜、手套、帽子，都是处理品。剧团外出，他爱逛商店，遛地摊，买"俏货"。他买的俏货都不是什么贵重东西。凉席、雨伞、马莲根的炊帚、铁丝笊篱……他买俏货，也有吃亏上当的时候。有一次，他从汉口买了一套套盆，——绿釉的陶盆，一个套着一个，一套五个，外面最大的可以洗被窝，里面最小的可以和面。他就像收藏家买了一张唐伯虎的画似的，高兴得不得了。费了半天劲，才把这套宝贝弄上车。不想到了北京，出了前门火车站，对面一家山货店里就有，东西和他买的一样，价钱比汉口便宜。他一气之下，恨不能把这套套盆摔碎了。——当然没有，他还是咬着嘴唇把这几十斤重的东西背回去了。"郝有才千里买套盆"落下一个"哏"，供剧团的很多人说笑了个把月。

说话，到了"文化大革命"。"文化大革命"乍一起来的时候，郝有才也蒙了。这是怎么回事呢？昨天还是书记、团长、三叔、二大爷，一宵的工夫，都成了走资派、"三名三高"。大字报铺天盖地。小伙子们都像"上了法"，一个个杀气腾腾，瞧着都瘆得慌。大家都学会了嚷嚷。平日言迟语拙的人忽然都长了口才，说起话一套一套的。郝有才心想：这算哪一出呢？渐渐地他心里踏实了。他知道"革命"革不到他头上。他头一回知道：三分队的都是红五类——工人阶级。各战斗组都拉他们。三分队的队员顿时身价十倍。有的人趾高气扬，走进走出都把头抬得很高。他们原来是人下人，现在翻身了！也有老实巴交的，还跟原来一样，每天上班，抽烟喝水，低头听会。郝有才基本上属于后一类。他也参加大批判，大辩论，跟着喊口号，叫"打倒"，但是他没有动手打过人，往谁脸上啐过唾沫，给谁嘴里抹过糨糊。他心里想：干吗呀，有朝一日，还要见面。只有一件事少不了他。造反派上谁家抄家时总得叫上他，让他蹬平板三轮，去拉抄出来的"四旧"。他翻翻抄出来的东西，不免生一点感慨：真有好东西呀！

没多久，派来了军、工宣队，搞大联合，成立了革命委员会。

又没多久，这个团被指定为样板团。

样板团有什么好处？——好处多了！

样板团吃样板饭。炊事班每天变着样给大伙做好吃的。西红柿焖牛肉、香酥鸡、糖醋鱼、包饺子、炸油饼……郝有才觉得天天过年。肚子里油水足，他胖了。

样板团发样板服。每年两套的确良制服，一套深灰，一套浅灰。穿得仔细一点，一年可以不用添置衣裳。——三分队还有工作服。到了冬天，还发一件棉军大衣。领大衣时，郝有才闹了一点小笑话。

棉大衣共有三个号：一号、二号、三号——大、中、小。一般身材，穿二号。矮小一点的，三号就行了。能穿一号的，全团没有几个。三分队的队长拿了一张表格，叫大家报自己的大衣号，好汇总了报上去。到了郝有才，他要求登记一件一号的。队长愣了："你多高？"——"一米六二。"——"那你要一号的？你穿三号的！——你穿上一号的像什么样子，那不成了道袍啦？"——"一号的，一号的！您给我登一件一号的！劳您驾！劳您驾！"队长纳了闷了，问他："你这是什么意思？"他说了实话："我拿回去，改改。下摆铰下来，能缝一副手套。"——"呸！什么人呐！全团有你这样的吗？领一件大衣，还饶一副手套！亏你想得出来！"队长把这事汇报了上去，军代表把他叫去训了一通。到底还是给他登记了一件三号的。

郝有才干了一件不大露脸的事，拿了人家五个羊蹄。他到一家回民食堂挑了五个羊蹄，趁着人多，售货员没注意，拿了就走，——没给钱。不想售货员早注意上他了，一把拽住："你给钱了吗？"——"给啦！"——"给了多少？我还没约呐，你就给了钱啦？"——"我现在给！"——"现在给？——晚啦！"旁边围了一圈人，都说："真不像话！""还是样板团的哪！"（他穿着样板服哪）售货员非把他拉到公安局去不可。公安局的人一看，就五个羊蹄，事不大，就说："你写个检查吧！"——"写不了！我不认字。"公安局给剧团打了个电话，让剧团把他领回去。

军、工宣队研究了一下，觉得问题不大，影响不好，决定开一个小会，在队里批评批评他。

会上发言很热烈，每个人都说了。有人念了好几段毛主席语录。有一位能看"三列国"的管箱的师傅掏出一本《雷锋日记》，念了好几篇，说："您瞧人家雷锋，风格多高。你瞧你，什么风格！——你简直地没有格！你好好找找差距吧！拿人家五个羊蹄，五个羊蹄，能值多少钱！你这么大的人了！小孩子也干不出这种事来！哎哟哎哟，你叫我说你什么好噢！我都替你寒碜。"军代表参加了这次会，看大家发言差不多了，就说："郝有才，你也说说。"

"说说。我这叫'爱小'，贪小便宜。贪小便宜吃大亏呀！我怎么会贪小便宜？我打小就穷。我爸死得早，我妈是换取灯的……"

军代表不知道什么是"换取灯的"，旁边有人给他解释半天，军代表明白了，"哦。"

"我打小什么都干过。拣煤核，打执事……"

什么是打执事，军代表也不懂，又得给他解释半天。

"哦。"

"后来，我拉排子车，——拉小绊，我力气小，驾不了辕，只能拉小绊。

"有一回，大夏天，我发了痧，死过去了。也不知是哪位好心的，把我搭在前门门洞里。我醒过来了，瞅着瓮券上的城砖：'我这是在哪儿呐？'……"

三分队的出身都比较苦，类似的经历，他们也都有过，听了心里都有点难受，有人眼圈都红了。

"后来，我拉了两年洋车。

"后来，给陈××拉包月。"陈××是个名演员，唱老生的。

"拉包月，倒不累。除了拉大爷上馆子——"

"上馆子？陈××爱吃馆子？"军代表不明白。

又得给他解释："上馆子就是上剧场。"

"除了拉大爷上馆子，就是拉大奶奶上东安市场买买东西。"

军代表听到"大爷、大奶奶"，觉得很不舒服，就打断了他："不要说'大爷''大奶奶'。"

"对！他是老板，我是拉车的。我跟他是两路人。除了……咳，陈××爱吃红菜汤，他老让我到大地餐厅去给他端红菜汤。放在车上给他拉回来。我拉车、拉人，还拉红菜汤，你说这叫什么事！"

军代表听着，不知道他要说到哪里去，就又打断了他："不要扯得太远，不要离题，说说你对自己的错误的认识。"

"对，说认识。我这就要回到本题上来了。好容易，解放了，我参加了剧团。剧团改国营，我每月有了准收入，冻不着，饿不死了。这都亏了共产党呀！——中国共产党万岁！"

他抽不冷子来了这么一句，大伙不能不举起手来跟着他喊：

"中国共产党万岁！"

"这以后，剧团归为样板团，咱们是一步登天哪！'板儿饭''板儿服'，真是没的说！可我居然干出这种丢人现眼的事，我给样板团抹了黑。我对得起谁？你们说，我对得起谁？嗯？……"

他问得理直气壮，简直有点咄咄逼人。

军代表觉得他再也说不出什么了，就做了简短的结论：

"郝有才同志的检查不够深刻。不过态度还是好的，也有沉痛感，一个人犯了错误，不要紧，只要改正了就好。对于犯错误的同志，我们不应该歧视他，轻视他，而是要热情地帮助他。"接着又说："对于任何人，都要一分为二。比如郝有才同志，他有缺点，爱打个小算盘。他也有优点嘛！比如，他每天给大家打开水，这就是优点。这也是为人民服务嘛！希望他今后能发扬优点，克服缺点，做一名无愧于样板团称号的文艺战士！"

会就开到了这里。

过了没多久，郝有才可干了一件十分露脸的事。他早起上班打开水，上楼梯的时候绊了一下，暖壶碰在栏杆上，"砰！"把一个暖壶胆瓻了①。暖壶胆瓻了，照例是可以拿到总务科去领一个的。郝有才不知怎么一想，他没去总务科去领，自己掏钱，到菜市口配了一个。——而且没有告诉任何人。不过人们还是知道了，大家传开了："有才这回干了一件漂亮事！"——"他这样的人，干出这样的事，尤其难得！"见了他，都说："有才！好样儿的！"——"有才！你这进步可是不小哇！——我简直都不敢相信。"郝有才觉得美不滋儿的。

军、工宣队知道了，也都认为这是他们的思想工作的成果。事情不大，意义不小，于是决定让他在全团大会上作一次讲用。

要他讲用，可是有点困难。他不认字，不能写讲稿。让别人替他写讲稿也不成，他念不下来，只好凭他用口讲。军代表把他叫去，启发了半天，让他讲讲自己的活思想，——当时是怎么想的，怎样让公字占领了自己的思想，克服了私心，最好能引用两段毛主席语录。军代表心想，他虽不识字，可是大家整天念语录，他听也应该听会几段了。

那天讲用一共三个人。前面两个，都讲得不错，博得全场掌声。第三个是郝有才。郝有才上了台，向毛主席像行了一个礼，然后转过身来，大声地说：

①瓻 cèi，北京土话，打碎了的意思。

"毛主席教导我们说：瓩了就瓩了！"

大家先是一愣，接着都忍不住哈哈大笑起来。主持会议的军代表原来还绷着，终于憋不住，随着大家一同哈哈大笑。他一边大笑，一边挥手："散会！"

桥边小说三篇

詹大胖子

詹大胖子是五小的斋夫。五小是县立第五小学的简称。斋夫就是后来的校工、工友。詹大胖子那会儿，还叫作斋夫。这是一个很古的称呼。后来就没有人叫了。"斋夫"废除于何时，谁也不知道。

詹大胖子是个大胖子。很胖，而且很白。是个大白胖子。尤其是夏天，他穿了白夏布的背心，露出胸脯和肚子，浑身的肉一走一哆嗦，就显得更白，更胖。他偶尔喝一点酒，生一点气，脸色就变成粉红的，成了一个粉红脸的大白胖子。

五小的校长张蕴之、学校的教员——先生，叫他詹大。五小的学生叫他的时候必用全称：詹大胖子。其实叫他詹胖子也就可以了，但是学生都愿意叫他詹大胖子，并不省略。

154

一个斋夫怎么可以是一个大胖子呢？然而五小的学生不奇怪。他们都觉得詹大胖子就应该像他那样。他们想象不出一个瘦斋夫是什么样子。詹大胖子如果不胖，五小就会变样子了。詹大胖子是五小的一部分。他当斋夫已经好多年了。似乎他生下来就是一个斋夫。

詹大胖子的主要职务是摇上课铃、下课铃。他在屋里坐着。他有一间小屋，在学校一进大门的拐角，也就是学校最南端。这间小屋原来盖了是为了当门房即传达室用的，但五小没有什么事可传达，来了人，大摇大摆就进来了，詹大胖子连问也不问。这间小屋就成了詹大胖子宿舍。他在屋里坐着，看看钟。他屋里有一架挂钟。这学校有两架挂钟，一架在教务处。詹大胖子一早起来第一件事便是上这两架钟。喀啦喀啦，上得很足，然后才去开大门。他看看钟，到时候了，就提了一只铃铛，走出来，一边走，一边摇：叮当、叮当、叮当……从南头摇到北头。上课了。学生奔到教室里，规规矩矩坐下来。下课了！詹大胖子的铃声摇得小学生的心里一亮。呼——都从教室里窜出来了。打秋千、踢毽子、拍皮球、抓子儿……

詹大胖子摇坏了好多铃铛。

后来，有一班毕业生凑钱买了一口小铜钟，送给母校留纪念，詹大胖子就从摇铃改为打钟。

一口很好看的钟，黄铜的，亮晶晶的。

铜钟用一条小铁链吊在小操场路边两棵梧桐树之间。铜钟有一个锤子，悬在当中，锤子下端垂下一条麻绳。詹大胖子扯动麻绳，钟就响了：当、当、当、当……钟不打的时候，麻绳绕在梧桐树干上，打一个活结。

155

梧桐树一年一年长高了。钟也随着高了。

五小的孩子也高了。

詹大胖子还有一件常做的事，是剪冬青树。这个学校有几个地方都栽着冬青树的树墙子，大礼堂门前左右两边各有一道，校园外边一道，幼稚园门外两边各有一道。冬青树长得很快，过些时，树头就长出来了，参差不齐，乱蓬蓬的。詹大胖子就拿了一把很大的剪子，两手执着剪子把，吧嗒吧嗒地剪，剪得一地冬青叶子。冬青树墙子的头平了，整整齐齐的。学校里于是到处都是冬青树嫩叶子的清香清香的气味。

詹大胖子老是剪冬青树。一个学期得剪几回。似乎詹大胖子所做的主要的事便是摇铃——打钟，剪冬青树。

詹大胖子很胖，但是剪起冬青树来很卖力。他好像跟冬青树有仇，又好像很爱这些树。

詹大胖子还给校园里的花浇水。

这个校园没有多大点。冬青树墙子里种着羊胡子草。有两棵桃树，两棵李树，一棵柳树，有一架十姊妹，一架紫藤。当中圆形的花池子里却有一丛不大容易见到的铁树。这丛铁树有一年还开过花，学校外面很多人都跑来看过。另外就是一些草花，剪秋罗、虞美人……还有一棵鱼儿牡丹。詹大胖子就给这些花浇水。用一个很大的喷壶。

秋天，詹大胖子扫梧桐叶。学校有几棵梧桐。刮了大风，刮得一地的梧桐叶。梧桐叶子干了，踩在上面沙沙地响。詹大胖子用一把大竹扫帚扫，把枯叶子堆在一起，烧掉。黑的烟，红的火。

詹大胖子还做什么事呢？他给老师烧水。烧开水，烧洗脸水。教务处有一口煤球炉子。詹大胖子每天生炉子，用一把芭蕉扇忽哒忽哒地扇。煤球炉子上坐一把白铁壶。

他还帮先生印考试卷子。詹大胖子推油印机滚子，先生翻页儿。考试卷子印好了，就把蜡纸点火烧掉。烧油墨味儿飘出来，坐在教室里都闻得见。

每年寒假、暑假，詹大胖子要做一件事，到学生家去送成绩单。全校学生有二百人，詹大胖子一家一家去送。成绩单装在一个信封里，信封左边写着学生的住址、姓名，当中朱红的长方框里印了三个字："贵家长"。右侧下方盖了一个长方图章："县立第五小学。"学生的家长是很重视成绩单的，他们拆开信封看：国语98，算术86……看完了就给詹大胖子酒钱。

詹大胖子和学生生活最最直接有关的，除了摇上课铃、下课铃，——打上课钟、下课钟之外，是他卖花生糖、芝麻糖。他在他那间小屋里卖。他那小屋里有一个一面装了玻璃的长方匣子，里面放着花生糖、芝麻糖。詹大胖子摇了下课铃，或是打了上课钟，有的学生就趁先生不注意的时候，溜到詹大胖子屋里买花生糖、芝麻糖。

詹大胖子很坏。他的糖比外面摊子上的卖得贵。贵好多！但是五小的学生只好跟他去买，因为学校有规定，不许"私出校门"。

校长张蕴之不许詹大胖子卖糖，把他叫到校长室训了一顿。说：学生在校不许吃零食；他的糖不卫生；他赚学生的钱，不道德。

但是詹大胖子还是卖，偷偷地卖。他摇下课铃或打上课钟的时候，左手捏着花生糖、芝麻糖，藏在袖筒里。有学生要买糖，走近来，他就做一个眼色，叫学生随他到校长、教员看不到的地方，接钱，给糖。

五小的学生差不多全跟詹大胖子买过糖。他们长大了，想起五小，一定会想起詹大胖子，想起詹大胖子卖花生糖、芝麻糖。

詹大胖子就是这样，一年又一年，过得很平静。除了放寒假、放暑假，他回家，其余的时候，都住在学校里。——放寒假，学校里没有人。下了几场雪，一个学校都是白的。暑假里，学生有时还到学校里玩玩。学校里到处长了很高的草。

每天放了学，先生、学生都走了，学校空了。五小就剩下两个人，有时三个。除了詹大胖子，还有一个女教员王文蕙。有时，校长张蕴之也在学校里住。

王文蕙家在湖西，家里没有人。她有时回湖西看看亲戚，平时住在学校里。住在幼稚园里头一间朝南的小房间里。她教一年级、二年级算术。她长得不难看，脸上有几颗麻子，走起路来步子很轻。她有一点奇怪，眼睛里老是含着微笑。一边走，一边微笑。一个人笑。笑什么呢？有的男教员背后议论：有点神经病。但是除了老是微笑，看不出她有什么病，挺正常的。她上课，跟别人没有什么不同。她教加法，减法，领着学生念乘法表：

一一得一，
一二得二，
二二得四……

下了课，走回她的小屋，改学生的练习。有时停下笔来，听幼稚园的小朋友唱歌：

小羊儿乖乖，

把门儿开开，

快点儿开开，

我要进来……

晚上，她点了煤油灯看书。看《红楼梦》《花月痕》、张恨水的《金粉世家》、李清照的词。有时轻轻地哼《木兰词》。"唧唧复唧唧，木兰当户织……"有时给她在女子师范的老同学写信。写这个小学，写十姊妹和紫藤，写班上的学生都很可爱，她跟学生在一起很快乐，还回忆她们在学校时某一次春游，感叹光阴如流水。这些信都写得很长。

校长张蕴之并不特别的凶，但是学生都怕他。因为他可以开除学生。学生犯了大错，就在教务处外面的布告栏里贴出一张布告：学生某某某，犯了什么过错，着即开除学籍，"以维校规，而儆效尤，此布"，下面盖着校长很大的签名戳子："张蕴之"。"张蕴之"三个字有一种看不见的力量。

他也教一班课，教五年级或六年级国文。他念课文的时候摇晃脑袋，抑扬顿挫，有声有色，腔调像戏台上老生的道白。"晋太原中，武陵人，捕鱼为业……""一路秋山红叶，老圃黄花，不觉到了济南地界。到了济南，只见家家泉水，户户垂杨……"

他爱写挽联。写好了，就用摁钉钉在教务处的墙上，让同事们欣赏。教员们就都围过来，指手画脚，称赞哪一句写得好，哪几个字很有笔力。张蕴之于是非常得意，但又不太忘形。他简直希望他的亲友家多死几个人，好使他能写一副挽联送去，挂起来。

他有家。他有时在家里住，有时住在学校里，说家里孩子吵，学校里清静，他要读书，写文章。

有时候，放了学，除了詹大胖子，学校里就剩下张蕴之和王文蕙。

王文蕙常常一个人在校园里走走，散散步。王文蕙散完步，常常看见张蕴之站在教务处门口的台阶上。王文蕙向张蕴之笑笑，点点头。张蕴之也笑笑，点点头。王文蕙回去了，张蕴之看着她的背影，一直看到王文蕙走进幼稚园的前门。

张蕴之晚上读书。读《聊斋志异》《池北偶谈》《两般秋雨盦随笔》《曾文正公家书》《板桥道情》《绿野仙踪》《海上花列传》……

校长室的北窗正对着王文蕙的南窗，当中隔一个幼稚园的游戏场。游戏场上有秋千架、压板、滑梯。张蕴之和王文蕙的煤油灯遥遥相对。

一天晚上，张蕴之到王文蕙屋里去，说是来借字典。王文蕙把字典交给他。他不走，东拉西扯地聊开了。聊《葬花词》，聊"寻寻觅觅冷冷清清凄凄惨惨戚戚"。王文蕙不知道他要干什么，心里怦怦地跳。忽然，"噗！"张蕴之把煤油灯吹熄了。

张蕴之常常在夜里偷偷地到王文蕙屋里去。

这事瞒不过詹大胖子。詹大胖子有时夜里要起来各处看看。怕小偷进来偷了油印机、偷了铜钟、偷了烧开水的白铁壶。

詹大胖子很生气。他一个人在屋里悄悄地骂："张蕴之！你不是个东西！你有老婆，有孩子，你干这种缺德的事！人家还是个姑娘，孤苦伶仃的，你叫她以后怎么办，怎么嫁人！"

这事也瞒不了五小的教员。因为王文蕙常常脉脉含情地看张蕴之，

160

而且她身上洒了香水。她在路上走，眼睛里含笑，笑得更加明亮了。

有一天，放学时，有一个姓谢的教员路过詹大胖子的小屋时，走进去，对他说："詹大，你今天晚上到我家里来一趟。"詹大胖子不知道有什么事。

姓谢的教员是个纨绔子弟，外号谢大少。学生给他编了一首顺口溜：

> 谢大少，
> 捉虼蚤。
> 虼蚤蹦，
> 他也蹦，
> 他妈说他是个大无用！

谢大少家离五小很近，几步就到了。

谢大少问了詹大胖子几句闲话，然后，问：

"张蕴之夜里是不是常常到王文蕙屋里去？"

詹大胖子一听，知道了：谢大少要抓住张蕴之的把柄，好把张蕴之轰走，他来当五小校长。詹大胖子连忙说：

"没有！没有的事！没有的事不能瞎说！"

詹大胖子不是维护张蕴之，他是维护王文蕙。

从此詹大胖子卖花生糖、芝麻糖就不太避着张蕴之了。

詹大胖子还是当他的斋夫，打钟，剪冬青树，卖花生糖、芝麻糖。

后来，张蕴之到四小当校长去了，王文蕙到远远的一个镇上教书去了。

后来，张蕴之死了，王文蕙也死了（她一直没有嫁人）。詹大胖子也死了。

这城里很多人都死了。

幽冥钟

"姑苏城外寒山寺，夜半钟声到客船"。很早很早以前（大概从宋朝开始）就有人提出过怀疑，认为夜半不是撞钟的时候。我从小就觉得很奇怪：为什么夜半不是撞钟的时候呢？我的家乡就是夜半撞钟的。而且只有夜半撞。半夜，子时，十二点。别的时候，白天，还听不到撞钟。"暮鼓晨钟"。我们那里没有晨钟，只有夜半钟。这种钟，叫作"幽冥钟"。撞钟的是承天寺。

关于承天寺，有一个传说。传说张士诚是在这里登基的。张士诚是泰州人。泰州是我们的邻县。史称他是盐贩出身。盐贩，即贩私盐的。中国的盐，秦汉以来，就是官卖。卖盐的店，称为"官盐店"。官盐税重，价昂。于是有人贩卖私盐。卖私盐是犯法的事。这种人都是亡命之徒，要钱不要命。遇到缉私的官兵，便要动武。这种人在官方的文书里被称为"盐匪"。瓦岗寨的程咬金就贩过私盐。在苏北里下河一带，一提起"私盐贩子"或"贩私盐的"，大家便知道这是什么角色。张士诚就是这样一个角色。元至正十三年，他从泰州起事，打到我的家乡高邮。次年，称"诚王"，国号"周"。我的家乡还出过一位皇帝（他不是我们县的人，他称王确是在我们县），这实在应该算是我们县历史上的第一号大人物。我们县的有名人物最古的是秦王子婴。现在还有一条河，叫子婴河。以后隔了很多年，出了一个秦少游。再以后，出了王念孙、王引之父子。但是真正叱咤风云的英雄，应该是张士诚。可是我前几年回乡，翻看县志，关于张士诚，竟无一字记载，真是怪事！

但是民间有一些关于张士诚的传说。

张士诚在承天寺登基，找人来写承天寺的匾。来了很多读书人。他们提起笔来，刚刚写了两笔，就叫张士诚拉出去杀了。接连杀了好几个。旁边的人问他："为什么杀他们？"张士诚说："你看看他们写的是什么？'了'，是个了字！老子才当皇帝就'了'了，日他妈妈的！"后来来了个读书人。他先写了一个"王"字，再写了左边的"ㄱ"，右边的"乀"，再写上边的"丿"，然后一竖到底。张士诚一看大喜，连说："这就对了！——先称王，左有文臣，右有武将，戴上平天冠，皇基永固，一贯到底！——赏！"

我小时候的小学就在承天寺的旁边，每天都要经过承天寺，曾经细看过承天寺山门的石刻的匾额，发现上面的"承"字仍是一般笔顺，合乎八法的"承"字，没有先称王、左文右武、戴了皇冠、一贯到底的痕迹。

我也怀疑张士诚是不是在承天寺登的基，因为承天寺一点也看不出曾经是一座皇宫的格局。

承天寺在城北西边，挨近运河。城北的大寺共有三座。一座善因寺，庙产甚多，最为鲜明华丽，就是小说《受戒》里写的明海受戒的那座寺。一座是天王寺，就是陈小手被打死的寺。天王寺佛事较盛。寺西门外有一片空地，时常有人家来"烧房子"。烧房子似是我乡特

163

有的风俗。"房子"是纸扎店扎的，和真房子一样，只是小一些。也有几层几进，有堂屋卧室，房间里还有座钟、水烟袋，日常所需，一应俱全。照例还有一个后花园，里面"种"着花（纸花）。房子立在空地上，小孩子可以走进去参观。房子下面铺了一层稻草。天王寺的和尚敲着鼓磬铙钹在房子旁边念一通经（不知道是什么经），这一家的一个男丁举火把房子烧了，于是这座房子便归该宅的先人冥中收用了。天王寺气象远不如善因寺，但房屋还整齐，——因此常常驻兵。独有承天寺，却相当残破了。寺是古寺。张士诚在这里登基，虽不可靠，但说不定元朝就已经有这座寺。

一进山门，哼哈二将和四大天王的颜色都暗淡了。大雄宝殿的房顶上长了好些枯草和瓦松。大殿里很昏暗，神龛佛案都无光泽，触鼻是陈年的香灰和尘土的气息。一点声音都没有，整座寺好像是空的。偶尔有一两个和尚走动，衣履敝旧，神色凄凉。——不像善因寺的和尚，一个一个，都是红光满面的。

大殿西侧，有一座罗汉堂。罗汉也多年没有装金了。长眉罗汉的眉毛只剩了一只，那一只不知哪一年脱落了，他就只好捻着一只单独的眉毛坐在那里。罗汉堂外面，有两棵很大的白果树，有几百年了。夏天，一地浓荫。冬天，满阶黄叶。

罗汉堂东南角有一口钟，相当高大。钟用铁链吊在很粗壮的木架上。旁边是从房梁挂下来的撞钟的木材。钟前是一尊地藏菩萨的一尺多高的金身佛像。地藏菩萨戴着毗卢帽，跏趺而坐，低眉闭目，神色慈祥。地藏菩萨前面点着一盏小油灯，灯光幽微。

在佛教的菩萨里，老百姓最有好感的是两位。一位是观世音菩萨，因为他（她）救苦救难。另一位便是地藏菩萨。他是释迦灭后至弥勒出现之间的救度天上以至地狱一切众生的菩萨。他像大地一样，含藏无量善根种子。他是地之神，是一位好心的菩萨。

为什么在钟前供着一尊地藏菩萨呢？因为这钟在半夜里撞，叫"幽冥钟"，是专门为难产血崩而死的妇人而撞的。不知道为什么，人们以为血崩而死的女鬼是居处在最黑最黑的地狱里的，——大概以为这样的死是不洁的，罪过最深。钟声，会给她们光明。而地藏菩萨是地之神，好心的菩萨，他对死于血崩的女鬼也会格外慈悲的，所以钟前供地藏菩萨，极其自然。

撞钟的是一个老和尚，相貌清癯，高长瘦削。他已经几十年不出山门了。他就住在罗汉堂里。大钟东侧靠墙，有一张矮矮的禅榻，上面有一床薄薄的蓝布棉被，这就是他的住处。白天，他随堂粥饭，洒扫庭除。半夜，起来，剔亮地藏菩萨前的油灯，就开始撞钟。

钟声是柔和的、悠远的。

"东——嗡……嗡……嗡……"

钟声的振幅是圆的。"东——嗡……嗡……嗡……"，一圈一圈地扩散开。就像投石于水，水的圆纹一圈一圈地扩散。

"东——嗡……嗡……嗡……"

钟声撞出一个圆环，一个淡金色的光圈。地狱里受难的女鬼看见光了。她们的脸上现出了欢喜。"嗡……嗡……嗡……"金色的光环暗了，暗了，暗了……又一声，"东——嗡……嗡……嗡……"又一个金色的光环。光环扩散着，一圈，又一圈……

夜半，子时，幽冥钟的钟声飞出承天寺。

165

"东——嗡……嗡……嗡……"

幽冥钟的钟声扩散到了千家万户。

正在酣睡的孩子醒来了，他听到了钟声。孩子向母亲的身边依偎得更紧了。

承天寺的钟，幽冥钟。

女性的钟，母亲的钟……

茶干

家家户户离不开酱园。开门七件事，柴米油盐酱醋茶，倒有三件和酱园有关：油、酱、醋。

连万顺是东街一家酱园。

他家的门面很好认，是个石库门。麻石门框，两扇大门包着铁皮，用奶头铁钉钉出如意云头。本地的店铺一般都是"铺闼子门"，十二块、十六块门板，晚上上在门槛的槽里，白天卸开。这样的石库门的门面不多。城北只有那么几家。一家恒泰当，一家豫丰南货店。恒泰当倒闭了，豫丰失火烧掉了。现在只剩下北市口老正大棉席店和东街连万顺酱园了。这样的店面是很神气的。尤其显眼的是两边白粉墙的两个大字。黑漆漆出来的。字高一丈，顶天立地，笔画很粗。一边是"酱"，一边是"醋"。这样大的两个字！全城再也找不出来了。白墙黑字，非常干净。没有人往墙上贴一张红纸条，上写："出卖重伤风，一看就成功"；小孩子也不在墙上写："小三子，吃狗屎。"

店堂也异常宽大。西边是柜台。东边靠墙摆了一溜豆绿色的大酒缸。酒缸高四尺，莹润光洁。这些酒缸都是密封着的。有时打开一缸，由一个徒弟用白铁唧筒把酒汲在酒坛里，酒香四溢，飘得很远。

往后是一个很大的院子，青砖铺地，整整齐齐排列着百十口大酱缸。酱缸都有个帽子一样的白铁盖子。下雨天盖上。好太阳时揭下盖子晒酱。有的酱缸当中掏出一个深洞，如一小井。原汁的酱油从井壁渗出，这就是所谓"抽油"。西边有一溜走廊，走廊尽头是一个小磨坊。一头驴子在里面磨芝麻或豆腐。靠北是三间瓦屋，是做酱菜、切萝卜干的作坊。有一台锅灶，是煮茶干用的。

从外往里，到处一看，就知道这家酱园的底子是很厚实的。——单是那百十缸酱就值不少钱！

连万顺的东家姓连。人们当面叫他连老板，背后叫他连老大。都说他善于经营，会做生意。

连老大做生意，无非是那么几条：

第一，信用好。连万顺除了做本街的生意，主要是做乡下生意。东乡和北乡的种田人上城，把船停在大淖，拴好了船绳，就直奔连万顺，打油、买酱。乡下人打油，都用一种特制的油壶，广口，高身，外面挂了酱黄色的釉，壶肩有四个"耳"，耳里拴了两条麻绳作为拎手，不多不少，一壶能装十斤豆油。他们把油壶往柜台上一放，就去办别的事情去了。等他们办完事回来，油已经打好了。油壶口用厚厚的桑皮纸封得严严的。桑皮纸上盖了一个墨印的圆印："连万顺记"。乡下人从不怀疑油的分量足不足，成色对不对。多年的老主顾了，还能有错？他们要的十斤干黄酱也都装好了。装在一个元宝形的粗篾浅筐里，筐里衬着荷叶，豆酱拍得实实的，酱面盖了几个红曲印的印记，也是圆形的。乡下人付了钱，提了油壶酱筐，道一声"得罪"，就走了。

第二，连老板为人和气。乡下的熟主顾来了，连老板必要起身招呼，小徒弟立刻倒了一杯热茶递了过来。他家柜台上随时点了一架盘香，供人就火吸烟。乡下人寄存一点东西，雨伞、扁担、箩筐、犁铧、坛坛罐罐，连老板必亲自看着小徒弟放好。有时竟把准备变卖或送人的老母鸡也寄放在这里。连老板也要看着小徒弟把鸡拎到后面廊子上，还撒了一把酒糟喂喂。这些鸡的脚爪虽被捆着，还是卧在地上高高兴兴地啄食，一直吃到有点醉醺醺的，就闭起眼睛来睡觉。

连老板对孩子也很和气。酱园和孩子是有缘的。很多人家要打一点酱油，打一点醋，往往派一个半大孩子去。妈妈盼望孩子快些长大，就说："你快长吧，长大了好给我打酱油去！"买酱菜，这是孩子乐意做的事。连万顺家的酱菜样式很齐全：萝卜头、十香菜、酱红根、糖醋蒜……什么都有。最好吃的是甜酱甘露和麒麟菜。甘露，本地叫作"螺螺菜"，极细嫩。麒麟菜是海菜，分很多叉，样子有点像画上的麒麟的角，半透明，嚼起来脆脆的。孩子买了甘露和麒麟菜，常常一边走，一边吃。

一到过年，孩子们就惦记上连万顺了。连万顺每年预备一套锣鼓家伙，供本街的孩子来敲打。家伙很齐全，大锣、小锣、鼓、水镲、碰钟，一样不缺。初一到初五，家家店铺都关着门。几个孩子敲敲石库门，小徒弟开开门，一看，都认识，就说："玩去吧！"孩子们就一窝蜂奔到后面的作坊里，操起案子上的锣鼓，乒乒乓乓敲打起来。有的孩子敲打了几年，能敲出几套十番，有板有眼，像那么回事。这条街上，只有连万顺家有锣鼓。锣鼓声使东街增添了过年的气氛。敲够了，又一窝蜂走出去，各自回家吃饭。

到了元宵节，家家店铺都上灯。连万顺家除了把四张玻璃宫灯都点亮了，还有四张雕镂得很讲究的走马灯。孩子们都来看。本地有一句歇后语："乡下人不识走马灯，——又来了！"这四张灯里周而复始，往来不绝的人马车炮的灯影，使孩子百看不厌。孩子们都不是空着手来的，他们牵着兔子灯，推着绣球灯，系着马灯，灯也都是点着了的。灯里的蜡烛快点完了，连老板就会捧出一把新的蜡烛来，让孩子们点了，换上。孩子们于是各人带着换了新蜡烛的纸灯，呼啸而去。

预备锣鼓，点走马灯，给孩子们换蜡烛，这些，连老大都是当一回事的。年年如此，从无疏忽忘记的时候。这成了制度，而且简直有点宗教仪式的味道。连老大为什么要这样郑重地对待这些事呢？这为了什么目的，出于什么心理？实在令人捉摸不透。

第三，连老板很勤快。他是东家，但是不当"甩手掌柜的"。大小事他都要过过目，有时还动动手。切萝卜干、盖酱缸、打油、打醋，都有他一份。每天上午，他都坐在门口晃麻油。炒熟的芝麻磨了，是芝麻酱，得盛在一个浅缸盆里晃。所谓"晃"，是用一个紫铜锤出来的中空的圆球，圆球上接一个长长的木把，一手执把，把圆球在麻酱上轻轻地压，压着压着，油就渗出来了。酱渣子沉于盆底，麻油浮在上面。这个活很轻松，但是费时间。连老大在门口晃麻油，是因为一边晃，一边可以看看过往行人。有时有熟人进来跟他聊天，他就一边聊，一边晃，手里嘴里都不闲着，两不耽误。到了下午出茶干的时候，酱园上上下下一齐动手，连老大也算一个。

茶干是连万顺特制的一种豆腐干。豆腐出净渣，装在一个一个小

169

蒲包里，包口扎紧，入锅，码好，投料，加上好抽油，上面用石头压实，文火煨煮。要煮很长时间。煮得了，再一块一块从麻包里倒出来。这种茶干是圆形的，周围较厚，中间较薄，周身有蒲包压出来的细纹，每一块当中还带着三个字："连万顺"，——在扎包时每一包里都放进一个小小的长方形的木牌，木牌上刻着字，木牌压在豆腐干上，字就出来了。这种茶干外皮是深紫黑色的，掰开了，里面是浅褐色的。很结实，嚼起来很有咬劲，越嚼越香，是佐茶的妙品，所以叫作"茶干"。连老大监制茶干，是很认真的。每一道工序都不许马虎。连万顺茶干的牌子闯出来了。车站、码头、茶馆、酒店都有卖的。后来竟有人专门买了到外地送人的。双黄鸭蛋、醉蟹、董糖、连万顺的茶干，凑成四色礼品，馈赠亲友，极为相宜。

连老大就是这样一个人，一个开酱园的老板，一个普普通通、正正派派的生意人，没有什么特别处。这样的人是很难写成小说的。

要说他的特别处，也有。有两点。

一是他的酒量奇大。他以酒代茶。他极少喝茶。他坐在账桌上算账的时候，面前总放一个豆绿茶碗。碗里不是茶，是酒，——一般的白酒，不是什么好酒。他算几笔，喝一口，什么也不"就"。一天老这么喝着。喝完了，就自己去打一碗。他从来没有醉的时候。

二是他说话有个口头语："的时候"。什么话都要加一个"的时候"。"我的时候""他的时候""麦子的时候""豆子的时候""猫的时候""狗的时候"……他说话本来就慢，加了许多"的时候"，就更慢了。如果把他说的"的时候"都删去，他每天至少要少说四分之一的字。

连万顺已经没有了。连老板也故去多年了。五六十岁的人还记得连万顺的样子，记得门口的两个大字，记得酱园内外的气味，记得连老大的声音笑貌，自然也记得连万顺的茶干。

连老大的儿子也四十多了。他在县里的副食品总店工作。有人问他："你们家的茶干，为什么不恢复起来？"他说："这得下十几种药料，现在，谁做这个！"

一个人监制的一种食品，成了一个地方具有代表性的土产，真也不容易。不过，这种东西没有了，也就没有了。

一九八五年十二月十二日

八月骄阳

　　张百顺年轻时拉过洋车，后来卖了多年烤白薯。德胜门豁口内外没有吃过张百顺的烤白薯的人不多。后来取缔了小商小贩，许多做小买卖的都改了行，张百顺托人谋了个事由儿，到太平湖公园来看门。一晃，十来年了。

　　太平湖公园应名儿也叫作公园，实在什么都没有。既没有亭台楼阁，也没有游船茶座，就是一片野水，好些大柳树。前湖有几张长椅子，后湖都是荒草。灰菜、马苋菜都长得很肥。牵牛花，野茉莉。飞着好些粉蝶儿，还有北京人叫作"老道"的黄蝴蝶。一到晚不晌，往后湖一走，都瘆得慌。平常是不大有人去的。孩子们来掏蛐蛐。遛鸟的爱来，给画眉抓点活食：油葫芦、蚂蚱，还有一种叫作"马蜥儿"的小四脚蛇。看门，看什么呢？这个公园不卖门票。谁来，啥时候来，都行。除非怕有人把柳树锯倒了扛回去。不过这种事还从来没有发生过。因此张百顺非常闲在。他没事时就到湖里捞点鱼虫、苲草，卖给养鱼的主。进项不大，但是够他抽关东烟的。"文化大革命"一起来，很多养鱼的都把鱼"处理"了，鱼虫、苲草没人买，他就到湖边摸点螺蛳，淘洗干净了，加点盐，搁两个大料瓣，煮咸螺蛳卖。

后湖边上住着两户打鱼的。他们这打鱼，真是三天打鱼，两天晒网，有一搭无一搭。打得的鱼随时就在湖边卖了。

每天到园子里来遛早的，都是熟人，他们进园子，都有准钟点。

来得最早的是刘宝利。他是个唱戏的。坐科学的是武生。因为个头矮点，扮相也欠英俊，缺少大将风度，来不了"当间儿的"。不过他会的多，给好几位名角打个"下串"，"傍"得挺严实。他粗通文字，爱抄本儿。他家里有两箱子本子，其中不少是已经失传了的。他还爱收藏剧照，有的很名贵。杨老板《青石山》的关平、尚和玉的《四平山》、路玉珊的《醉酒》、梅兰芳的《红线盗盒》、金少山的《李七长亭》、余叔岩的《盗宗卷》……有人出过高价，想买他的本子和剧照，他回绝了："对不起，我留着殉葬。"剧团演开了革命现代戏，台上没有他的活儿，领导上动员他提前退休，——他还不到退休年龄。他一想：早退，晚退，早晚得退，退！退了休，他买了两只画眉，每天天一亮就到太平湖遛鸟。他戏瘾还挺大。把鸟笼子挂了，还拉拉山膀，起两个云手，踢踢腿，耗耗腿。有时还念念戏词。他老念的是《挑滑车》的《闹帐》：

"且慢！"

"高王爷为何阻令？"

"末将有一事不明，愿在元帅台前领教。"

"高王爷有话请讲，何言领教二字。"

"岳元帅！想俺高宠，既已将身许国，理当报效皇家。今逢大敌，满营将官，俱有差遣，单单把俺高宠，一字不提，是何理也？"

……

"吓、吓、吓吓吓吓……岳元帅！大丈夫临阵交锋，不死而带伤，生而何欢，死而何惧！"

跟他差不多时候进园子遛弯的顾止庵曾经劝过他：

"爷们！您这戏词，可不要再念了哇！"

"怎么啦？"

"如今晚儿演了革命现代戏，您念老戏词——韵白！再说，您这不是借题发挥吗？'满营将官，俱有差遣，单单把俺高宠，一字不提，是何理也？'这是什么意思？这不是说台上不用您，把你刷了吗？这要有人听出来，您这是'对党不满'呀！这是什么时候啊，爷们！"

"这么一大早，不是没人听见吗！"

"隔墙有耳！——小心无大错。"

顾止庵，八十岁了。花白胡须，精神很好。他早年在豁口外设帐授徒，——教私塾。后来学生都改了上学堂了，他的私塾停了，他就给人抄书，抄稿子。他的字写得不错，欧底赵面。抄书、抄稿子有点委屈了这笔字。后来找他抄书、抄稿子的也少了，他就在邮局门外树荫底下摆了一张小桌，代写家信。解放后，又添了一项业务：代写检讨。"老爷子，求您代写一份检讨。"——"写检讨？这检讨还能由别人代写呀？"——"劳您驾！我写不了。您写完了，我按个手印，一样！"——"什么事儿？"因为他的检讨写得清楚，也深刻，比较

174

容易通过，来求的越来越多，业务挺兴旺。后来他的孩子都成家立业，混得不错，就跟老爷子说："我们几个养活得起您。您一支笔挣了不少杂和面儿，该清闲几年了。"顾止庵于是搁了笔。每天就是遛遛弯儿，找几个年岁跟他相仿佛的老友一块堆儿坐坐、聊聊、下下棋。他爱瞧报，——站在阅报栏前一句一句地瞧。早晚听"匣子"。因此他知道的事多，成了豁口内外的"伏地①圣人"。

这天他进了太平湖，刘宝利已经练了一遍功，正把一条腿压在树上耗着。

"老爷子今儿早！"

"宝利！今儿好像没听您念《闹帐》？"

"不能再念啦！"

"怎么啦？"

"待会儿跟您说。"

顾止庵向四边的树上看看：

"您的鸟呢？"

"放啦！"

"放啦？"

"您先慢慢往外溜达着。今儿我带着一包高末。百顺大哥那儿有开水，叶子已经闷上了。我耗耗腿。一会儿就来。咱们爷儿仨喝一壶，聊聊。"

顾止庵遛到门口，张百顺正在湖边淘洗螺蛳。

"顾先生！椅子上坐。茶正好出味儿了，来一碗。"

---

① 伏地，北京土话。本地生产的叫"伏地"。如，"伏地小米""伏地蒜苗"。

“来一碗！”

“顾先生，您说这‘文化大革命’，它是怎么一回子事？”

“您问我？——有人知道。”

“这红卫兵，它是怎么回子事。呼啦——全起来了。它也不用登记，不用批准，也没有个手续，自己个儿就拉起来了。我真没见过。一戴上红袖箍，就变人性。想怎么着就怎么着，想揪谁就揪谁。他们怎么有这么大的权？谁给他们的权？”

“头几天，八一八，不是刚刚接见了吗？”

“当大官的，原来都是坐小汽车的主，都挺威风，一个一个全都头朝了下了。您说，他们心里是怎么想的？”

“他们怎么想，我哪儿知道。反正这心里不大那么好受。”

“还有个章程没有？我可是当了一辈子安善良民，从来奉公守法。这会儿，全乱了。我这眼面前就跟‘下黄土’似的，简直的，分不清东西南北了。”

“您多余操这份儿心。粮店还卖不卖棒子面？”

“卖！”

“还是的。有棒子面就行。咱们都不在单位，都这岁数了。咱们不会去揪谁，斗谁，红卫兵大概也斗不到咱们头上。过一天，算一日。这太平湖眼下不还挺太平不是？”

“那是！那是！”

刘宝利来了。

“宝利，您说要告诉我什么事？”

“昨儿，我可瞧了一场热闹！”

"什么热闹？"

"烧行头。我到交道口一个师哥家串门子，听说成贤街孔庙要烧行头——烧戏装。我跟师哥说：咱们瞧瞧去！嚄！堆成一座小山哪！大红官衣、青褶子，这没什么！'帅盔''八面威''相貂''驸马套'……这也没有什么！大蟒大靠，苏绣平金，都是新的，太可惜了！点翠头面，水钻头面，这值多少钱哪！一把火，全烧啦！火苗儿蹿起老高。烧煳了的碎绸子片飞得哪儿哪儿都是。"

"唉！"

"火边上还围了一圈人，都是文艺界的头头脑脑。有跪着的，有撅着的。有的挂着牌子，有的脊背贴了一张大纸，写着字。都是满头大汗。您想想：这么热的天，又烤着大火，能不出汗吗？一群红卫兵，攥着宽皮带，挨着个抽他们。劈头盖脸！有的，一皮带下去，登时，脑袋就开了，血就下来了。——皮带上带着大铜头子哪！哎呀，我长这么大，没见过这么打人的。哪能这么打呢？您要我这么打，我还真不会！这帮孩子，从哪儿学来的呢？有的还是小妞儿。他们怎么能下得去这么狠的手呢？"

"唉！"

"回来，我一琢磨，把两箱子剧本、剧照，捆巴捆巴，借了一辆平板三轮，我就都送到街道办事处去了。他们爱怎么处理怎么处理，我不能自己烧。留着，招事！"

"唉！"

"那两只画眉，'口'多全！今儿一早起来，我也放了。——开笼放鸟！'提笼架鸟'，这也是个事儿！"

"唉！"

这工夫，园门口进来一个人。六十七八岁，戴着眼镜，一身干干净净的藏青制服，礼服呢千层底布鞋，拄着一根角把棕竹手杖，一看是个有身份的人。这人见了顾止庵，略略点了点头，往后面走去了。这人眼神有点直勾勾的，脸上气色也不大好。不过这年头，两眼发直的人多的是。这人走到靠近后湖的一张长椅旁边，坐下来，望着湖水。

顾止庵说："茶也喝透了，咱们也该散了。"

张百顺说："我把这点螺蛳送回去，叫他们煮煮。回见！"

"回见！"

"回见！"

张百顺把螺蛳送回家。回来，那个人还在长椅上坐着，望着湖水。

柳树上知了叫得非常欢实。天越热，它们叫得越欢。赛着叫。整个太平湖全归了它们了。

张百顺回家吃了中午饭。回来，那个人还在椅子上坐着，望着湖水。

粉蝶儿、黄蝴蝶乱飞。忽上，忽下。忽起，忽落。黄蝴蝶，白蝴蝶。白蝴蝶，黄蝴蝶……

天黑了。张百顺要回家了。那人还在椅子上坐着，望着湖水。

蛐蛐、油葫芦叫成一片。还有金铃子。野茉莉散发着一阵一阵的清香。一条大鱼跃出了水面，"欻"的一声，又没到水里。星星出来了。

第二天天一亮，刘宝利到太平湖练功。走到后湖：湖里一团黑乎乎的，什么？哟，是个人！这是他的后脑勺！有人投湖啦！

刘宝利叫了两个打鱼的人，把尸首捞了上来，放在湖边草地上。这工夫，顾止庵也来了。张百顺也赶了过来。

顾止庵对打鱼的说："您二位到派出所报案。我们仨在这儿看着。"

"您受累！"

顾止庵四下里看看，说："这人想死的心是下铁了的。要不，怎么会找到这么个荒凉偏僻的地方来呢？他投湖的时候，神智很清醒，不是迷迷糊糊一头扎下去的。你们看，他的上衣还整整齐齐地搭在椅背上，手杖也好好地靠在一边。咱们掏掏他的兜儿，看看有什么，好知道死者是谁呀。"

顾止庵从死者的上衣兜里掏出一个工作证，是北京市文联发的：

姓名：舒舍予

职务：主席

顾止庵看看工作证上的相片，又看看死者的脸，拍了拍工作证：

"这人，我认得！"

"您认得？"

"怪不得昨儿他进园子的时候，好像跟我招呼了一下。他原先叫舒庆春。这话有小五十年了！那会儿我教私塾，他是劝学员，正管着德胜门这一片的私塾。他住在华严寺。我还上他那儿聊过几次。人挺好，有学问！他对德胜门这一带挺熟，知道太平湖这么个地方！您怎么会走南闯北，又转回来啦？这可真是树高千丈，叶落归根哪！"

"您等等！他到底是谁呀？"

"他后来出了大名，是个作家，他，就是老舍呀！"

张百顺问："老舍是谁？"

刘宝利说："老舍您都不知道？瞧过《骆驼祥子》没有？"

"匣子里听过。好！是写拉洋车的。祥子，我认识。——'骆驼祥子'嘛！"

"您认识？不能吧！这是把好些拉洋车的搁一块堆儿，攒巴攒巴，捏出来的。"

"唔！不对！祥子，拉车的谁不知道！他和虎妞结婚，我还随了份子。"

"您八成是做梦了吧？"

"做梦？——许是。岁数大了，真事、梦景，常往一块掺和。——他还写过什么？"

"《龙须沟》哇！"

"《龙须沟》，瞧过，瞧过！电影！程疯子、娘子、二妞……这不是金鱼池，这就是咱这德胜门豁口！太真了！太真了，就叫人掉泪。"

"您还没瞧过《茶馆》哪！太棒了！王利发！'硬硬朗朗的，我硬硬朗朗地干什么？'我心里这酸呀！"

"合着这位老舍他净写卖力气的、耍手艺的、做小买卖的。苦哈哈、穷命人？"

"那没错！"

"那他是个好人！"

"没错！"

刘宝利说："这么个人，我看他本心是想说共产党好啊！"

"没错！"

刘宝利看着死者：

"我认出来了！在孔庙挨打的，就有他！您瞧，脑袋上还有伤，身上净是血嘎巴！——我真不明白。这么个人，旧社会能容得他，怎么咱这新社会倒容不得他呢？"

顾止庵说："'我本将心托明月，谁知明月照沟渠'，这大概就是他想不通的地方。"

张百顺撅了两根柳条，在老舍的脸上摇晃着，怕有苍蝇。

"他从昨儿早起就坐在这张椅子上，心里来回来去，不知道想了多少事哪！"

"'千古艰难唯一死'呀！"

张百顺问："这市文联主席够个什么爵位？"

"要在前清，这相当个翰林院大学士。"

"那干吗要走了这条路呢？忍过一阵肚子疼！这秋老虎虽毒，它不也有凉快的时候吗？"

顾止庵环顾左右，沉沉地叹了一口气："'士可杀，而不可辱'啊！"

刘宝利说："我去找张席，给他盖上点儿！"

一九八六年六月二十二日二稿

载一九八六年第九期《人民文学》

安乐居

安乐居是一家小饭馆，挨着安乐林。

安乐林围墙上开了个月亮门，门头砖额上刻着三个经石峪体的大字，像那么回事。走进去，只有巴掌大的一块地方，有几十棵杨树。当中种了两棵丁香花，一棵白丁香，一棵紫丁香，这就是仅有的观赏植物了。这个林是没有什么逛头的，在林子里走一圈，五分钟就够了。附近一带养鸟的爱到这里来挂鸟。他们养的都是小鸟，红子居多，也有黄雀。大个的鸟，画眉、百灵是极少的。他们不像那些以养鸟为生活中第一大事的行家，照他们的说法是"瞎玩儿"。他们不养大鸟，觉得那太费事，"是它玩我，还是我玩它呀？"把鸟一挂，他们就蹲在地下说话儿，——也有自己带个马扎儿来坐着的。

这么一片小树林子，名声却不小，附近几条胡同都是依此命名。安乐林头条、安乐林二条……这个小饭馆叫作安乐居，挺合适。

安乐居不卖米饭炒菜。主食是包子、花卷。每天卖得不少，一半是附近的居民买回去的。这家饭馆其实叫个小酒铺更合适些。到这儿来的喝酒比吃饭的多。这家的酒只有一毛三分一两的。北京人喝酒，大致可以分为几个层次：喝一毛三的是一个层次，喝二锅头的是一个层次，喝红粮大曲、华灯大曲乃至衡水老白干的是一个层次，喝八大名酒是高层次，喝茅台的是最高层次。安乐居的"酒座"大都是属于一毛三层次，即最低层次的。他们有时也喝二锅头，但对二锅头颇有意见，觉得还不如一毛三的。一毛三他们喝"服"了，觉得喝起来"顺"。他们有人甚至觉得大曲的味道不能容忍。安乐居天热的时候也卖散啤酒。

酒菜不少。煮花生豆、炸花生豆。暴腌鸡子。拌粉皮。猪头肉，——单要耳朵也成，都是熟人了！猪蹄，偶有猪尾巴，一会儿的工夫就卖完了。也有时卖烧鸡、酱鸭，切块。最受欢迎的是兔头。一个酱兔头，三四毛钱，至多也就是五毛多钱，喝二两酒，够了。——这还是一年多以前的事，现在如果还有兔头也该涨价了。这些酒客们吃兔头是有一定章法的，先掰哪儿，后掰哪儿，最后磕开脑绷骨，把兔脑掏出来吃掉。没有抓起来乱啃的，吃得非常干净，连一丝肉都不剩。安乐居每年卖出的兔头真不老少。这个小饭馆大可另挂一块招牌："兔头酒家"。

酒客进门，都有准时候。

头一个进来的总是老吕。安乐居十点半开门。一开门，老吕就进来。他总是坐在靠窗户一张桌子的东头的座位。一年三百六十五天，天天如此。这成了他的专座。他不是像一般人似的"垂足而坐"，而是一条腿盘着，一条腿曲着，像老太太坐炕似的踞坐在一张方凳上，——脱了鞋。他不喝安乐居的一毛三，总是自己带了酒来，用一个扁长的瓶子，一瓶子装三两。酒杯也是自备的。他是喝慢酒的，三两酒从十点半一直喝到十二点差一刻："我喝不来急酒。有人结婚，他们闹酒，我就一口也不喝，——回家自己再喝！"一边喝酒，吃兔头，一边不住地抽关东烟。他的烟袋如果丢了，有人捡到一定会送还给他的。谁都认得：这是老吕的。白铜锅儿，白铜嘴儿，紫铜杆儿。他抽烟也抽得慢条斯理的，从不大口猛吸。这人整个儿是个慢性子。说话也慢。他也爱说话，但是他说一个什么事都只是客观地叙述，不大掺加自己的意见，不动感情。一块儿喝酒的买了兔头，常要发一点感慨："那会儿，兔头，五分钱一个，还带俩耳朵！"老吕说："那是多会儿？——说那个，没用！有兔头，就不错。"西头有一家姓屠的，一家子都很浑愣，爱打架。屠老头儿到永春饭馆去喝酒，和服务员吵起来了，伸手就揪人家脖领子。服务员一胳臂把他搡开了。他憋了一肚子气。回去跟儿子一说，他儿子二话没说，捡了块砖头，到了永春，一砖头就把服务员脑袋开了！结果，儿子抓进去了，屠老头还得负责人家的医药费。这件事老吕亲眼目睹。一块儿喝酒的问起，他详详细细叙述了全过程。坐在他对面的老聂听了，说："该！"

坐在里面犄角的老王说："这是什么买卖！"

老吕只是很平静地说："这回大概得老实两天。"

老吕在小红门一家木材厂下夜看门。每天骑车去，路上得走四十分钟。他想往近处挪挪，没有合适的地方，他说："算了！远就远点吧。"

他在木材厂喂了一条狗。他每天来喝酒，都带了一个塑料口袋，

184

安乐居的顾客有吃剩的包子皮，碎骨头，他都捡起来，给狗带去。

头几天，有人要给他说一个后老伴，——他原先的老伴死了有二年多了。这事他的酒友都知道，知道他已经考虑了几天了，问起他："成了吗？"老吕说："——不说了。"他说的时候神情很轻松，好像解决了一个什么难题。他的酒友也替他感到轻松。他们几乎异口同声地说："不说了？——不说了好！添乱！"

老吕于是慢慢地喝酒，慢慢地抽烟。

比老吕稍晚进店的是老聂。老聂总是坐在老吕的对面。老聂有个小毛病，说话爱眨巴眼。凡是说话爱眨眼的人，脾气都比较急。他喝酒也快，不像老吕一口一口地抿。老聂每次喝一两半酒，多一口也不喝。有人强往他酒碗里倒一点，他拿起酒碗就倒在地下。他来了，搁了一个小提包，转身骑车就去"奔"酒菜去了。他"奔"来的酒菜大都是羊肝、沙肝。这是为他的猫"奔"的，——他当然也吃点。他喂着一只小猫。"这猫可仁义！我一回去，它就在你身上蹭——蹭！"他爱吃豆制品。熏干、鸡腿、麻辣丝……小葱下来的时候，他常常用铝饭盒装来一些小葱拌豆腐。有一回他装来整整两饭盒腌香椿。"来吧！"他招呼全店酒友。"你哪来这么多香椿？——这得不少钱！"——"没花钱！乡下的亲家带来的。我们家没人爱吃。"于是酒友们一人抓了一撮。剩下的，他都给了老吕。"吃完了，给我把饭盒带来！"一口把余酒喝净，退了杯，"回见！"出门上车，吱溜——没影儿了。

老聂原是做小买卖的。他在天津三不管卖过相当长时期炒肝。现在退休在家。电话局看中他家所在的"点"，想在他家安公用电话。

他嫌钱少，麻烦。挨着他家的汽水厂工会愿意每月贴给他三十块钱，把厂里职工的电话包了。他还在犹豫。酒友们给他参谋："行了！电话局每月给钱，汽水厂三十，加上传电话、送电话，不少！坐在家里拿钱，哪儿找这么好的事去！"他一想：也是！

老聂的日子比过去"滋润"了，但是他每顿还是只喝一两半酒，多一口也不喝。

画家来了。画家风度翩翩，梳着长长的背发，永远一丝不乱。衣着入时而且合体。春秋天人造革猎服，冬天羽绒服。——他从来不戴帽子。这样的一表人才，安乐居少见。他在文化馆工作，算个知识分子，但对人很客气，彬彬有礼。他这喝酒真是别具一格：二两酒，一扬脖子，一口气，下去了。这种喝法，叫作"大车酒"，过去赶大车的这么喝。西直门外还管这叫"骆驼酒"，赶骆驼的这么喝。文墨人，这样喝法的，少有。他和老王过去是街坊。喝了酒，总要走过去说几句话。"我给您添点儿？"老王摆摆手，画家直起身来，向在座的酒友又都点了点头，走了。

我问过老王和老聂："他的画怎么样？"

"没见过。"

上海老头来了。上海老头久住北京，但是口音未变。他的话很特别，在地道的上海话里往往掺杂一些北京语汇："没门儿！""敢情！"甚至用一些北京的歇后语："那么好！武大郎盘杠子——上下够不着！"他把这些北京语汇、歇后语一律上海话化了，北京字眼，上海语音，挺绝。上海老头家里挺不错，但是他爱在外面逛，在小酒馆喝酒。

"外面吃酒，——香！"

他从提包里摸出一个小饭盒，里面有一双截短了的筷子、多半块熏鱼、几只油爆虾、两块豆腐干。要了一两酒，用手纸擦擦筷子，吸了一口酒。

"您大概又是在别处已经喝了吧？"

"啊！我们吃酒格人，好比天上飞格一只鸟（读如"屌"），格小酒馆，好比地上一棵树。鸟飞在天上，看到树，总要落一落格。"

如此妙喻，我未之前闻，真是长了见识！

这只鸟喝完酒，收好筷子，盖好小饭盒，拎起提包，要飞了：

"晏歇会！——明儿见！"

他走了，老王问我："他说什么？喝酒的都是屌？"

安乐居喝酒的都很有节制，很少有人喝过量的。也喝得很斯文，没有喝了酒胡咧咧的。只有一个人例外。这人是个瘸子，左腿短一截，走路时左脚跟着不了地，一晃一晃的。他自己说他原来是"勤行"——厨子，煎炒烹炸，南甜北咸，东辣西酸。说他能用两个鸡蛋打三碗汤，鸡蛋都得成片儿！但我没有再听到他还有什么特别的手艺，好像他的绝技只是两个鸡蛋打三碗汤。以这样的手艺自豪，至多也只能是一个"二荤铺"的"二把刀"。——"二荤铺"不卖鸡鸭鱼，什么菜都只是"肉上找"，——炒肉丝、熘肉片、扒肉条……他现在在汽水厂当杂工，每天蹬平板三轮出去送汽水。这辆平板归他用，他就半公半私地拉一点生意。口袋里一有钱，就喝。外边喝了，回家还喝；家里喝了，外面还喝。有一回喝醉了，摔在黄土坑胡同口，脑袋碰在一块石头上，流了好些血。过两天，又来喝了。我问他："听说你摔了？"

他把后脑勺伸过来，挺大一个口子。"唔！唔！"他不觉得这有什么丢脸，好像还挺光彩。他老婆早上在马路上扫街，挺好看的。有两个金牙，白天穿得挺讲究，色儿都是时兴的，走起路来扭腰拧胯，咳，挺是样儿。安乐居的熟人都替她惋惜："怎么嫁了这么个主儿！——她对瘸子还挺好！"有一回瘸子刚要了一两酒，他媳妇赶到安乐居来了，夺过他的酒碗，顺手就泼在了地上："走！"拽住瘸子就往外走，回头向喝酒的熟人解释："他在家里喝了三两了，出来又喝！"瘸子也不生气，也不发作，也不觉有什么难堪，乖乖地一摇一晃地家去了。

瘸子喝酒爱说。老是那一套，没人听他的。他一个人说。前言不搭后语，当中夹杂了很多"唔唔唔"：

"……宝三，宝善林，唔唔唔，知道吗？宝三摔跤，唔唔唔。宝三的跤场在哪儿？知道吗？唔唔唔。大金牙、小金牙，唔唔唔。侯宝林。侯宝林是云里飞的徒弟，唔唔唔。《逍遥津》，'欺寡人'——'七挂人'，唔唔唔。干吗老是'七挂人'？'七挂人'唔唔唔。天津人讲话：'嘛事你啦？'唔唔唔。二娃子，你可不咋着！唔唔唔……"

喝酒的对他这一套已经听惯了，他爱说让他说去吧！只有老聂有时给他两句：

"老是那一套，你贫不贫？有新鲜的没有？你对天桥熟，天桥四大名山，你知道吗？"

瘸子爱管闲事。有一回，在李村胡同里，一个市容检查员要罚一个卖花盆的款，他插进去了："你干吗罚他？他一个卖花盆的，又不脏，又没有气味，'污染'，他'污染'什么啦？罚了款，你们好多拿奖金？你想钱想疯了！卖花盆的，大老远地推一车花盆，不容易！"他对卖花盆的说："你走，有什么话叫他朝我说！"很奇怪，他跟人辩理的时候话说得很明快，也没有那么多"唔唔唔"。

第二天，有人问起，他又把这档事从头至尾学说了一遍，有声有色。

老聂说："瘌子，你这回算办了件人事！"

"我净办人事！"

喝了几口酒，又来了他那一套："宝三，宝善林，知道吗？唔唔唔……"

老吕、老聂都说："又来了！这人，不经夸！"

"四大名山？"我问老王，"天桥哪儿有个四大名山？"

"咳！四块石头。永定门外头过去有那么一座小桥，——后来拆了。桥头一边有两块石头，这就叫'四大名山'。你要问老人们，这永定门一带景致多哩！这会儿都没有人知道了。"

老王养鸟，红子。他每天沿天坛根遛早，一手提一只鸟笼，有时还架着一只。他把架棍插在后脖领里。吃完早点，把鸟挂在安乐林，聊会儿天，大约十点三刻，到安乐居。他总是坐在把角靠墙的座位。把鸟笼放好，架棍插在老地方，打酒。除了有兔头，他一般不吃荤菜，或带一条黄瓜，或一个西红柿、一个橘子、一个苹果。老王话不多，但是有时打开话匣子，也能聊一气。

我跟他聊了几回，知道他原先是扛包的。

"我们这一行，不在三百六十行之内。三百六十行，没这一行！"

"你们这一行没有祖师爷？"

189

“没有！”

“有没有传授？”

“没有！不像给人搬家的，躺箱、立柜、八仙桌，桌子上还常带着茶壶茶碗自鸣钟，扛起来就走，不带磕着碰着一点的，那叫技术！我们这一行，有力气就行！”

“都扛什么？”

“什么都扛，主要是粮食。顶不好扛的是盐包，——包硬，支支楞楞的，硌。不随体。扛起来不得劲儿。扛包，扛个几天就会了。要说窍门，也有。一包粮食，一百多斤，搁在肩膀上，先得颠两下。一颠，哎，包跟人就合了槽了，合适了！扛熟了的，也能换换样儿。跟递包的一说：‘您跟我立一个！’哎，立一个！”

“竖着扛？”

“竖着扛。您给我‘搭’一个！”

“斜搭着？”

“斜搭着。”

“你们那会拿工资？计件？”

“不拿工资，也不是计件。有把头——”

“把头，把头不是都是坏人吗？封建把头嘛！”

“也不是！他自己也扛，扛得少点，把头接了一批活：‘哥几个！就这一堆活，多会儿扛完了多会儿算。’每天晚半晌，先生结账，该多少多少钱。都一样。有临时有点事的，觉得身上不大合适的，半路地儿要走，您走！这一天没您的钱。”

“能混饱了？”

"能！那会儿吃得多！早晨起来，半斤猪头肉，一斤烙饼。中午，一样。每天每。晚半晌吃得少点。半斤饼，喝点稀的，喝一口酒。齐啦。——就怕下雨。赶上连阴天，惨啰：没活儿。怎么办呢，拿着面口袋，到一家熟粮店去：'掌柜的！''来啦！几斤？'告诉他几斤几斤，'接着！'没的说。赶天好了，拿了钱，赶紧给人家送回去。为人在世，讲信用。家里揭不开锅的时候，少！……

"……三年自然灾害，可把我饿惨了。浑身都膀了。两条腿，棉花条。别说一百多斤，十来斤，我也扛不动。我们家还有一辆自行车，凤凰牌，九成新。我妈跟我爸说：'卖了吧，给孩子来一顿！'丰泽园！我叫了三个扒肉条，喝了半斤酒，开了十五个馒头，——馒头二两一个，三斤！我妈直害怕：'别把杂种操的撑死了哇！'……"

"您现在每天还能吃……？"

"一斤粮食。"

"退休了？"

"早退了！——后来我们归了集体。干我们这行的，四十五就退休，没有过四十五的。现在打包的也没有了，都改了传送带。"

老王现在每天夜晚在一个幼儿园看门。

"没事儿！扫扫院子，归置归置，下水道不通了，——通通！活动活动。老待着干吗呀，又没病！"

老王走道低着脑袋，上身微微往前倾，两腿叉得很开，步子慢而稳，还看得出有当年扛包的痕迹。

这天，安乐居来了三个小伙子：长头发、小胡子、大花衬衫、苹果牌牛仔裤、尖头高跟大盖鞋、变色眼镜。进门一看："嗨，有兔头！"——他们是冲着兔头来了。这三位要了十个兔头、三个猪蹄、一只鸭子、三盘包子，自己带来八瓶青岛啤酒，一边抽着"万宝乐"，一边吃喝起来。安乐林喝酒的老酒座都瞭了他们一眼。三位吃喝了一阵，把筷子一挥，走了。都骑的是雅马哈。嘟嘟嘟……桌子上一堆碎骨头、咬了一口的包子皮，还有一盘没动过的包子。

老王看着那盘包子，撇了撇嘴："这是什么买卖！"

这是老王的口头语。凡是他不以为然的事，就说"这是什么买卖！"

老王有两个鸟友，也是酒友。都是老街坊，原先在一个院里住。这二位现在都够万元户。

一个是佟秀轩，是裱字画的。按时下的价目，裱一个单条：14～16元。他每天总可以裱个五六幅。这二年，家家都又愿意挂两条字画了。尤其是退休老干部。他们收藏"时贤"字画，自己也爱写、爱画。写了、画了，还自己掏钱裱了送人。因此，佟秀轩应接不暇。他收了两个徒弟。托纸、上板、揭画，都是徒弟的事。他就管管配绫子、装轴。他每天早上遛鸟。遛完了，如果活儿忙，就把鸟挂在安乐林，请熟人看着，回家刷两刷子。到了十一点多钟，到安乐林摘了鸟笼子，到安乐居。他来了，往往要带一点家制的酒菜：炖吊子、烩鸭血、拌肚丝儿。……佟秀轩穿得很整洁，尤其是脚下的两只鞋。他总是穿礼服呢花旗底的单鞋，圆口的，或是双脸皮梁靸鞋。这种鞋只有右安门一家高台阶的个体户能做。这个个体户原来是内联升的师傅。

另一个是白薯大爷。他姓白，卖烤白薯。卖白薯的总有些邋遢，煤呀火呀的。白薯大爷出奇的干净。他个头很高大，两只圆圆的大眼睛，顾盼有神。他腰板绷直，甚至微微有点后仰，精神！蓝上衣，白套袖，腰系一条黑人造革的围裙，往白薯炉子后面一站，嘿！有个样儿！就说他的精神劲儿，让人相信他烤出来的白薯必定是栗子味儿的。白薯大爷卖烤白薯只卖一上午。天一亮，把白薯车子推出来，把鸟——红子，往安乐林一挂，自有熟人看着，他去卖他的白薯。到了十二点，收摊。想要吃白薯，明儿见啦您哪！摘了鸟笼，往安乐居。他喝酒不多。吃菜！他没有一颗牙了，上下牙床子光光的，但是什么都能吃，——除了铁蚕豆，吃什么都香。"烧鸡烂不烂？"——"烂！""来一只！"他买了一只鸡，撕巴撕巴，给老王来一块脯子，给酒友们让让："您来块？"别人都谢了，他一人把一只烧鸡一会儿的工夫全开了。"不赖，烂！"把鸡架子包起来，带回去熬白菜。"回见！"

这天，老王来了，坐着，桌上搁一瓶五星牌二锅头，看样子在等人。一会儿，佟秀轩来了，提着一瓶汾酒。

"走啊！"

"走！"

我问他们："不在这儿喝了？"

"白薯大爷请我们上他家去，来一顿！"

第二天，老王来了，我问："昨儿白薯大爷请你们吃什么好的了？"

"荞面条！——自己家里擀的。青椒！蒜！"

老吕、老聂一听：

"嘿！"

安乐居已经没有了。房子翻盖过了。现在那儿是一个什么贸易中心。

一九八六年七月五日晨写完

瑞　云

——聊斋新义

瑞云越长越好看了。初一十五，她到灵隐寺烧香，总有一些人盯着她傻看。她长得很白，姑娘媳妇偷偷向她的跟妈打听："她搽的是什么粉？"——"她不搽粉，天生的白嫩。"平常日子，街坊邻居也不大容易见到她，只听见她在小楼上跟师傅学吹箫，拍曲子，念诗。

瑞云过了十四，进十五了，按照院里的规矩，该接客了。养母蔡妈妈上楼来找瑞云。

"姑娘，你大了。是花，都得开。该找一个人梳拢了。"

瑞云在行院中长大，哪有不明白的。她脸上微红了一阵，倒没有怎么太扭捏，爽爽快快地说："妈妈说的是。但求妈妈依我一件：钱，由妈妈定；人，要由我自己选。"

"你要选一个什么样的？"

"要一个有情的。"

"有钱的、有势的，好找。有情的，没有。"

"这是我一辈子头一回。哪怕只跟这个人过一夜，也就心满意足了。以后，就顾不了许多了。"

蔡妈妈看看这棵摇钱树，寻思了一会儿，说："好，钱由我定，人由你选，不过得有个期限：一年，一年之内，由你；过了一年，由我！今天是三月十四。"

于是瑞云开门见客。蔡妈妈定例，上楼小坐，十五两，见面赘礼不限。

王孙公子、达官贵人、富商巨贾，纷纷登门求见。瑞云一一接待。赘礼厚的，陪着下一局棋，或当场画一个小条幅、一把扇面。赘札薄的，敬一杯香茶而已。这些狎客对瑞云各有品评。有的说是清水芙蓉，有的说是未放梨蕊，有的说是一块羊脂玉，一传十，十传百，瑞云身价渐高，成了杭州红极一时的名妓。

余杭贺生，素负才名，家道中落，二十未娶，偶然到西湖闲步，见一画舫，飘然而来。中有美人，低头吹箫。岸上游人，纷纷指点："瑞云！瑞云！"贺生不觉注目，画舫已经远去，贺生还在痴立。回到寓所，茶饭无心，想了一夜，备了一份薄薄的赘礼，往瑞云院中求见。

原来以为瑞云阅人已多，一定不把他这寒酸当一回事，不想一见之后，瑞云款待得很殷勤，亲自涤器烹茶，问长问短。问余杭有什么山水，问他家里都有什么人，问他二十岁了为什么还不娶妻……语声柔细，眉目含情。有时默坐，若有所思。贺生觉得坐得太久了，应该知趣，起身将欲告辞。瑞云拉住他的手，说："我送你一首诗。"诗曰：

'何事求浆者，蓝桥叩晓关。

有心寻玉杵，端只在人间。

贺生得诗狂喜，还想再说点什么，小丫头来报："客到！"贺生只好仓促别去。

贺生回寓，把诗展读了无数遍，才夹到一本书里，过一会儿，又抽出来看看。瑞云分明属意于我，可是玉杵向哪里去寻？

过一二日，实在忍不住，备了一份贽礼，又去看瑞云。

听见他的声音，瑞云揭开门帘，把他让进去，说："我以为你不来了。"

"想不来，还是来了！"

瑞云很高兴。虽然只见了两面，已经好像很熟了。山南海北，琴棋书画，无所不谈。瑞云从来没有和人说过那么多的话，贺生也很少说话说得这样聪明，不知不觉，炉内香灰堆积，帘外落花渐多。瑞云把座位移近贺生，悄悄地说："你能不能想一点办法，在我这里住一夜？"

贺生说："看你两日，于愿已足。肌肤之亲，何敢梦想！"

他知道瑞云和蔡妈妈有成约：人由自选，价由母定。

瑞云说："娶我，我知道你没这个能力。我只是想把女儿身子交给你。以后你再也不来了，山南海北，我老想着你，这也不行么？"

贺生摇头。

两个再没有话了，眼对眼看着。

楼下蔡妈妈大声喊："瑞云！"

瑞云站起来，执着贺生的两只手，一双眼泪滴在贺生手背上。

贺生回去，辗转反侧。想要回去变卖家产，以博一宵之欢；又想到更尽分别，各自东西，两下牵挂，更何以堪。想到这里，热念都消。咬咬牙，再不到瑞云院里去。

蔡妈妈催着瑞云择婿。接连几个月，没有中意的。眼看花朝已过，离三月十四没有几天了。

这天，来了一个秀才，坐了一会儿，站起身来，用一个指头在瑞云额头上按了一按，说："可惜，可惜！"说完就走了。瑞云送客回来，发现额头有一个黑黑的指印。越洗越真。而且这块黑斑逐渐扩大，几天的工夫，左眼的上下眼皮都黑了。

瑞云不能再见客，蔡妈妈拔了她的簪环首饰，剥了上下衣裙，把她推下楼来，和老妈子丫头一块干粗活。瑞云娇养惯了，身子又弱，怎么受得了这个!

贺生听说瑞云遭了奇祸，特地去看看。瑞云蓬着头，正在院里拔草。贺生远远喊了一声："瑞云！"瑞云听出是贺生的声音，急忙躲到一边，脸对着墙壁。贺生连喊了几声，瑞云就是不回头。贺生一头去找到蔡妈妈，说是愿意把瑞云赎出来。瑞云已经是这样，蔡妈妈没有多要身价银子。贺生回余杭，变卖了几亩田产，向蔡妈妈交付了身价，一乘花轿把瑞云抬走了。

到了余杭，拜堂成礼。入了洞房后，瑞云乘贺生关房门的工夫，自己揭了盖头，一口气，噗，噗，把两支花烛吹灭了。贺生知道瑞云的心思，并不嗔怪。轻轻走拢，挨着瑞云在床沿坐下。

瑞云问："你为什么娶我？"

"以前，我想娶你，不能。现在能把你娶回来了，不好么？"

"我脸上有一块黑。"

"我知道。"

"难看么？"

"难看。"

"你说了实话。"

"看看就会看惯的。"

"你是可怜我么？"

"我疼你。"

"伸开你的手。"

瑞云把手放在贺生的手里。贺生想起那天在院里瑞云和他执手相看，就轻轻抚摸瑞云的手。

瑞云说："你说的是真话。"接着叹了一口气，"我已经不是我了。"

贺生轻轻咬了一下瑞云的手指："你还是你。"

"总不那么齐全了！"

"你不是说过，愿意把身子给我吗？"

"你现在还要吗？"

"要！"

两口儿日子过得很甜。不过瑞云每晚临睡，总把所有灯烛吹灭了。

好在贺生已经逐渐对她的全身读得很熟，没灯胜似有灯。

花开花落，春去秋来。一窗细雨，半床明月。少年夫妻，如鱼如水。

贺生真的对瑞云脸上那块黑看惯了。他不觉得有什么难看。似乎瑞云脸上本来就有，应该有。

瑞云还是一直觉得歉然。她有时晨妆照镜，会回头对贺生说："我对不起你！"

"不许说这样的话！"

贺生因事到苏州，在虎丘吃茶。隔座是一个秀才，自称姓和，彼此攀谈起来。秀才听出贺生是浙江口音，便问："你们杭州，有个名妓瑞云，她现在怎么样了？"

"已经嫁人了。"

"嫁了一个什么样的人？"

"一个和我差不多的人。"

"真能类似阁下，可谓得人！——不过，会有人娶她么？"

"为什么没有？"

"她脸上——"

"有一块黑，是一个什么人用指头在她额头一按，留下的。这个人真不知道安的是什么心肠！——你怎么知道的？"

"实不相瞒，你说的这个人，就是在下。"

"你为什么要做这件事？"

"昔在杭州，也曾一觑芳仪，甚惜其以绝世之姿而流落不偶，故以小术晦其光而保其璞，留待一个有情人。"

"你能点上，也能去掉么？"

"怎么不能？"

"我也不瞒你，娶瑞云的，便是小生。"

"好！你别具一双眼睛，能超出世俗媸妍，是个有情人！我这就同你到余杭，还君一个十全的佳妇。"

到了余杭，秀才叫贺生用铜盆打一盆水，伸出中指，在水面写写画画，说："洗一洗就会好的。好了，须亲自出来一谢医人。"

贺生笑说："那当然！"贺生捧盆入内室，瑞云掬水洗面，面上黑斑随手消失，晶莹洁白，一如当年，瑞云照照镜子，不敢相信，反复照视，大叫一声："这是我！这是我！"

夫妻二人，出来道谢，一看，秀才没有了。

这天晚上，瑞云高烧红烛，剔亮银灯。

贺生不像瑞云一样欢喜，明晃晃的灯烛，粉扑扑的嫩脸，他觉得不惯，他若有所失。

瑞云觉得他的爱抚不像平日那样温存，那样真挚，她坐起来轻轻地问："你怎么了？"

黄 英

———聊斋新义

　　马子才，顺天人。几代都爱菊花。到了子才，更是爱菊如命。听说什么地方有佳种，一定得买到。千里迢迢，不辞辛苦。一天，有金陵客人寄住在马家，看了子才种的菊花，说他有个亲戚，有一二名种，为北方所无。马子才动了心，即刻打点行李，跟这位客人到了金陵。客人想方设法，给他弄到两亩菊花芽。马子才如获至宝，珍重裹藏，捧在手里，骑马北归。半路上，遇见一个少年，赶着一辆精致的轿车。少年眉清目秀，风姿洒落。他好像刚刚喝了酒，酒气中有淡淡的菊花香。一路同行，子才和少年就搭了话。少年听出马子才的北方口音，问他到金陵做什么来了，手里捧着的是什么。子才如实告诉少年，说手里这两亩菊花芽好不容易才弄到，这是难得的名种。少年说：

"种无不佳，培溉在人。人即是花，花即是人。"

马子才似懂非懂，问少年要往哪里去。少年说："姐姐不喜欢金陵，将到河北找个合适的地方住下。"马子才问："找了房没有？"

"到了再说吧。"

子才说："我看你们就甭费事了。我家里还有几间闲房，空着也是空着，你们不如就在我那住着，我也好请教怎样'培溉'菊花。"少年说："得跟我姐姐商量商量。"他把车停住，把马子才的意思向姐姐说了。车里的人推开车帘说话。原来是二十来岁的一位美人。说：

"房子不怕窄憋，院子得大一些。"

子才说："我家有两套院子，我住北院，南院归你们。两院之间有个小板门。愿意来坐坐，拍拍门，随时可以请过来。平常尽可落闩下锁，互不相扰。"

"这样很好。"

谈了半日，才互通姓名。少年姓陶，姐姐小字黄英。

两家处得很好。马子才发现，陶家好像不举火，经常是从外面买点烧饼馃子就算一餐，就三天两头请他们过来便饭。这姐弟二人倒也不客气，一请就到。有一天陶对马说："老兄家道也不是怎么富足的，我们老是吃你们，长了，也不是个事。咱们合计合计，我看卖菊花也能谋生。"马子才素来自命清高，听了陶生的话很不以为然，说："这是以东篱为市井，有辱黄花！"陶笑笑，说："自食其力不为贫，贩花为业不为俗。"马子才不再说话。陶生也还常常拍拍板门，过来看看马子才种的菊花。

子才种菊，十分勤奋。风晨雨夜，科头赤足，他又挑剔得很严，残枝劣种，都拔出来丢在地上。他拿了把竹扫帚，打算扫到沟里，让它们顺水漂走。陶生说："别！"他把这些残枝劣种都捡起来，抱到南院。马子才心想：这人并不懂种菊花！

　　没多久，到了菊花将开的月份，马子才听见南院人声嘈杂，闹闹嚷嚷，简直像是香期庙会：这是咋回事？扒在板门上偷觑：喝，都是来买花的。用车子装的，背着的，抱着的，缕缕不绝。再一看那些花，都是见都没见过的异种。心想：他真的卖起菊花来了。这么多的花，得卖多少钱？此人俗，且贪！交不得！又恨他秘着佳本，不叫自己知道，太不够朋友。于是拍拍板门，想过去说几句不酸不咸的话，叫这小子知道：马子才既不贪财，也不可欺。陶生听见拍门，开开门，拉着子才的手，把他拽了过来。子才一看，荒庭半亩，都已辟为菊畦，除了那几间旧房，没有一块空地，到处都是菊花。多数憋了骨朵，少数已经半开。花头大，颜色好，杆粗，叶壮，比他自己园里种的，强百倍。问："你这些花秧子是哪里淘换来的？"陶生说："你细看看！"子才弯腰细看：似曾相识。原来都是自己拔弃的残枝劣种。于是想好的讥诮话都忘了，直想问问："你把菊花种得这样好，有什么诀窍？"陶生转身进了屋，不大会儿，搬出一张矮桌，就放在菊畦旁边。又进屋，拿出酒菜，说："我不想富，也不想穷。我不能那样清高。连日卖花，得了一些钱。你来了，今天咱们喝两盅。"陶生酒量大，用大杯。马子才只能小杯陪着。正喝着，听见屋里有人叫："三郎！"是黄英的声音。"少喝点，小心吓着马先生。"陶生答应："知道了。"几杯落肚，马子才问："你说过'种无不佳，培溉在人'，你到底有什么法子能把花种成这样？"陶生说："人即是花，花即是人。花随人意。人之意即花之意。"

马子才还是不明白。

陶生豪饮，从来没见他大醉过。子才有个姓曾的朋友，酒量极大，没有对手。有一天，曾生来，马子才就让他们较量较量。二位放开量喝，喝得非常痛快。从早晨一直喝到半夜。曾生烂醉如泥，靠在椅子上呼呼大睡。陶生站起，要回去睡觉，出门踩了菊花畦，一跤摔倒。马子才说："小心！"一看人没了，只有一堆衣裳落在地上，陶生就地化成一棵菊花，一人高，开着十几朵花，花都有拳大。马子才吓坏了，赶紧去告诉黄英。黄英赶来，把菊花拔起来，放倒在地上，说："怎么醉成这样！"拿起陶生衣裳，把菊花盖住，对马子才说："走，别看！"到了天亮，马子才过去看看，只见陶生卧在菊畦边，睡得正美。

于是子才知道：这姐弟二人都是菊花精。

陶生已经露了行迹，也就不避子才，酒喝得越来越放纵。常常自己下个短帖，约曾生来共饮，二位酒友，成了莫逆。

二月十二，花朝。曾生着两个仆人抬了一坛百花酒，说："今天咱们把这坛酒都喝了！"一坛酒快完了，两人都还不太醉。马子才又偷偷往坛里续了几斤白酒。俩人又都喝了。曾生醉得不省人事，由仆人背回去了。陶生卧在地上，又化为菊花。马见惯不惊，就如法炮制，把菊花拔起来，守在旁边，看他怎么再变过来。等了很久，看见菊花叶子越来越憔悴，坏了！赶紧去告诉黄英，黄英一听："啊？——你杀了我弟弟了！"急急奔过来看，菊花根株已枯。黄英大哭，掐了还有点活气的菊花梗，埋在盆里，携入闺中，每天灌溉。

盆里的花渐渐萌发。九月，开了花，短干粉朵，闻闻，有酒香。浇以酒，则茂。

这个菊种，渐渐传开。种菊人给起了个名字，叫"醉陶"。

一年又一年，黄英也没有什么异状，只是她永远像二十来岁，永远不老。

蛐 蛐

——聊斋新义

宣德年间，宫里兴起了斗蛐蛐。蛐蛐都是从民间征来的。这玩意陕西本不出。有那么一位华阴县令，想拍拍上官的马屁，进了一只。试斗了一次，不错，供到了宫里。打这儿起，传下旨意，责令华阴县每年往宫里送，县令把这项差事交给里正。里正哪里去弄到蛐蛐？只有花钱买。地方上有一些不务正业的混混弄到好蛐蛐，养在金丝笼里，价钱抬得很高。有的里正，和衙役勾结在一起，借了这个名目，挨家挨户，按人口摊派。上面要一只蛐蛐，常常害得几户人家倾家荡产。蛐蛐难找，里正难当。

有个叫成名的，是个童生，多年没有考上秀才，为人很迂，不会讲话。衙役看他老实，就把他报充了里正。成名托人情，送蒲包，磕头，作揖，不得脱身。县里接送来往官员，办酒席，敛程仪，要民夫，

206

要马草，都朝里正说话。不到一年的工夫，成名的几亩薄产都赔进去了。一出暑伏，按每年惯例，该征蛐蛐了，成名不敢摊派，自己又实在变卖不出这笔钱。每天烦闷忧愁，唉声叹气，跟老伴说："我想死的心都有了。"老伴说："死，管用吗？买不起自己捉！说不定能把这项差事应付过去。"成名说："是个办法。"于是提了竹筒，拿着蛐蛐罩，破墙根底下，烂砖头堆里，草丛里，石头缝里，到处翻，找。清早出门，半夜回家，鞋磨破了，磕膝盖磨穿了。手上，脸上，叫葛针拉出好多血道道，无济于事。即使捕得两三只，又小又弱，不够分量，不上品。县令限期追比，交不上蛐蛐，二十板子。十多天下来，成名挨了百十板，两条腿脓血淋漓，没有几块好肉了，走不能走，哪能再捉蛐蛐呢？躺在床上，翻来覆去，除了自尽，别无他法。

迷迷糊糊做了一个梦，梦见一座庙，庙后小山上怪石乱卧，有一只"青麻头"伏着。旁边有一只癞蛤蟆，将蹦未蹦。醒来想想：这是什么地方？猛然醒悟：这不是村东头的大佛阁么？他小时候逃学，曾到那一带玩过。这梦准么？那里真的有好蛐蛐？管它的！去碰碰运气，于是挣扎着起来，拄着拐杖，往村东去。到了大佛阁后，一带都是古坟，顺着古坟走，蹲着伏着一块一块怪石，就跟梦里所见的一样，是这儿？——像！于是在蒿莱草莽之间，轻手轻脚，侧耳细听，凝视细看，听力目力都用尽了，然而听不到蛐蛐叫，看不见蛐蛐的影子，忽然，蹦出一只癞蛤蟆。成名一愣，赶紧追！癞蛤蟆钻进草丛，顺着方向，拨开草丛，一只蛐蛐在刺棘丛里伏着，快扑！蛐蛐跳进了石穴，用尖草撩它，不出来，用随身带着的竹筒里的水灌，这才出来。好模样！蛐蛐蹦，成名追，罩住了，细看看：个头大，尾巴长，青脖子，金翅膀。大叫一声：

"这可好了！"一阵狂欢喜，腿上的棒伤也轻松了一些，提着蛐蛐笼，快步回家，举家欢庆，老伴破例给成名打了二两酒，家里有蛐蛐罐，垫上点过了箩的细土，把宝贝养在家里面。蛐蛐爱吃什么？栗子、菱角、螃蟹肉。买！静等着到了期限，好见官交差。这可好了：不用再挨板子了，剩下的房产能保住了，蛐蛐在罐里叫哩，嚯嚯嚯嚯……

成名有个儿子，小名叫黑子，九岁了，非常淘气，上树掏鸟蛋，下河捉水蛇，飞砖打恶狗，爱捅马蜂窝。性子倔，爱打架，比他大几岁的孩子也都怕他，因为他打起架来拼命，拳打脚踢带牙咬。三天两头，有街坊邻居来告"妈妈状"。成名夫妻，就这么个儿子，只能老给街坊们赔不是，也不忍心重打他。成名得了这只救命蛐蛐，再三告诫黑子："不许揭开蛐蛐罐，不许看，千万！千万！"

不说还好，说了，黑子还非看看不可，他瞅着父亲不在家，偷偷揭开蛐蛐罐。腾！——蛐蛐蹦出罐外，黑子伸手一扑，用力过猛，蛐蛐大腿折了，肚子破了——死了，黑子知道闯了大祸，哭着告诉妈妈，妈妈一听，脸色煞白："你个孽障！你甭想活了，你爹回来，看他怎么跟你算账！"黑子哭着走了。成名回来，老伴把事情一说，成名掉在冰窟窿里了。半天，说："他在哪儿？"找。到处找遍了，没有。做妈的忽然心里一震：莫非是跳了井？扶着井栏一看，有个孩子，请街坊邻居帮忙，把黑子捞上来，已经死了，这时候顾不上生气，只觉得悲痛。夫妻二人，傻了一样，傻坐着，你看看我，我看看你，找不到一句话。这天他们家烟筒没冒烟，哪里还有心思吃饭呢，天黑了，把儿子抱起来，准备用一张草席卷卷埋了。摸摸胸口，还有点温和，探探鼻子，还有气。先放到床上再说吧。半夜里，黑子醒来了，睁开了眼，夫妻二人稍得安慰，只是眼神发呆，睁眼片刻，又合上眼，昏昏沉沉地睡了。

蛐蛐死了，儿子这样，成名瞪着眼睛到天亮。

天亮了，忽然，听到门外蛐蛐叫，成名跳了起来，远远一看，是一只蛐蛐，心里高兴，捉它！蛐蛐叫了一声：嚯，跳走了，跳得很快，追。用手掌一捂，好像什么也没有，空的，手举起，又分明在，跳得老远。急忙追，折过墙角，不见了。四面看看，蛐蛐伏在墙上，细一看，个头不大，黑红黑红的。成名看它小，瞧不上眼，墙上的小蛐蛐，忽然落在他袖口上。看看，小虽小，形状特别，像一只土狗子，梅花翅，方脑袋，好像不赖。将就着吧。右手轻轻捏着蛐蛐，放在左手掌里，两手相合，带回家里，心想拿它去交差，又怕县令看不中，心里没底，就试着斗一斗，看看行不行。村里有个小伙子，是个玩家，走狗斗鸡，提笼架鸟，样样在行，他养着一只蛐蛐，自命"蟹壳青"，每天找一些少年子弟斗，百战百胜。他把这只"蟹壳青"居为奇货，索价很高，也没人能买得起。有人传出来，说成名得了一只蛐蛐，这小子就到成家拜访，要看看蛐蛐，一看，捂着嘴笑了：这也叫蛐蛐！于是打开自己的蛐蛐罐，把蛐蛐赶进"过笼"里，放进斗盆。成名一看，这只蛐蛐大得像个油葫芦，就含糊了，不敢把自己的拿出来。小伙子存心看个笑话，再三说："玩玩嘛，咱又不赌输赢。"成名一想，反正养这个孬玩意也没啥用，逗个乐！于是把黑蛐蛐放进斗盆。小蛐蛐趴着不动，蔫哩吧唧，小伙子又大笑。使猪鬃撩它的须须，还是不动。小伙子又大笑。撩它，再撩它！黑蛐蛐忽然暴怒，后腿一挺，直蹿过来。俩蛐蛐这就斗开了，冲、撞、腾、击，噼里啪啦直响。忽见小蛐蛐跳起来，伸开须须，跷起尾巴，张开大牙，一下子钳住大蛐蛐的脖子。大蛐蛐脖子破了，直流水。小伙子赶紧把自己的蛐蛐装进过笼，说："这小家伙真玩命呀！"小蛐蛐摆动着须须，"嚯嚯，嚯嚯"，洋洋得意。成名也没想到。他和小伙子正在端详这只黑红黑红的小蛐蛐，他们家一只大公鸡斜着眼睛过来，上去就是一嘴。成名大叫一声："啊呀！"幸好，公鸡没啄着，蛐蛐蹦出了一尺多远。公鸡一啄不中，撒腿紧追，眨眼之间，蛐蛐已经在鸡爪子底下了。成名急得不知怎么好，只是跺脚，再一看，公鸡伸长了脖子乱甩。唔？走近一看，只见蛐蛐叮在鸡冠上，死死叮着不放，公鸡羽毛扎撒，双脚挣蹦。成名惊喜，把蛐蛐捏起来，放进笼里。

第二天，上堂交差。县太爷一看：这么个小东西，大怒："这，你不是糊弄我吗！"成名细说这只蛐蛐怎么怎么好，县令不信，叫衙役弄几只蛐蛐来试试。果然都不是对手。又抱一只公鸡来，一斗，公鸡也败了。县令吩咐，专人送到巡抚衙门。巡抚大为高兴，打了一只金笼子，又命师爷连夜写了一通奏折，详详细细表述了蛐蛐的能耐，把蛐蛐献进宫中。宫里有名有姓的蛐蛐多了，都是各省进贡来的。什么"蝴蝶""螳螂""油利挞""青丝额"……黑蛐蛐跟这些"名将"斗了一圈，没有一只能经得三个回合，全都不死即伤望风而逃。皇上龙颜大悦，下御诏，赐给巡抚名马衣缎。巡抚饮水思源，到了考核的时候，给华阴县评了一个"卓异"，就是说该县令的政绩非比寻常。县令也是个有良心的，想起他的前程都是打成名那儿来的，于是就免了成名里正的差役；又嘱咐县学的教谕，让成名进了学，成了秀才，有了功名，不再是童生了；还赏了成名几十两银子，让他把赔累进去的薄产赎回来，成名夫妻，说不尽的欢喜。

只是他们的儿子一直是昏昏沉沉地躺着，不言不语，不吃不喝，不死不活，这可怎么了呢?

树叶黄了，树叶落了，秋深了。

一天夜里，成名夫妻做了一个同样的梦，梦见他们的儿子黑子。黑子说:

"我是黑子。就是那只黑蛐蛐。蛐蛐就是我。我变的。

"我拍死了'青麻头'，闯了祸。我就想:不如我变一只蛐蛐吧。我就变成了一只蛐蛐。

"我爱打架。

"我打架总要打赢。打赢了，爹就可以不当里正，不挨板子了。我九岁了，懂事了。

"我跟别的蛐蛐打，我想:我一定要赢，为了我爹，我妈。我拼命。蛐蛐也怕蛐蛐拼命。它们就都怕。

"我打败了所有的蛐蛐! 我很厉害!

"我想变回来。变不回来了。

"那也好，我活了一秋。我赢了。

"明天就是霜降，我的时候到了。

"我走了，你们不要想我。——没用。"

第二天一早，黑子死了。

一个消息从宫里传到省里，省里传到县里，那只黑蛐蛐死了。

一九八七年九月二十日

211

石清虚

——聊斋新义

邢云飞，爱石头。书桌上，条几上，书架上，柜橱里，多宝隔里，到处都是石头。这些石头有的是他不惜重价买来的，有的是他登山涉水满世界寻觅来的。每天早晚，他把这些石头挨着个儿看一遍。有时对着一块石头能端详半天。一天，在河里打鱼，觉得有什么东西挂了网，挺沉，他脱了衣服，一个猛子扎下去，一摸，是块石头。抱上来一看，石头不小，直径够一尺，高三尺有余。四面玲珑，峰峦叠秀。高兴极了。带回家来，配了一个紫檀木的座，供在客厅的案上。

一天，天要下雨，邢云飞发现：这块石头出云。石头有很多小窟窿，每个窟窿里都有云，白白的，像一团一团的新棉花，袅袅飞动，忽淡忽浓。他左看右看，看呆了。以后，每到天要下雨，都是这样。这块石头是个稀世之宝！

这就传开了。很多人都来看这块石头。一到阴天，来看的人更多。

邢云飞怕惹事，就把石头移到室内，只留一个檀木座在客厅案上。再有人来要看，就说石头丢了。

一天，有一个老叟敲门，说想看看那块石头。邢云飞说："石头已经丢失很久了。"老叟说："不是在您的客厅里供着吗？"——"您不信？不信就请到客厅看。"——"好，请！"一跨进客厅，邢云飞愣了：石头果然好好地嵌在檀木座里。咦！

老叟抚摸着石头，说："这是我家的旧物，丢失了很久了，现在还在这里啊。既然叫我看见了，就请赐还给我。"邢云飞哪肯呀："这是我家传了几代的东西，怎么会是你的！"——"是我的。"——"我的！"两个争了半天。老叟笑道："既是你家的，有什么验证？"邢云飞答不上来。老叟说："你说不上来，我可知道。这石头前后共有九十二个窟窿，最大的窟窿里有五个字：'清虚石天供'。"邢云飞仔细一看，大窟窿里果然有五个字，才小米粒大，使劲看，才能辨出笔画。又数数窟窿，不多不少，九十二。邢云飞没有话说，但就是不给。老叟说："是谁家的东西，应该归谁，怎么能由得你呢？"说完一拱手，走了。邢云飞送到门外，回来：石头没了。大惊，惊疑是老叟带走了，急忙追出门来。老叟慢慢地走着，还没走远。赶紧奔上去，拉住老叟的袖子，哀求道："你把石头还给我吧！"老叟说："这可是奇怪了，那么大的一块石头，我能攥在手里，揣在袖子里吗？"邢云飞知道这老叟很神，就强拉硬拽，把老叟拽回来，给老叟下了一跪，不起来，直说："您给我吧，给我吧！"老叟说："石头到底是你家的，是我家的？"——"您家的！您家的！——求您割爱！求您割爱！"老叟说："既是这样，那么，石头还在。"邢云飞一扭头，石头还在座里，没挪窝。老叟说：

"天下之宝，当与爱惜之人。这块石头能自己选择一个主人，我也很喜欢。然而，它太急于自现了。出世早，劫运未除，对主人也不利。我本想带走，等过了三年，再赠送给你。既想留下，那你就得减寿三年，这块石头才能随着你一辈子，你愿意吗？"——"愿意！愿意！"老叟于是用两个指头捏了一个窟窿一下，窟窿软得像泥，闭上了。随手闭了三个窟窿，完了，说："石上窟窿，就是你的寿数。"说罢，飘然而去。

　　有一个权豪之家，听说邢家有一块能出云的石头，就惦记上了。一天派了两个家奴闯到邢家，抢了石头便走。邢云飞追出去，拼命拽住。家奴说石头是他们主人的，邢云飞说："我的！"于是经了官。地方官坐堂问案，说是你们各执一词，都说说，有什么验证。家奴说："有！这石头有九十二个窟窿。"——原来这权豪之家早就派了清客，到邢家看过几趟，暗记了窟窿数目。问邢云飞："人家说出验证来了，你还有什么话说！"邢云飞说："回大人，他们说得不对。石头只有八十九个窟窿。有三个窟窿闭了，还有六个指头印。"——"呈上来！"地方官当堂验看，邢云飞所说，一字不差，只好把石头断给邢云飞。

　　邢云飞得了石头回来，用一方古锦把石头包起来，藏在一只铁梨木匣子里。想看看，一定得先焚一炷香，然后才开匣子。也怪，石头很沉，别人搬起来很费劲；邢云飞搬起来却是轻而易举。

　　邢云飞到了八十九岁，自己置办了装裹棺木，抱着石头往棺材里一躺，死了。

一九八七年九月二十一日

陆　判

——聊斋新义

　　朱尔旦，爱作诗，但是天资钝，写不出好句子。人挺豪放，能喝酒。喝了酒，爱跟人打赌。一天晚上，几个作诗写文章的朋友聚在一处，有个姓但的跟朱尔旦说："都说你什么事都能干，咱们打个赌：你要是能到十王殿去，把东廊下的判官背了来，我们大家凑钱请你一顿！"这地方有一座十王殿，神鬼都是木雕的，跟活的一样。东廊下有一个立判，绿脸红胡子，模样尤其狰恶。十王殿阴森森的，走进去叫人汗毛发紧。晚上更没人敢去。因此，这姓但的想难倒朱尔旦。朱尔旦说："一句话！"站起来就走。不大一会儿，只听见门外大声喊叫："我把髯宗师请来了！"姓但的说："别听他的！"——"开门哪！"门开处，朱尔旦当真把判官背进来了。他把判官搁在桌案上，敬了判官三大杯酒。大家看见判官矗着，全都坐不住："你，还把他

215

请回去！"朱尔旦又把一壶酒泼在地上，说了几句祝告的话："门生粗率不文，惊动了您老人家，大宗师谅不见怪。舍下离十王殿不远，没事请过来喝一杯，不要见外。"说罢，背起判官就走。

第二天，他的那些文友，果然凑钱请他喝酒。一直喝到晚上，他已经半醉了，回到家里，觉得还不尽兴，又弄了一壶，挑灯独酌。正喝着，忽然有人掀开帘子进来。一看，是判官！朱尔旦腾地站了起来："噫！我完了！昨天我冒犯了你，你今天来，是不是要给我一斧子？"判官拨开大胡子一笑，"非也！昨蒙高义相订，今天夜里得空，敬践达人之约。"朱尔旦一听，非常高兴，拽住判官衣袖，忙说："请坐！请坐！"说着点火坐水，要烫酒。判官说："天道温和，可以冷饮。"——"那好那好！——我去叫家里的弄两碟菜。你宽坐一会儿。"朱尔旦进里屋跟老婆一说，——他老婆娘家姓周，挺贤惠，"炒两个菜，来了客。"——"半夜里来客？什么客？"——"十王殿的判官。"——"什么？"——"判官。"——"你千万别出去！"朱尔旦说："你甭管！炒菜，炒菜！"——"这会儿，能炒出什么菜？"——"炸花生米！炒鸡蛋！"一会儿的工夫，两碟酒菜炒得了，朱尔旦端出来，重换杯筷，斟了酒："久等了！"——"不妨，我在读你的诗稿。"——"阴间，也兴作诗？"——"阳间有什么，阴间有什么。"——"你看我这诗？"——"不好。"——"是不好！喝酒！——你怎么称呼？"——"我姓陆。"——"台甫？"——"我没名字！"——"没名字？好！——干！"这位陆判官真是海量，接连喝了十大杯。朱尔旦因为喝了一天的酒，不知不觉，醉了。趴在桌案上，呼呼大睡。到天亮，醒了，看看半支残烛，一个空酒瓶，碟子里还有几颗炸焦了的花生米，两筷子鸡蛋，恍惚了半天："我夜来跟谁喝酒来着？判官，陆判？"自此，陆判隔三两天就来一回，炸花生米，炒鸡蛋下酒。朱尔旦作了诗，都拿给陆判看。陆判看了，都说不好。"我劝你就别作诗了。诗不是谁都能作的，你的诗，平仄对仗都不错，就是缺一点东西——诗意。心中无诗意，笔下如何有好诗？你的诗，还不如炒鸡蛋。"

有一天，朱尔旦醉了，先睡了，陆判还在自斟自饮。朱尔旦醉梦之中觉得肚脏微微发痛，醒过来，只见陆判坐在床前，豁开他的腔子，把肠子肚子都掏了出来，一条一条在整理。朱尔旦大为惊愕，说："咱俩无仇无冤，你怎么杀了我？"陆判笑笑说："别怕别怕，我给你换一颗聪明的心。"说着不紧不慢地，把肠子又塞了回去。问："有干净白布没有？"——"白布？有包脚布！"——"包脚布也凑合。"陆判用裹脚布缚紧了朱尔旦的腰杆，说："完事了。"朱尔旦看看床上，也没有血迹，只觉得小肚子有点发木。看看陆判，把一疙瘩红肉放在茶几上，问："这是啥？"——"这是老兄的旧心。你的诗写不好，是因为心长得不好。你瞧瞧，什么乱七八糟的，窟窿眼都堵死了。适才在阴间捡到一颗，虽不是七窍玲珑，比你原来那颗要强些。你那一颗，我还得带走，好在阴间凑足原数。你躺着，我得去交差。"

朱尔旦睡了一觉，天明，解开包脚布看看，创口已经合缝，只有一道红线。从此，他的诗就写得好些了。他的那些诗友都很奇怪。

朱尔旦写了几首传颂一时的诗，就有点不安分了。一天，他请陆判喝酒，喝得有点醺醺然了，朱尔旦说："湔汤伐胃，受赐已多，尚有一事欲相烦，不知可否？"陆判一听："什么事？"朱尔旦说："心肠可换，这脑袋面孔想来也是能换的。"——"换头？"——"你弟妇，我们家里的，结发多年，怎么说呢，下身也还挺不赖，就是头面不怎么样。四方大脸，塌鼻梁。你能不能给来一刀？"——"换一个？成！容我缓几天，想想办法。"

过了几天，半夜里，来敲门，朱尔旦开门，拿蜡烛一照，见陆判用衣襟裹着一件东西。"啥？"陆判直喘气："你托付我的事，真不好办。好不容易，算你有运气，我刚刚得了一个挺不错的美人脑袋，还是热乎的！"一手推开房门。见朱尔旦的老婆侧身睡着，睡得正实在，陆判把美人脑袋交给朱尔旦抱着，自己从靴靿子里抽出一把锋利的匕首，按着朱尔旦老婆的脑袋，切冬瓜似的一刀切了下去。从朱尔旦手里接过美人脑袋，合在朱尔旦老婆脖颈上，看端正了，然后用手四边摁了摁，动作干净利落，真是好手艺！然后，移动枕头，塞在肩下，让脑袋腔子都舒舒服服地斜躺着。说："好了！你把尊夫人原来的脑袋找个僻静地方，刨个坑埋起来。以后再有什么事，我可就不管了。"

第二天，朱尔旦的老婆起来，梳洗照镜。脑袋看看身子："这是谁？"双手摸摸脸蛋，"这是我？"

朱尔旦走出来，说了换头的经过，并解开女人的衣领。让女人验看，脖颈上有一圈红线，上下肉色截然不同。红线以上，细皮嫩肉；红线以下，较为粗黑。

吴侍御有个女儿，长得很好看。昨天是上元节，去逛十王殿。有个无赖，看见她长得美，跟梢到了吴家。半夜，越墙到吴家女儿的卧室，想强奸她。吴家女儿抗拒，大声喊叫，无赖一刀把她杀了，把脑袋放在一边，逃了。吴家听见女儿屋里有动静，赶紧去看，一看见女儿尸体，非常惊骇。把女儿尸体用被窝盖住，急忙去备具棺木。这时候，正好陆判下班路过，一看，这个脑袋不错！裹在衣襟里，一顿脚，腾云驾雾，来到了朱尔旦的家。

吴家买了棺木，要给女儿成殓。一揭被窝，脑袋没了！

朱尔旦的老婆换了脑袋，也带来了一些别扭。朱尔旦的老婆原来食量颇大，爱吃辛辣葱蒜。可是这个脑袋吃得少，又爱吃清淡东西，喝两口鸡丝雪笋汤就够了，因此下面的肚子就老是不饱。

晚上，这下半身非常热情，可是脖颈上这张雪白粉嫩的脸却十分冷淡。

吴家姑娘爱弄乐器，笙箫管笛，无所不晓。有一天。在西厢房找到一管玉屏洞箫，高兴极了，想吹吹。撮细了樱唇，倒是吹出了音，可是下面的十个指头不会捏眼！

朱尔旦老婆换了脑袋，这事渐渐传开了。

朱尔旦的那些诗朋酒友自然也知道了这件事。大家就要求见见换了脑袋的嫂夫人，尤其是那位姓但的。朱尔旦被他们缠得脱不得身，只得略备酒菜，请他们见见新脸旧夫人。

客人来齐了，朱尔旦请夫人出堂。

大家看了半天，姓但的一躬到地：

"是嫂夫人？"

这张挺好看的脸上的挺好看的眼睛看看他，说："初次见面，您好！"

初次见面？

"你现在贵姓？姓周，还是姓吴？"

"不知道。"

"不知道？"

"那么你是？"

"我也不知道我是谁。是我，还是不是我。"这张挺好看的面孔上的挺好看的眼睛看看朱尔旦，下面一双挺粗挺黑的手比比画画，问朱尔旦："我是我？还是她？"

朱尔旦想了一会儿，说：

"你们。"

"我们。"

载一九八八年第五期《滇池》

小　芳

　　小芳在我们家当过一个时期保姆，看我的孙女卉卉。从卉卉三个月一直看她到两岁零八个月进幼儿园日托。

　　她是安徽无为人。无为木田镇程家湾。无为是个穷县，地少人多。地势低，种水稻油菜。平常年月，打的粮食勉强够吃。地方常闹水灾。往往油菜正在开花，满地金黄，一场大水，全都完了。因此无为人出外谋生的很多。年轻女孩子多出来当保姆。北京人所说的"安徽小保姆"，多一半是无为人。她们大都沾点亲。即或是不沾亲带故，一说起是无为哪里哪里的，很快就熟了。亲不亲，故乡人。她们互通声气，互相照应，常有来往。有时十个八个，约齐了同一天休息（保姆一般两星期休息一次），结伴去逛北海，逛颐和园；逛大栅栏，逛百货大楼。她们很快就学会了说北京话，但在一起时都还是说无为话，叽叽呱呱，非常热闹。小芳到北京，是来找她的妹妹的。妹妹小华头年先到的北京。

小芳离家仓促，也没有和妹妹打个电报。妹妹接到她托别人写来的信，知道她要来，但不知道是哪一天，不知道车次、时间，没法去接她。小芳拿着妹妹的地址，一点办法没有。问人，人不知道。北京那么大，上哪儿找去？小芳在北京站住了一夜。后来是一个解放军战士把她带到妹妹所在那家的胡同。小华正出来倒垃圾，一看姐姐的样子，抱着姐姐就哭了。小华的"主家"人很好，说："叫你姐姐先洗洗，吃点东西。"

　　小芳先在一家待了三个月，伺候一个瘫痪的老太太。老太太倒是很喜欢她。有一次小芳把碱面当成白糖放进牛奶里，老太太也并未生气。小芳不愿意伺候病人，经过辗转介绍，就由她妹妹带到了我们家，一待就待了下来。这么长的时间，关系一直很好。

　　小芳长得相当好看，高个儿，长腿，眉眼都不粗俗。她曾经在木田的照相馆照过一张相，照相馆放大了，陈列在橱窗里。她父亲看见了，大为生气："我的女儿怎么可以放在这里让大家看！"经过严重的交涉，照相馆终于同意把照片取了下来。

　　小芳很聪明，她的耳音特别的好，记性也好，不论什么歌、戏，她听一两遍就能唱下来，而且唱得很准，不走调。这真是难得的天赋。她会唱庐剧。庐剧是无为一带流行的地方戏。我问过小华："你姐姐是怎么学会庐剧的？"——"村里的广播喇叭每天在报告新闻之后，总要放几段庐剧唱片，她听听，就会了。"木田镇有个庐剧团，小芳去考过。团长看她身材、长相、嗓音都好，可惜没有文化——小芳一共只念过四天书，也不识谱，但想进了团可以补习，就录取了她。小芳还在庐剧团唱过几出戏。她父亲知道了，坚决不同意，硬逼着小芳回了家。木田的庐剧团后来改成了县剧团，小芳的父亲有点后悔，因为到了县剧团就可以由农村户口转为城市户口，吃商品粮。小芳如果进了县剧团，她一生的命运就会有很大的不同，她是很可能唱红了的。庐剧的曲调曲折婉转，如泣如诉。她在老太太家时，有时一个人小声地唱，老太太家里人问她："小芳，你哭啦？"——"我没哭，我在唱。"

　　小芳在我们家干的活不算重。做饭，洗大件的衣裳，这些都不要她管。她的任务就是看卉卉。小芳看卉卉很精心。卉卉的妈读研究生，住校，一个星期才回来一次，卉卉就全交给小芳了。城市育儿的一套，小芳都掌握了。按时给卉卉喝牛奶，吃水果，洗澡，换衣裳。每天上午，抱卉卉到楼下去玩。卉卉小时候长得很好玩，很结实，胖乎乎的，头发很浓，皮肤白嫩，两只大眼睛，谁见了都喜欢，都想抱抱。小芳于是很骄傲，小芳老是褒贬别人家的孩子："难看死了！"好像天底下就是她的卉卉最好。卉卉稍大一点，就带她到附近一个工地去玩沙土，摘喇叭花、狗尾巴草。每天还一定带卉卉到隔壁一个小学的操场上去拉一泡屎。拉完了，抱起卉卉就跑，怕被学校老师看见。上了楼，一进门："喝水！洗手！"卉卉洗手，洗她的小手绢，小芳就给卉卉做饭，蒸鸡蛋羹、青菜剁碎丁加肝泥或肉末煮麦片、西红柿面条。小芳还爱给卉卉包饺子，一点点大的小饺子。

　　下午，卉卉睡一个很长的午觉，小芳就在一边整理卉卉的衣裳，缀缀线头松动的扣子，在绽开的衣缝上缝两针，一面轻轻地哼着庐剧。到后来为自己的歌声所催眠，她也困了，就靠在枕头上睡着了。

　　晚上，抱着卉卉看电视。小芳爱看电视连续剧、电影、地方戏。

卉卉看动画片，看广告。卉卉看到电视里有什么新鲜东西，童装、玩具、巧克力，就说："我还没有这个呢！"她认为凡是她还没有的东西，她都应该有。有一次电视里有一盘大苹果，她要吃。小芳跟她解释："这拿不出来。"卉卉于是大哭。

卉卉有很多衣裳——她小姑、我的二女儿，就爱给她买衣裳，很多玩具。小芳有时给她收拾衣服、玩具，会发出感慨："卉卉的命好——我的命不好。"

小芳教卉卉唱了很多歌：

大海呀大海，
是我生长的地方……

没有花香，没有树高
我是一棵无人知道的小草……

小芳唱这些歌，都带有一点忧郁的味道。

她还教卉卉念了不少歌谣。这些歌谣大概是她小时候念过的，不过她把无为字音都改成了北京字音。

老奶奶，真古怪，
躺在牙床不起来。
儿子给她买点儿肉，
媳妇给她打点儿酒，

224

摸不着鞋，摸不着裤，

套——狗——头！

老头子，

上山抓猴子，

猴子一蹦，

老头没用！

　　我有时跟卉卉起哄，就说："猴子没蹦，老头有用！"卉卉大叫："老头没用！"我只好承认："好好好，老头没用！"

　　我的大女儿有一次带了她的女儿芇芇来，她一般都是两个星期来一次。天热，孩子要洗澡，卉卉和芇芇一起洗。澡盆里放了水，让她们自己在水里先玩一会儿。芇芇把卉卉咬了三口，卉卉大哭。咬得很重，三个通红的牙印。芇芇小，小芳不好说她什么，我的大女儿在一边，小芳也不好说她什么，就对卉卉的妈大发脾气："就是你！你干吗不好好看着她！"卉卉的妈只好苦笑。她在心里很感激小芳，卉卉被咬成这样，小芳心疼。

　　有一次，小芳在厨房里洗衣，卉卉一个人在屋里玩。她不知怎么把门划上了，自己不会开，出不来，就在屋里大哭。小芳进不去，在门外也大哭，一面说："卉卉！卉卉！别怕！别怕！"后来是一个搞建筑的邻居，拿了斧子凿子，在门上凿了一个洞。小芳把手从洞里伸进去，卉卉一把拽住不放。门开了，卉卉扑在小芳怀里。小芳身上的肉还在跳。门上的这个圆洞，现在还在。

卉卉跟阿姨很亲，有时很懂事。小芳有痛经病，每个月总要有两天躺着，卉卉就一个人在小床里玩洋娃娃，玩积木，不要阿姨抱，也不吵着要下楼。小华每个月要给小芳送益母草膏、当归丸。卉卉都记住了。小华一来，卉卉就问她："你是给小芳阿姨送益母草膏来了吗？"她的洋娃娃病了，她就说："吃一点益母草膏吧！吃一点当归丸吧！"但卉卉有时乱发脾气，无理取闹。她叫小芳："站到窗户台上去！"

小芳看看窗户台："窗户台这么窄，我站不上去呀！"

"站到床栏杆上去！"

"这怎么站呀！"

"坐到暖气上去！"

"烫！"

"到厨房待着去！"

小芳于是委委屈屈地到厨房里去站着。

过了一会儿，卉卉又非常亲热地喊："阿姨！小芳阿姨！"小芳于是高高兴兴地回到她们俩所住的屋里。

一个两岁的孩子为什么会有这种古怪的恶作剧的念头呢？这在幼儿心理学上怎么解释？

小芳送卉卉上幼儿园。她拿脚顶着教室的门，不让老师关，她要看卉卉。卉卉全不理会，头也不回，噜噜噜噜，走近她自己的小板凳，坐下了。小芳一个人回来。她的心里空了一块。

小芳的命是不好。她才六个月，就由奶奶做主，许给了她的姨表哥李德树。她从小就不喜欢李德树，越大越不喜欢。李德树相貌委琐。

他生过瘌痢，头顶上有一块很大的秃疤，亮光光的，小芳看见他就讨厌。李德树的家境原来比小芳家要好些，但是他好赌，程家湾、木田的赌场只要开了，总会有他。赌得只剩下三间土房。他不务正业，田里的草长得老高。这人是个二流子，常常做出丢脸的事。

小芳十五岁的时候就常一个人到山上去哭。天黑了，她妈妈在山下叫她，她不答应。她告诉我们，她那时什么也不怕，狼也不怕。她自杀过一次，喝农药，被发现了，送到木田医院里救活了。中国农村妇女自杀，过去多是投河、上吊，自从有了农药，喝农药的多，这比较省事。乡镇医院对急救农药中毒大都很有经验了。她后来在枕头下面藏了两小瓶敌敌畏，小华知道。小华和姐姐睡一床，随时监视着她。有一次，小芳到村外大河去投水，她妹妹拼命地追上了她，抱着她的腿。小芳揪住妹妹头发，往石头上碰，叫她撒手，小华的头被磕破了，满脸是血，就是不撒手："姐！我不能让你去死！你嫁过去，好赖也是活着，死了就什么也没有了！"

小芳到底还是和李德树结婚了。领结婚证那天，小芳自己都没去，是她父亲代办的。表兄妹是不能结婚的。近亲结婚是法律不允许的。这个道理，小芳的奶奶当然不知道，她认为这是亲上做亲。小芳的父亲也不知道。小芳自己是到了我们家之后，我的老伴告诉她，她才知道的。办理结婚登记手续的村干部应该知道，何况本人并未到场，怎么可以就把结婚证发给他们呢？

李德树跟邻居借了几件家具，把三间土房布置一下，就算办了事。小芳和李德树并未同房。李德树知道她身上揣着敌敌畏，也不敢对她怎么样。

小芳一天也过不下去，就天天回家哭。哭得父亲心也软了。小华后来对我们说："究竟是亲骨肉呀。"父亲说："那你走吧。不要从家里走。李德树要来要人。"小芳乘李德树出去赌钱，收拾了一点东西，从木田坐汽车到合肥，又从合肥坐火车到了北京。她实际上是逃出来的。

　　小芳在我们家待了一些时候，家乡有人来，告诉小芳，李德树被抓起来了。他和另外四个痞子合伙偷了人家一头牛，杀了吃了，人家告到公安局，公安局把他抓进去了。小芳很高兴，她希望他永远不要放出来。这怎么可能呢？偷牛，判不了无期。

　　李德树到北京来了！他要小芳跟他回去。他先找到小华，小华打了个电话给小芳。李德树有我们家的地址，他找到了，不敢上来，就在楼下转。小芳下了楼，对他说："你来干什么？我不能跟你回去！"楼下有几个小保姆，知道小芳的事，就围住李德树，把他骂了一顿："你还想娶小芳！瞧你那德行！""你快走吧！一会儿公安局就来人抓你！"李德树竟然叫她们哄走了。

　　过些日子，小芳的父亲来信，叫小芳快回来，李德树扬言，要烧他们家的房子，杀她的弟弟，她妈带着她弟弟躲进了山里。小芳于是下决心回去一趟。小芳这回有了主见了，她在北京就给木田法院写了一封信，请求离婚，并寄去离婚诉讼所需费用。

　　小芳在合肥要下火车，车进站时，她发现李德树在站上等着她。小芳穿了一件玫瑰红人造革的短大衣，半高跟皮鞋，戴起墨镜，大摇大摆从李德树面前走过，李德树竟没认出来！

　　小芳坐上往木田的汽车一直回到家里。

李德树伙同几个朋友，就是和他一同偷牛的几个痞子，半夜里把小芳抢了出来。小芳两手抱着一棵树，大声喊叫："卉卉！卉卉！"——喊卉卉干什么？卉卉能救你么？

李德树让他的嫂子看着小芳。嫂子很同情小芳。小芳对嫂子说："我想到木田去洗个澡。"嫂子说："去吧。"小芳到了木田，跑到法院去吵了一顿："你们收了我的钱，为什么不给我办离婚？"法院不理她。小芳就从木田到合肥坐火车到北京来了。

我们有个亲戚在安徽，和省妇联的一个负责干部很熟。我们把小芳的情况给那亲戚写了一封信，那位亲戚和妇联的同志反映了一下，恰好这位同志要到无为视察工作，向木田法院问及小芳的问题。法院只好受理小芳的案子，判离，但要小芳付给李德树九百块钱。

小芳的父亲拿出一点钱，小芳拿出她的全部积蓄，小华又帮她借了一点钱，陆续偿给了李德树，小芳自由了。

李德树拿了九百块钱，很快就输光了。

小芳离开我们家后，到一家个体户的糖果糕点厂去做糖果，在丰台。糕点厂有个小胡，是小芳的同乡，每天蹬平板三轮到市里给各家送货。小芳有一天去看妹妹，带了小胡一起去。小华心里想：你怎么把一个男的带到我这里来了！是不是他们好了？看姐姐的眼睛，就是的。悄悄地问："你们是不是好了？"姐姐笑了。小华拿眼看了看小胡，说："太矮了！"小芳说："矮一点有什么关系，要那么高干什么！"据小华说："我姐喜欢他有文化。小胡读过初中。她自己没有文化，特别喜欢有文化的人。"

还得小胡回去托人到小芳家说媒。私订终身是不兴的。小胡先走两天，小芳接着也回了家。

到了家，她妈对她说："你明天去看看三舅妈，你好久没看见她了，她想你。"小芳想，也是，就提了一包糕点厂的点心去了。

去了，才知道，哪是三舅妈想她呀，是叫她去让人相亲。程家湾出了个万元户。这人是靠倒卖衣裳发财的。从福建石狮贩了衣服，拆掉原来的商标，换上假名牌。一百元买进，二百元卖出。这位倒爷对小芳很中意，说小芳嫁给他，小芳家的生活他包了，还可供她弟弟上学。小芳说："他就是亿万富翁，我也不嫁给他！"她妈说："小胡家穷，只有三间土房。"小芳说："穷就穷点，只要人好！"

小芳和小胡结了婚，一年后生了个女儿，取名也叫卉卉。

我们的卉卉有很多穿过的衣裳，留着也没有用，卉卉的妈就给小芳寄去，寄了不止一次。小芳让她的卉卉穿了寄去的衣裳照了一张相寄了来。小芳的卉卉像小芳。

家里过不下去，小芳两口子还得上北京来。那家糖果糕点厂还愿意要他们。

小芳带了小胡上我们家来。小胡是矮了一点。其实也不算太矮，只是因为小芳高，显得他矮了。小胡的样子很清秀，人很文静，像个知识分子。小芳可是又黑又瘦，瘦得颧骨都凸出来了，神情很憔悴。卉卉已经上幼儿园大班，不怎么记得小芳了，问小芳："你就是带过我的那个阿姨吗？"小芳一把把她抱了起来，卉卉就黏在小芳身上不下来。

不到一年，小芳又回去了，她想她的女儿。

过不久，小胡也回去了，家里的责任田得有人种。

小芳小产了两次。医生警告她："你不能再生了，再生就有危险！"小芳从小身体就不好。小芳说："我一定要给他们家留一条根！"小芳终于生了一个儿子。小华说："这孩子是他们家的一条龙！"

　　小芳一直很想卉卉。她来信要卉卉的照片，卉卉的妈不断给她寄去。她要卉卉的录音，卉卉的妈给她录了一盘卉卉唱歌讲故事的磁带。卉卉的妈叫卉卉跟小芳说几句话。卉卉扭扭捏捏地说："说什么呀？"——"随便！随便说几句！"卉卉想了想，说：

　　"小芳阿姨，你好吗？我很想你，我记得你很多事。"

　　听小华说，小芳现在生活很苦，有时连盐都没有。没盐了，小胡就拿了网，打一二斤鱼，到木田卖了，买点盐。

　　我问小华："小芳现在就是一心只想把两个孩子拉扯大了？"小华说："就是。"小芳现在还唱庐剧吗？可能还会唱，在她哄孩子睡觉的时候。

一九九一年五月二十八日

载一九九一年第五期《中国作家》

护 秋

生产队派我今天晚上护秋。

"护秋"就是看守大秋作物。老玉米已经熟了，一两天就要掰棒子，防备有人来偷，所以要派人护秋。

这一带原来有偷秋的风气。偷将要成熟的庄稼，不算什么不道德的事。甚至对偷。你偷我家的，我偷你家的。不但不兴打架，还觉得这怪有趣。农业科学研究所的地是公家的地，庄稼是公家的庄稼，偷农科所的秋更是合理合法。这几年，地方政府明令禁止这种风气，偷秋的少了。但也还不能禁绝。前年农科所大堤下一亩多地的棒子，一个晚上就被人全掰了。

我提了一根铁锨把上了大堤。这里居高临下，地里有什么动静都能看见。

和我就伴的还有一个朱兴福。他是个专职"下夜"的，不是临时派来护秋的。农科所除了大田，还有菜地、马号、猪舍、种子仓库、温室和研究设备，晚上需要有人守夜。这里叫作下夜。朱兴福原来是猪倌，下夜已经有两年了。

这是一个蔫里吧唧的人。不爱说话，说话很慢，含含糊糊。他什么农活都能干，就是动作慢。他吃得不少，也没有什么病，就是没有精神，好像没睡醒。

他媳妇和他截然相反。媳妇叫杨素花（这一带女的叫素花的很多），和朱兴福是一个地方的，都是柴沟堡的。杨素花人高马大，长腿，宽肩，浑身充满弹性，像一个打足了气的轮胎内带，紧绷绷的。两个奶子翘得老高，很硬。她在大食堂做活：压莜面饸饹，揉蒸馒头的面，烙高粱面饼子，炒山药疙瘩……她会唱山西梆子（这一带农民很多会唱山西梆子），《打金砖》《骂金殿》《三娘教子》《牧羊圈》（这些是山西梆子常唱的戏）都能从头至尾唱下来。她的嗓子音色不甜，但是奇响奇高。农科所工人有时唱山西梆子，在外面老远就听见她的像运动场上裁判员吹哨子那样的嗓音。她扮上戏可不怎么好看，那么一匹高头大马，穿上古装，很不协调。她给人整个的印象有点像苏联电影《静静的顿河》里的阿克西尼亚。农科所的青年干部背后就叫她阿克西尼亚。这个外号她自己不知道。

阿克西尼亚去年出了一点事，和所里的一个会计乱搞，被朱兴福当场捉住。朱兴福告到支部书记那里（不知道为什么，所里出了这种事情都由支部书记处理）。所领导研究，给会计一个处分，记大过，降一级，调到别的单位。对阿克西尼亚没有怎么样。阿克西尼亚留着会计送她的三双尼龙袜子，一直没有穿。事情就算过去了。

谁都知道杨素花不"待见"她男人。

朱兴福背着一支老七九步枪，和我并肩坐在大堤上抽烟，瞎聊。他说话本来不清楚，再加上还有柴沟堡的口音，听起来很费劲。柴沟堡这地方的语言很奇怪，保留一些古音。如"我"读"偓"，他（她）读"渠"，跟广东客家话一样。为什么长城以北的山区会保留客家语言呢？

我问他他媳妇为什么不待见他，他说"晓得为了个毬"！我问他："你为什么总是没精神？你要是干净利索些，她就会心疼你一点。"他忽然显得有了点精神，说他原来挺精神的！他从部队上下来（他当过几年兵），有钱——有复员费。穿得也整齐。他上门相亲的那天，穿了一套崭新的蓝咔叽、解放鞋。新理了发。丈人丈母看了，都挺喜欢，说这个女婿"有人才"。杨素花也挺满意。娶过来两年，后来就……"晓得为了个毬！"

他把烟掐灭了，说：

"老汪，你看着点，回去闹渠一槌。"

"闹渠一槌"就是操她一回。

我说："你去吧！"

他进了家，杨素花不叫他闹（这一带女人睡觉都是脱光了的），大声骂他："日你娘！日你娘！"我在老远就听见了。过了一会儿，听不见声音了。

我在大堤上抽了三根烟，朱兴福背着枪来了。

"闹了？"

"闹了。"

夜很安静。快出伏了，天气很凉快。风吹着玉米叶子唰唰地响。一只鹕鹕悠（鹕鹕悠即猫头鹰）在远处叫，好像一个人在笑。天很蓝，月亮很大。我问朱兴福："今天十五了？"

"十四。"

载一九九五年第一期《收获》

尴 尬

农业科学研究是寂寞的事业。作物一年只生长一次。搞一项研究课题，没有三年五载看不出成绩。工作非常单调。每天到田间观察、记录，整理资料，查数据，翻参考书。有了成果，写成学术报告，送到《农业科学通讯》，大都要压很长时间才能发表。发表了，也只是同行看看，不可能产生轰动效应。因此农业科学研究人员老得比较快。刚入所的青年技术员，原来都是胸怀大志，朝气蓬勃的，几年磨下来，就蔫了。有的就找了对象，成家生子，准备终老于斯了。

生活条件倒还好。宿舍、办公室都挺宽敞，设备也还可以。所里有菜园、果园、羊舍、猪舍、养鸡场、鱼塘、蘑菇房，还有一个小酒厂，一个漏粉丝的粉坊。鱼、肉、禽、蛋、蔬菜、水果不缺，白酒、粉丝都比外边便宜。只是精神生活贫乏。农科所在镇外，镇上连一家小电影院都没有。有时请放映队来放电影，都是老片子。晚上，大家都没有什么事。几个青年技术员每天晚上打百分，打到半夜。上了年纪的干部在屋里喝酒。有一个栽培蘑菇的技术员老张，是个手很巧的人，他会织毛衣，各种针法都会，比女同志织得好，他就每天晚上打毛衣。很多女同志身上穿的毛衣，都是他织的。有一个学植保的刚出校门的技术员，一心想改行当电影编剧，每天开夜车写电影剧本。一到216次上行夜车（农科所在一个小火车站旁边）开过之后，农科所就非常安静。谁家的孩子哭，家家都听得见。

只有小魏来的那几天，农科所才热闹起来。小魏是省农科院的技术员。她搞农业科学是走错了门（因为她父亲是农大教授），她应该去演话剧，演电影。小魏长得很漂亮，大眼睛，目光烁烁，脸上表情很丰富，性格健康、开朗。她话很多，说话很快。到处听见她大声说话，哈哈大笑。这女孩子（其实她也不小了，已经结了婚，生过孩子）是一阵小旋风。她爱跳舞，跳得很好。她教青年技术员跳舞，把他们一个一个都拉下了海。他们在大食堂里跳，所里的农业工人，尤其女工，就围在边上看。她拉一个女工下来跳，女工笑着摇摇头，说："俺们学不会！"

小魏是到所里来抄资料的，她每次来都要住半个月。这半个月，农科所生气勃勃。她一走，就又沉寂下来。

这个所里有几个岁数比较大的高级研究人员——技师。照日本和台湾的说法是"资深"科技人员。

一个是岑春明。他在本地区、本省威信都很高。他是谷子专家，培养出好几个谷子良种，从"冀农一号"到"冀农七号"。谷子是低产作物。他培养的良种都推广了，对整个专区的谷子增产起了很大作

237

用。他一生的志愿是摘掉谷子的"低产作物"的帽子。青年技术员都很尊敬他。他不拿专家的架子，对谁都很亲切、谦虚。有时也和小青年们打打百分，打打乒乓球。照农业工人的说法，他"人缘很好"。他写的论文质量很高，但是明白易懂，不卖弄。他有个外号，叫"俊哥儿"，因为他年轻时长得很漂亮。这外号是农业工人给他起的。现在四十几岁了，也还是很挺拔。他穿衣服总是很整齐，很干净，衬衫领袖都是雪白的。他的头发梳得一丝不乱。冬天也不戴帽子。他的人也很漂亮，高高的个儿，衣着高雅，很有风度。他的夫人是研究遗传工程的，这是尖端科学，需要精密仪器，她只能在省院工作，不能调到地区，因为地区没有这样的研究条件。他们两地分居有好几年了。她只能每个月来住三四天。每回岑春明到火车站去接她，他们并肩走在两边长了糖槭树的路上，农业工人就啧啧称赞："啧啧啧！这真是天造地设的一对！"

岑春明会拉小提琴，以前晚上常拉几个曲子。后来提琴的正弦断了，他懒得到大城市去配，就搁下了。

另外两个技师是洪思迈和顾艳芬。他们是两口子。

洪思迈说话总是慢条斯理，显得很深刻。他爱在所里的业务会议上作长篇发言。他说的话是报纸刊物上的话，即"雅言"。所里的工人说他说的是"字儿话"。他写的学术报告也很长，引用了许多李森科和巴甫洛夫的原话。他的学问很渊博。他常常在办公室里向青年技术员分析国际形势，评论三门峡水利工程的得失，甚至市里开书法展览会，他也会对"颜柳欧苏"发表一通宏论。他很有优越感。但是青年技术员并不佩服他，甚至对他很讨厌。他是蔬菜专家，蔬菜研究室

238

主任。技术员叫岑春明为老岑，对他却总称之为洪主任。洪主任"大跃进"时出了很大的风头：培养出三尺长的大黄瓜，装在特制的玻璃盒子里，泡了福尔马林，送到市里、专区、省里展览过。农业工人说："这样大的黄瓜能吃吗？好吃吗！"这些年他的研究课题是"蔬菜排开供应"，要让本市、本地区任何时期都能吃到新鲜蔬菜。青年技术员都认为这是纸上谈兵，没有实际意义。什么时候种什么菜，菜农不知道吗？"头伏萝卜、二伏菜"！因为他知识全面，因此常常代表所里出去开会，到省里，出省，往往一去二十来天、一个月。

顾艳芬是研究马铃薯的，主要是研究马铃薯晚疫病。这几年的研究项目是"马铃薯秋播留种"。她也自以为很有学问。有一次所里搞了一个"超声波展览馆"。布置展览馆的是一个下放在所里劳动的诗人兼画家。布置就绪，请所领导、技术人员来审查。展览馆外面有一块横匾，写着："超声波展览馆"。顾艳芬看了，说"馆"字写得不对。应该是"舍"字边，不是"食"字边。图书馆、博物馆都只能写作"舍"字边，只有饭馆的馆字才能写"食"字边。在场多人，都认为她的意见很对，"应该改一改，改一改。"诗人兼画家不想和这群知识分子争辩，只好拿起刷子把"食"字边涂了，改成"舍"字边。诗人兼画家觉得非常憋气。

顾艳芬长得相当难看。个儿很矮。两个朝天鼻孔，嘴很鼓，给人的印象像一只母猴。穿的衣服也不起眼，干部服，不合体。整年穿一双厚胶底的系带的老式黑皮鞋，鞋尖微翘，像两只船。

洪思迈原来结过婚，家里有媳妇。媳妇到所里来过，据工人们说：头是头，脚是脚，很是样儿。他和原来的媳妇离了婚，和顾艳芬结了婚。大家都纳闷，他为什么要跟原来的媳妇离婚，和顾艳芬结婚呢？大家都觉得是顾艳芬追的他。顾艳芬怎么把洪思迈追到手的呢？不便猜测。

她和洪思迈生了两个女儿，前后只差一岁。真没想到顾艳芬会生出这么两个好看的女儿。镇上没有幼儿园，两个孩子就在所里到处玩。下过雨，泥软了，她们坐在阶沿上搓泥球玩，搓了好多，摆了一溜。一边搓，一边念当地小孩子的童谣：

> 圆圆，
> 弹弹，
> 里头住个神仙。
> 神仙神仙不出来，
> 两条黄狗拉出来。
> 拉到那个哪啦？
> 拉到姑姑洼啦。
> 姑妈出来骂啦。
> 骂谁家？
> 骂王家，
> 王家不是好人家！

岑春明和洪思迈两家的宿舍紧挨着，在一座小楼上。小楼的二层只他们两家，还有一间是标本室。两家关系很好，很客气。岑春明的夫人来的时候，洪思迈和顾艳芬都要过来说说话。

顾艳芬怀孕了！她已经过了四十岁，一般这样的年龄是不会怀孕的，但也不是绝对没有。已经怀了三个月，顾艳芬的肚子很显了，瞒不住了。

洪思迈非常恼火，他找到所长兼党委书记去反映，说："我患阳痿，已经有两年没有性生活，她怎么会怀孕？"所长请顾艳芬去谈谈。顾艳芬只好承认，孩子是岑春明的。

这件事真是非常尴尬，三个人都是技师，事情不好公开。党委开了会，并由所长亲自到省里找领导研究这个问题。最后这样决定：顾艳芬提前退休，由一个女干部陪她带着两个女儿回家乡去；岑春明调到省农科院，省里前几年就要调他。

顾艳芬在家乡把孩子生下来了。是个男孩。

对于这回事，所里议论纷纷：

"真没有想到！"

"老岑怎么会跟她！"

"发现怀了孕不做人流？还把孩子生下来了。真不可理解！她是怎么想的？"

岑春明到省院还是继续搞谷子良种栽培。他是省劳模，因为他得了肺癌，还坚持研究，到田间观察记录，省电视台还为他拍了专题报道片。

顾艳芬四十几岁就退休，这不合乎干部政策，经省里研究，调她到另一个专区，还是研究马铃薯晚疫病。

洪思迈提升了所长，但是他得了老年痴呆症。他还不到六十，怎么会得了这种病呢？他后来十分健忘，说话颠三倒四，神情呆滞，整天傻坐着。有一次有电话来找他，对方问他是哪一位，他竟然答不出，急忙问旁边的人："我是谁？我是谁？"

一九九二年七月二十七日

载一九九三年第一期《收获》

鲍团长

鲍团长是保卫团的团长。

保卫团是由商会出钱养着的一支小队伍。保卫什么人？保卫大商家和有钱有势的绅士大户人家，防备土匪进城抢劫。这支队伍样子很奇怪。说兵不是兵。他们也穿军装，打绑腿，可是军装绑腿既不是草绿色的，也不是灰色的，而是"海昌蓝"的。——也不像警察，警察的制服是黑的。叫作"团"，实际上只有一排人。多半是从各种杂牌军开小差下来的。他们的任务是每天晚上到大街小巷巡逻一遍。有时大户人家办红白喜事，鲍团长会派两个弟兄到门口去站岗。他们也出操、拔正步。拔正步对他们是没有什么意义的，因为他们从来不参加检阅。日常无事，就在团部擦枪。下雨天更是擦枪的日子。

保卫团的团部在承志桥。承志桥在承志河上。承志河由通湖桥流下来，向东汇入护城河，终年是有水的。承志桥是一座木桥。这座桥有点特别，上有瓦盖的顶，两边有"美人靠"——两条长板，板上设有有弧度的栏杆，可以倚靠，故名"美人靠"。这座桥下雨天可以躲雨，夏天可以乘凉。靠在"美人靠"上看桥下河水，是一种享受。桥上时常有卖熟荸荠的担子，可以"抽牌九"的卖花生糖、芝麻糖的挑子。桥之北有一家木厂，沿河堆了很多杉木。放学的孩子喜欢在杉木梢头跳跃，于杉木的弹动起落中得到快乐。木厂之西，是杨家巷。承志桥以南一带也统称为承志桥。保卫团的团部在承志桥的东面。原本是一个祠堂。房屋很宽敞。西面三人间是办公室。后墙贴着总理遗像。两边是"革命尚未成功""同志仍须努力"。总理遗像下是一张大办公桌。南北两边靠墙立着枪架子，二十来支汉阳造七九步枪整齐地站着。一边墙上有三支"二膛盒子"。

鲍团长名崇岳，山东掖县人，行伍出身。十几岁就投了张宗昌的部队。张宗昌被打垮了，他在孙传芳的"联军"里干了几年。孙传芳下野，他参加了国民革命军——这一带人称之为"党军"，屡升为营长。行军时可以骑马，有一个勤务兵。

他很少谈军旅生活，有时和熟朋友，比如杨宜之，茶余酒后，也聊一点有趣的事。比如：在战壕里也是可以抽大烟的。用一个小茶壶，把壶盖用洋蜡烛油焊住，壶盖上有一个小孔，就可以安烟泡，茶壶嘴便是烟枪，点一个小蜡烛头，——是烟灯。也可以喝酒。不少班排长背包里有一个"酒馒头"。把馒头在高粱酒里泡透，晒干；再泡，再晒干。没酒的时候，掰两片，在凉水里化开，这便是酒。杨宜之问他，听说张宗昌队伍里也有军歌：

三国战将勇，

首推赵子龙。

长坂坡前逞啊英雄。

还有张翼德，

黑头大脑壳……

鲍团长哈哈大笑，说："有！有！有！"

鲍崇岳怎么会到这个小县城来当一个保卫团长呢？他所在的那个团驻扎到这个县，在地方党政绅商的接风宴会上，意外地见到小时候一同读私塾的一个老同学，在县政府当秘书。他乡遇故，酒后畅谈。鲍崇岳表示，他对军队生活已经厌倦，希望找个地方清清静静地住下来，写写字。老同学说："这好办，你来当保卫团长。"老同学找商会会长王蕴之一说，王蕴之欣然同意，说："薪金按团长待遇。只是对鲍营长来说，太屈尊了。"老同学说："他这人，我知道，无所谓。"

王蕴之为什么欢迎鲍崇岳来当保卫团长呢？一来，保卫团的兵一向吊儿郎当，需要有人来管束；更重要的是：有他来，可以省掉商会乃至县政府的许多麻烦。这个县在运河岸边，过往的军队很多。鲍崇岳在军队上的朋友很多，有的是旧同事，有的是换帖的把兄弟，有的是都在帮，都是安清门里的。鲍崇岳可以充当军队和地方的桥梁。过境或驻扎的军队要粮要草要供应，有鲍崇岳去拜望一下，叙叙旧，就可以少要一点，有点纠纷摩擦，鲍崇岳一张片子，就能大事化小。有鲍崇岳在，部队的营团长也不便纵任士兵胡作非为。鲍团长对保障地方的太平安静，实在起很大作用。因此，地方上的人对他很有好感，很尊敬。在这个小县城里，一个保卫团长也算是头面人物。

鲍团长的日子过得很潇洒，隔了三五天，他到团部来一次，泡一杯茶，翻翻这几天的新闻报、老申报，批几张报销条子，——所报的无非是擦枪油、棉丝、伙夫买的芦柴、煤块、洋铁壶，到承志桥一带人家升起煮中饭的炊烟，就站起身来。值日班长喊了一声"立正"，他已经跨出保卫团部大门的麻石门槛。

鲍团长是个大块头，方肩膀，长方脸，方下巴。留一个一寸长短的平头，——当时这叫"陆军头"，很有军人风度，但是言谈举止温文尔雅。他是行伍出身，但在从军前读过几年私塾。塾师是丁老秀才，能写北碑大字，鲍团长笔下通顺，函牍往来，不会闹笑话，受塾师影响，也爱写字。当地有人恭维他是"儒将"，鲍团长很谦虚地说："儒将，不敢当，俺是个老粗。"但是对这样的恭维，在心里颇有几分得意。

鲍团长平常不穿军服。他有一身马裤呢的军装，只有在重要场合，总理诞辰纪念会，合县党政绅商欢迎省里下来视察工作的厅长或委员的盛会上，才穿一次。他平常穿便衣，"小打扮"，上身是短袄（钉了很大的扣子），下身扎腿长裤。县里人私下议论，说这跟他在红帮有关系。杨宜之问过他："你是不是在红帮？"鲍崇岳不否认。杨宜之问："听说红帮提画眉笼，两个在帮的'盘道'，一个问'画眉吃什么'？——'吃肉'，立刻抽出一把攮子，卷起裤腿，三刀切出一块三角肉，扔给画眉，画眉接着，吧咂吧咂，就吃了，有没有这回事？"鲍崇岳说："瞎说！"鲍团长到绅士大户人家应酬出客，穿长衫，还加一件马褂。

鲍团长在这个县待了十多年，和县里的绅士都有人情来往，马家——马士杰家、王家——王蕴之家、杨家……每逢这几家有喜丧寿庆，他是必到的。事前也必送一个幛子或一副对子，幛子、对联上是他自己写的《石门铭》体的大字。一个武人，能写这样的字，使人惊奇。杨宜之说："据我看，全县写《石门铭》的，除了王荫之，要数你，什么时候王大太爷回来，你把你的字送给他看看。"

杨家是世家大族。杨宜之的父亲十九岁就中了进士，做过两任知府。杨家所住的巷子就叫杨家巷。杨家巷北头高，南头低，坡度很大，拉黄包车从北头来，得直冲下来。杨家北面地势高，叫作"高台子"。由平地上高台子要过三十级砖阶。高台上一座大厅，很敞亮，是杨宜之宴客的地方。每回宴客，杨宜之都给鲍团长送去知单。鲍团长早早就到了。鲍团长是杨宜之的棋友。开席前后，大厅里有两桌麻将。别人打麻将，杨宜之和鲍崇岳在大厅西边一间小书房里下围棋。有时牌局三缺一，杨宜之只好去凑一角，鲍崇岳就一个人摆《桃花谱》，或是翻看杨宜之所藏的碑帖。

鲍团长家住在咸宁庵。从承志桥到咸宁庵，杨家巷是必经之路，有时离团部早，就顺脚跨进杨家的高门槛——杨家的门槛特别高，过去杨家有大事，就把门槛拆掉，好进轿子——找杨宜之闲谈一会儿，鲍崇岳的老伴熏了狗肉，鲍崇岳就给杨宜之带去一块，两个人小酌一回。——这地方一般人是不吃狗肉的。

近三个月来，鲍崇岳遇到三件不痛快的事。

第一件：

鲍崇岳早就把家眷搬来了。他有一儿一女，儿子叫鲍亚璜、女儿叫鲍亚琮。鲍亚璜、鲍亚琮和杨宜之的女儿杨淑媛从小同学，同一所小学，同一所初中。杨淑媛和鲍亚琮是同班好朋友。鲍亚璜比她们高一班。鲍亚琮常到杨淑媛家去，一同做功课、玩。杨淑媛也常到鲍亚琮家去。她们有什么算术题不会做，就问鲍亚璜。鲍亚璜初中毕业，考取了外地的高中，就要离开这个县了。一天，他给杨淑媛写了一封情书。这件事鲍崇岳不知道。他到杨宜之家去，杨宜之拿出这封信说："写这样的信，他们都太早了一点。"鲍崇岳看了信，很生气，说："这小子，我回去要好好教训他一顿！"杨宜之说："小孩子的事，不必认真。"杨宜之话说得很含蓄，很委婉，但是鲍崇岳从杨宜之的微笑中读出了言外之意：鲍家和杨家门第悬殊太大了！鲍团长觉得受了侮辱。从此，杨淑媛不再到鲍家来。鲍崇岳也很少到杨家去了。杨家有事，不得已，去应酬一下，不坐席。

第二件：

本县湖西有一个纨绔浮浪子弟，乘抗日军兴之机，拉起一支队伍，和顾祝同、冷欣拉上关系，号称独立混成旅，在里下河一带活动。他们队伍开到县境，祸害本土，鱼肉乡民，敲诈勒索，无所不为。他行八，本地人都称之为"八舅太爷"。本地把蛮不讲理的叫作舅太爷。商会会长王蕴之把鲍团长请去，希望他利用军伍前辈的身份，找八舅太爷规劝规劝。鲍团长这天特意穿了军装，到八舅太爷的旅部求见。门岗接了鲍团长的名片，说"请稍候"。不大一会儿，门岗把原片拿出来，说："旅长说：不见！"鲍崇岳一辈子没有碰过这样一鼻子灰，气得他一天没有吃饭。他这个老资格现在吃不开了。这么一点事都办不了，要他这个保卫团长干什么，他觉得愧对乡亲父老。

第三件：

本县有个大书法家王荫之，是商会会长王蕴之的长兄，合县人称之为大太爷。他写汉碑，专攻《石门铭》，他把《石门铭》和草书化在一起，创出一种"王荫之体"，书名满江南江北。鲍崇岳见过不少他的字，既遒劲，也妩媚，潇洒流畅，顾盼生姿，很佩服。他和无锡荣家是世交，常常住在无锡，荣家供养着他，梅园的不少联匾石刻都是他的手笔。他每年难得回本乡住一两个月。上个月，回乡来了。鲍崇岳拿出自己写的一本卷子，托王蕴之转给大太爷看看，请大太爷指点指点。如果有缘识荆，亲聆教诲，尤为平生幸事。过了一个月，王荫之回无锡去了，把鲍崇岳的一卷字留给了王蕴之。鲍崇岳拆开一看，并无一字题识。鲍崇岳心里明白：王荫之看不起他的字。

鲍崇岳绕室徘徊，忽然意决，提笔给王蕴之写了一封信，请求辞去保卫团长。信送出后，他叫老伴摊几张煎饼，卷了大葱面酱，就着一碟酱狗肉、一包炒花生，喝了一斤高粱。既醉既饱，铺开一张六尺宣纸，写了一个大横幅，融《石门铭》入行草，一笔到底，不少踟蹰，书体略似王荫之：

田彼南山

荒秽不治

种一顷豆

落而为萁

人生行乐耳

须富贵何时

249

写罢掷笔，用摁钉摁在壁上，反复看了几遍，很得意。

一九九二年十一月二十二日
载一九九三年第二期《小说家》

黄开榜的一家

　　黄开榜不是本地人，他是山东人。原来是当兵的，开小差下来之后，在当地落住了脚。

　　他没有固定的职业，年轻时吹喇叭。这是一种细长颈子的紫铜喇叭，长五六尺，只能吹一个音：嘟——。早年间迎亲、出殡都有两种东西，一是长颈喇叭，二是铁铳。花轿或棺柩前面是吹鼓手，吹鼓手的前面是喇叭，喇叭起了开路的作用。黄开榜年轻，中气足，一口气可以吹得很长。这喇叭的声音很不好听，尖锐刺耳。后来就没有什么人家用了。铁铳也废了，太响了，震得人耳朵疼。

　　没有人找黄开榜吹喇叭了，他又干了一种新的营生，当"催租的"。有些中小地主，在乡下置了几亩地，租给人种，这些家业不大的地主，无权无势，有的佃户就欺负他们，租子拖欠不交，地主找黄开榜去催。黄开榜去了，大喊大叫，要吃要喝，赖着不走，有时甚至找个枕头睡在人家里。这家叫他啰唆得受不了啦，就答应哪天交齐。黄开榜找村里的教书先生或庙里的和尚帮这家立个保单："立保单人某某所欠某府名下租子若干准于某月日如数交清恐口无凭证立此保单是实"。黄开榜拉过佃户的右手，盖了一个手印，喝了一大碗米汤，走人。地主拿到保单，总得给黄开榜一点酒钱。

黄开榜还有一件拿不到钱，但是他很乐意去干的事，是参加"评理"。两家闹了纠纷，就约了街坊四邻、熟人朋友，到茶馆去评理，请大家说说公道话，分判是非曲直。评理的结果大都是调停劝解，大事化小，彼此不再记仇。两家评理，和黄开榜本不相干，谁也没有请他，他自己搬凳子，一屁股就坐了下来，咋长六七，瞎掺和。他嗓门很大，说起话来唾沫星子乱喷，谁都离他远远的。他一面大声说话，一面大口吃包子。这地方吃茶都要吃包子，评理的尤不能缺。他一人能把一笼包子——十六个，全吃了。灌下半壶酽茶，走人。这十六个包子可以管他一天。晚饭只要喝一碗"采子粥"——碎米加剁碎了的青菜煮的粥，本地叫作"采子粥"。

他的老婆倒是本地人。据说年轻时很风流，她为什么跟了黄开榜呢？本地有个说法："要称心，嫁大兵。"这里所谓"称心"指的是什么，本地人都心领神会。她后来上了岁数，看不出风流不风流，但身材还是匀称的，既不肥胖臃肿，也不骨瘦如柴，精精干干、利利索索。

她生过五个孩子。

头胎是个男孩。不知道为什么，孩子生下来，就送给一个姓薛的裁缝。头胎儿子就送了人，谁也不知道什么原因。这孩子姓了薛，从小跟薛裁缝学裁缝，现在已经很大了，能挣钱了。薛黄两家离得很近，薛家在螺蛳坝，黄家在越塘，几步就到了，但是两家不来往。这个姓了薛的裁缝从来没有来看过他的生身父母。

黄开榜的二儿子不知到哪里去了。也许在外面当兵，也许在大船上撑篙拉纤。也许已经死了。他扔下一个媳妇。这媳妇是个圆盘脸，头发浓黑，梳了一个很大的"牛屎粑粑"头。她长得很肉感。越塘一带人的语言里没有"肉感"这个词儿，便是街面上的生意人也不会说这个词儿，只看过美国电影的洋学生才用这个词儿。但这词儿用在她身上非常合适。越塘一带人有更放肆的说法，小曲里唱道："白掇掇的奶子粉撮撮的腰"，她无不具备。男人走了，她靠"挑箩把担"维持衣食。自从和毛三"靠"上了，就很少挑箩了。

毛三是个开青草行的。用一只船停在越塘岸边收购青草。姑娘小子割了青草卖给他，当时付钱。船上青草蔫了，就整船交给乡下人。乡下人把青草和河泥拌匀，在东门外护城河边的空地上堆成一个一个长方形的墩子，用铁锨把表面拍实，让青草发酵，到第二年栽秧，这便是极好的肥料。夏天，天才蒙蒙亮，就听见毛三用极高极脆的声音拉长音吆喝："噢草来——"。"噢"是土音，意思是约分量。收草季节过了，他就做别的生意，收荸荠，收菱。因此他很有几个钱。

毛三的眼睛有毛病，迎风掉泪，眼边常是红红的，而且不住地眨巴。但是他很风流自在，留着一个中分头。他有个外号叫"斜公鸡"。公鸡"踩水"——就是欺负母鸡，在上母鸡身之前，都是耷下一只翅膀，斜着身子跑过来，然后纵身一跳，把母鸡压在下面。毛三见到女人，神气很像斜着身子的公鸡。

毛三靠了黄开榜的二媳妇，越塘无人不晓。大白天，毛三"噢"过草，就走进二媳妇的门。二媳妇是单过的，住西屋。——黄开榜一家住朝南的正屋。大概过了一个半小时，毛三开门出来，样子像是踩过水的公鸡，浑身轻松。二媳妇跟着出来，也像非常满足。毛三上茶馆吃茶，二媳妇拿着淘箩去买米。

黄开榜的三儿子是这家的顶门柱。他小名叫三子，越塘人都叫他三子。他是靠肩膀吃饭的。每天挑箩，他总能比别人多挑两担。他为人正气，越塘人都尊重他。他不吃烟，不喝酒，不赌钱，不打架。他长得一表人才，邻居都说他不像黄家人。但是他和越塘的姑娘媳妇从不勾勾搭搭，简直是目不斜视。越塘的姑娘愿意嫁给三子的很多，三子不为所动。三子为了多挣几个钱，常到离城稍远的五里坝、马棚湾这些地方去挑谷子，有时一去两三天。

黄开榜的四儿子是个哑巴。

最后生的是个女儿，是个麻子，都叫她"麻丫头"。哑巴和麻丫头也都能挑箩了，挑半担，不用箩筐，用两个柳条编的笆斗。

这样，黄开榜家的日子还算能过得下去。饭自然吃得简单，红糙米饭，青菜汤。哑巴有时摸点泥鳅，捞点螺蛳。越塘有时有卖呛蟹的来，麻丫头就去买一碗。很小的螃蟹，有的地方叫蟛蜞，用盐腌过，很咸。这东西只是蟹壳没有什么肉，偶有一点蟹黄，只是嗒嗒味道而已，但是很下饭。

越塘的对面是一片菜园，更东去是荒地。黄开榜的老婆每年在荒地上种一片蚕豆。蚕豆嫩的时候摘了炒炒吃，到秋后，蚕豆老了，豆荚发黑了，就连豆秸拔下，从桥上拖过河来，——越塘有一道简易的桥，只是两根洋松木方子搭在两岸，把豆秸晒在了裁缝门前的路上，让来往行人去踩，把豆荚踩破，豆粒脱出。干蚕豆本来准备过冬没菜时煮了吃的，不到过冬，就都叫麻丫头炒炒吃掉了。

越塘很多人家无隔宿之粮，黄开榜家常是吃了上顿计算下顿。平常日子总有点法子，到了连阴下雨，特别是冬天下大雪，挑箩把担家的真是揭不开锅了。逢到这种时候，黄开榜两口子就吵架，黄开榜用棍子打老婆——打的是枕头。吵架是吵给街坊四邻听的，告诉大家：我们家没有一颗米了。于是紧隔壁邻居丁裁缝就自己倒了一升米，又跟邻居"告"一点，给黄家送去，这才天下太平。丁裁缝是甲长，这种事情他得管。

黄开榜忽然异想天开，搞了一个新花样：下神。黄开榜家对面，有一家杨家香店的作坊。作坊接连两年着火，黄开榜说这是"狐火"，是胡大仙用尾巴在香面上蹭着的。他找了一堆断砖，在香店作坊墙外砌了一个小龛子，里面放一个瓦香炉。胡大仙附了他的体了，就乱蹦乱跳，乱喊乱叫起来，关云长、赵子龙、孙悟空、猪八戒、宋公明、张宗昌……胡说八道一气。居然有人相信他这胡大仙，给胡大仙上供：三个鸡蛋、一块豆腐。这供品够他喝二两酒。

三子从五里坝领回了个新媳妇。他到五里坝挑稻子，这女孩子喜欢他，就跟来了。这是一个农民家的女儿，虽然和一个见了几次面的男人私奔（她是告诉过爹妈的），却是一个很朴素的女孩子。她宽肩长腿，大手大脚，非常健康。眼睛很大，看人的时候显得很纯净坦诚，不像城市贫民的女儿有点狡猾，有点淫荡。她力气很大，挑起担子和三子走得一样快。她认为自己选择了三子选对了；三子也觉得他真拣到了一个好老婆。新媳妇对越塘一带的风气看不惯。她看不惯老公爹装神弄鬼，也看不惯二嫂子偷人养汉。枕头上对三子说："这算怎么回事？这不像一户正经人家！"她和三子合计，找一块地方，盖三间草房，和他们分开，另过。三子同意。

黄开榜生病了。

越塘一带人，尤其是黄开榜一家，是很少生病的。生病也不请医吃药。有点头疼脑热，跑肚拉稀，就到汪家去要几块霉糕。汪家老太太过年时蒸糕，总要留下一簸箩，让它长出霉斑，给穷人，黄开榜的老婆在家里有人生病时就去要几块霉糕，煮汤喝下去，病就好了。霉糕治病，是何道理？后来发明了盘尼西林，医学界说霉糕其实就是盘尼西林。那么汪家老太太可称是盘尼西林的首先发明者。

黄开榜吃了霉糕汤，不见好。

一天大清早，黄家传出惊人的哭声：黄开榜死了。

丁裁缝拿了绿薄到街里店铺中给黄开榜化了一口薄皮材。又自己出钱，买了白布，让黄家人都戴了孝。

黄开榜的大儿子，已经姓薛的裁缝赶来给黄开榜磕了三个头，留下十块钱给他的亲生母亲，走了，没说一句话。

三子和三媳妇用两根桑木扁担把黄开榜的薄皮材从洋松木方的简易桥上抬过越塘，要埋到种蚕豆的荒地旁边。哑巴把那支紫铜长颈喇叭找出来，在棺材前使劲连吹："嘟——"。

一九九三年五月二十八日

露 水

露水好大。小轮船的跳板湿了。

小轮船靠在御码头。

这条轮船航行在运河上已经有几年，是高邮到扬州的主要交通工具。单日由高邮开扬州，双日返回高邮。轮船有三层，底层有几间房舱，坐的是县政府的科长、县党部的委员，杨家、马家等几家阔人家出外就学的少爷小姐，考察河工的水利厅的工程师。房舱贵，平常坐不满。中层是统舱。坐统舱的多是生意买卖人，布店、药店、南货店的二掌柜，给学校采购图书仪器的中学教员……给茶房一点钱，可以租用一张帆布躺椅。上层叫"烟篷"，四边无遮挡，风、雨都可以吹进来。坐"烟篷"的大都自带一块油布，或躺或坐。"烟篷"乘客，三教九流。带着锯子凿子的木匠，挑着锡匠挑子的锡匠，牵着猴子耍猴的，细批流年的江湖术士，吹糖人的，到缫丝厂去缫丝的乡下女人，甚至有"关亡"的、"圆光"的、挑疳虫的。

客人陆续上船，就来了许多卖吃食的。卖牛肉高粱酒的，卖五香茶叶蛋的，卖凉粉的，卖界首茶干的，卖"洋糖百合"的，卖炒花生的。他们从统舱到烟篷来回审，高声叫卖。

轮船拉了一声汽笛，催送客的上岸，卖小吃的离船。不过都知道开船还有一会儿。做小生意的还是抓紧时间照做，不过把价钱都减下来了一些。两位喝酒的老江湖照样从从容容喝酒，把酒喝干了，才把豆绿酒碗还给卖牛肉高粱酒的。

轮船拉了第二声汽笛，这是真要开了。于是送客的上岸，做小生意的匆匆忙忙，三步两步跨过跳板。

正在快抽起跳板的时候，有两个人逆着人流，抢到船上。这是两个卖唱的，一男一女。

男的是个细高挑，高鼻、长脸，微微驼背，穿一件褪色的蓝布长衫，浑身带点江湖气，但不讨厌。

女的面黑微麻，穿青布衣裤。

男的是唱扬州小曲的。

他从一个蓝布小包里取出一个细瓷蓝边的七寸盘，一双刮得很光滑的竹筷。他用右手持瓷盘，食指中指捏着竹筷，摇动竹筷，发出清脆的、连续不断的响声；左手持另一只筷子，时时击盘边为节。他的一只瓷盘，两只竹筷，奏出或紧或慢、或强或弱的繁复的碎响，真是"大珠小珠落玉盘"。

姐在房中头梳手，

258

忽听门外人咬狗。

拾起狗来打砖头，

又怕砖头咬了手。

从来不说颠倒话，

满天凉月一颗星。

　　"那位说了：你这都是淡话！说得不错。人生在世，不过是几句淡话罢了。等人、钓鱼、坐轮船，这是三大慢。不错。坐一天船，难免气闷无聊。等学生给诸位唱几段小曲，解解闷，醒醒脾，冲冲瞌睡！"

　　他用瓷盘竹筷奏了一段更加紧凑的牌子，清了清嗓子，唱道：

一把扇子七寸长，

一个人扇风二人凉。

松呀，嘣呀。

呀呀子沁，

月照花墙。

手扶栏杆口叹一声，

鸳鸯枕上劝劝有情人呀。

一路鲜花休要采吧，

干哥哥，

奴是你的知心着意人哪！

这是短的，他还有些比较长的，《小尼姑下山》《妓女悲秋》。他的拿手，是《十八摸》，但是除非有人点，一般是不唱的。他有一个经折子，上列他能唱的小曲，可以由客人点唱。一唱《十八摸》，客人就兴奋起来。统舱的客人也都挤到"烟篷"里来听。

唱了七八段，托着瓷盘收钱。给一个铜板、两个铜板，不等，加上点唱的钱，他能弄到五六、七八角钱。

他唱完了，女的唱：

> 你把那冤枉事对我来讲，
> 一桩桩一件件，
> 桩桩件件对小妹细说端详。
> 最可叹你死在那梦里以内，
> 高堂哭坏二老爹娘……

这是《枪毙阎瑞生·莲英惊梦》的一段。枪毙阎瑞生是上海实事。莲英是有名的妓女，阎瑞生是她的熟客。阎瑞生把莲英骗到郊外，在麦田里勒死了她，劫去她手上戴的钻戒。案发，阎瑞生被枪毙。这案子在上海很轰动。有人编成了戏。这是时装戏。饰莲英的结拜小妹的是红极一时的女老生露兰春。这出戏唱红了，灌了唱片。由上海一直传到里下河。几乎凡有留声机的人家都有这张唱片，大人孩子都会唱"你把那冤枉事"。这个女的声音沙哑，不像露兰春那样响堂挂味。她唱的时候没有人听，唱完也没有多少人给钱。这个女人每次都唱这一段，好像也只会这一段。

唱了一回，客人要休息，他们也随便找个旮旯蹲蹲。

到了邵伯，有些客人下船，新上一批客人，他们又唱一回。到了扬州，吃一碗虾子酱油汤面，两个烧饼。在城外小客栈的硬板床上喂一夜臭虫，第二天清早蹚着露水，赶原班轮船回高邮，船上还是卖唱。

扬州到高邮是下水，五点多钟就靠岸了。

这两个卖唱的各自回家。

他们也还有自己的家。

他们的家是"芦席棚子"。芦笆为墙，上糊湿泥。棚顶也以"钢芦柴"（一种粗如细竹、极其坚韧的芦苇）为椽，上覆茅草。这实际上是一个窝棚，必须爬着进，爬着出。但是据说除了大雪天，冬暖夏凉。御码头下边，空地很多，这样的"芦席棚子"是不少的。棚里住的是叉鱼的、照蟹的、捞鸡头米的、串糖球（即北京所说的"冰糖葫芦"）的、煮牛杂碎的……

到家之后，头一件事是煮饭。女的永远是糙米饭、青菜汤。男的常煮几条小鱼（运河旁边的小鱼比青菜还便宜），炒一盘咸螺蛳，还要喝二两稗子酒。稗子酒有点苦味。上头，是最便宜的酒。不知道糟房怎么能收到那么多稗子做酒，一亩田才有多少稗子？

吃完晚饭，他们常在河堤上坐坐，看看星，看看水。看看夜渔的船上的灯，听听下雨一样的虫声，七搭八搭地闲聊天。渐渐地，他们知道了彼此的身世。

男的原来开一个小杂货店，就在御码头下面不远，日子满过得去。他好赌，每天晚上在火神庙推牌九，把一间杂货店输得精光。老婆也跟了别人。他没脸在街里住，就用一个盘子、两根筷子上船混饭吃。

女的原是一个下河草台班子里唱戏的。草台班子无所谓头牌二牌，派什么唱什么。后来草台班子散了，唱戏的各奔东西。她无处投奔就到船上来卖唱。

"你有过丈夫没有？"

"有过。喝醉了酒栽在大河里，淹死了。"

"生过孩子没有？"

"出天花死了。"

"命苦！……你这么一个人干唱，有谁要听？你买把胡琴，自拉自唱。"

"我不会拉。"

"不会拉……这么着吧，我给你拉。"

"你会拉胡琴？"

"不会拉还到不了这个地步。泰山不是堆的，牛×不是吹的。你别把土地爷不当神仙。横的、竖的、吹的、拉的，我都拿得起来。十八般武艺件件精通，——件件稀松。不过给你拉'你把那冤枉事'，还是富富有余！"

"你这是真话？"

"哄你叫我掉到大河里喂王八！"

第二天，他们到扬州辕门桥乐器店买了一把胡琴。男的用手指头弹弹蛇皮，弹弹胡琴筒子，担子，拧拧轸子，撅撅弓子，说："就是它！"买胡琴的钱是男的付的。

第二天回家。男的在胡琴上滴了松香，安了琴码，定了弦，拉了一段西皮，一段二黄，说："声音不错！——来吧！"男的拉完了原

262

板过门，女的顿开嗓子唱了一段《莲英惊梦》，引得芦席棚里邻居都来听，有人叫好。

从此，因为有胡琴伴奏，听女的唱的客人就多起来。男的问女的：

"你就会这一段？"

"你真是隔着门缝看人！我还会别的。"

"都是什么？"

"《卖马》《斩黄袍》……"

"够了！以后你轮换着唱。"

于是除了《莲英惊梦》，她还唱"店主东，带过了，黄骠马……""孤王酒醉桃花宫"。当时刘鸿声大红，里下河一带很多人爱唱《斩黄袍》。唱完了，给钱的人渐渐多起来。

男的进一步给女的出主意。

"你有小嗓没有？"

"有一点。"

"你可以一个人唱唱生旦对儿戏：《武家坡》《汾河湾》……"

最后女的竟能一个人唱一场《二进宫》。

男的每天给她吊嗓子，她的嗓子"出来"了，高亮打远，有味。

这样女的在运河轮船上红起来了。她得的钱竟比唱扬州小曲的男的还多。

他们在一起过了一个月。

男的得了绞肠痧，折腾一夜，死了。

女的给他刨了一个坟，把男的葬了。她给他戴了孝，在坟头烧钱化纸。

她一张一张地烧纸钱。

她把剩下的纸钱全部投进火里。火苗冒得老高。

她把那把胡琴丢进火里。

首先发出爆裂的声音的是蛇皮，接着毕卜一声炸开的是琴筒，然后是担子，最后轸子也烧着了。

女的拍着坟土，大哭起来：

"我和你是露水夫妻，原也不想一篙子扎到底。可你就这么走了！

"就这么走了！

"就这么走了！

"你走得太快了！

"太快了！

"太快了！

"你是个好人！

"你是个好人！

"你是个好人哪！"

她放开声音号啕大哭，直哭得天昏地暗，树上的乌鸦都惊飞了。

第二天，她还是在轮船上卖唱，唱"你把那冤枉事对我来讲……"

露水好大。

载一九九三年第六期《十月》

辜家豆腐店的女儿

豆腐店是一个"店"，怎么会有个女儿？然而螺蛳坝一带的人背后都是这么叫她。或者称作"辜家的女儿""豆腐店的女儿"。背后这样地提她，有一种特殊的意味。姓辜的人家很少，这个县里好像就是两三家。

螺蛳坝是"后街"，并没有一个坝，只是一片不小的空场。七月十五，这里做盂兰盆会。八九月，如果这年年成好，就有人发起，在平桥上用杉篙木板搭起台来唱戏。约的是里下河的草台戏子，京戏、梆子"两下锅"，既唱《白水滩》这样捧"壳子"的武打戏，也唱《阴阳河》这样踩跷的戏。做盂兰盆会、唱大戏，热闹几天，平常这里总是安安静静的。孩子在这里踢毽子，踢铁球，滚钱，抖空竹（本地叫"抖天嗡子"）。有时跑过来一条瘦狗，匆匆忙忙，不知道要赶到哪里去干什么。忽然又停下来，竖起耳朵，好像听见了什么。停了一会儿，又低了脑袋匆匆忙忙地走了。

螺蛳坝空场的北面有几户人家。有两家是打芦席的。每天看见两个中年的女人破苇子，编席。一顿饭工夫，就织出一大片。芦席是为大德生米厂打的。米厂要用很多芦席。东头一家是个"茶炉子"，即卖开水的，就是上海人所说的"老虎灶"。一个像柜子似的砖砌的炉子，四角有四个很深的铁铸的"汤罐"，满满四罐清水，正中是火眼，烧的是粗糠。粗糠用一个小白铁簸箕倒进火眼，"呼——"火就猛升上来，"汤罐"的水就呱呱地开了。这一带人家用开水——冲菜、烫鸡毛、拆洗被窝，都是上"茶炉子"去灌，很少人家自己烧开水。因为上"茶炉子"灌水很方便，省得费柴费火，烟熏火燎，又用不了多少。"茶炉子"卖水，不是现钱交易，而是一次卖出一推"茶筹子"——一个一个长方形的小竹片，一面用铁模子烙出"十文""二十文"……灌了开水，给几根茶筹子就行了。"茶炉子"烧的粗糠是成挑的从大德生米厂趸来的。一进"茶炉子"，除了几口很大的水缸，一眼看到的便是靠后墙堆得像山一样的粗糠。

螺蛳坝一带住的都是"升斗小民"，称得起殷实富户的，是大德生米厂。大德生的东家姓王，街上人都称他王老板。大德生原来的底子就厚实，一盘很大的麻石碾子，喂着两头大青骡子，后面仓里的稻子堆齐二梁。后来王老板把骡子卖了，改用机器碾米，生意就更兴旺了。大德生原是一个米店，改用机器后就改称为"米厂"。这算是螺蛳坝唯一的"工厂"。每天这一带都听得到碾米的柴油机的铁烟筒里发出节奏均匀的声音：蓬——蓬——蓬……

王老板身体很好，五十多岁了，走路还飞快，留一撇乌黑的牙刷胡子，双眼有神。

他的大儿子叫王厚辽，在米厂里量米，记账。他有个外号叫"大呆鹅"，看样子也确是有点呆相。

二儿子叫王厚堃，跟一个姓刘的老先生学中医。长得眉清目秀，一表人才。

大德生东墙外住着一个姓薛的裁缝。薛裁缝是个老实人，整天只知道低头做活，穿针引线。他的老婆人称薛大娘。薛大娘跟老头子可不是一样的人，她也"穿针引线"，但引的是另外一种线，说白了，就是拉皮条。

大德生门前有一条小巷，就叫作辜家巷，因为巷子里只有一家人家。辜家的后门就开在巷子里，和大德生斜对门，两步就到了。后面是住家，前面是做豆腐的作坊，前店后家。

辜家很穷。

从螺蛳坝到草巷口，有两家豆腐店。豆腐店是发不了财的，但是干了这一行也只有一直干下去。常言说："黑夜思量千条路，清早起来依旧磨豆腐。"不过草巷口的一家生意不错。一清早卖豆浆，热气腾腾的满满一锅。卖豆腐，四大屉。压百叶，百叶很薄，很白。夏天卖凉粉皮。这凉粉皮是用莴苣汁和的绿豆粉，颜色是浅绿的，而且有一股莴苣香。生意好，小老板两个月前还接了亲。新媳妇坐在磨子一边，往磨眼里注水，加黄豆，头上插一朵大红剪绒的小小的喜字。

相比之下，辜家豆腐店就显得灰暗，残旧，一点生气也没有。每天只做两屉豆腐，有时一屉，有时一屉也没有。没本钱，买不起黄豆。辜老板老是病病歪歪的，没有一点精神。

辜老板老婆死得早，没有留下一个儿子，跟前只有一个女儿。

辜家的女儿长得有几分姿色，在螺蛳坝算是一朵花。她长得细皮嫩肉，只是面色微黄，好像是用豆腐水洗了脸似的。身上也有点淡淡的豆腥气。

一天三顿饭，几乎顿顿是炒豆腐渣，不过总得有点油滑滑锅。牵磨的"蚂蚱驴"也得扔给它一捆干草。更费钱的是她爹的病。他每天吃药，王厚堃的师父开的药又都很贵，这位刘先生爱用肉桂，而且旁注："要桂林产者"。每天辜家女儿把药渣倒在路口，对面打芦席和烧茶炉子的大娘看见辜家的女儿在门前倒药渣，就叹了一口气："难！"

大德生的王老板找到薛大娘，说是辜家的日子很难，他想帮他们家一把。

"怎么个帮法？"

"叫他女儿陪我睡睡。"

"什么？人家是黄花闺女，比你的女儿还小一岁！我不干这种缺德事！"

"你去说说看。"

媒人的嘴两张皮，辣椒能说成大鸭梨。七说八说，辜家女儿心里活动了，说："你叫他晚上来吧。"

没想到大呆鹅也找到薛大娘。

王老板是包月，按月给五块钱。

大呆鹅是现钱交易。每次事完，摸出一块现大洋，还要用两块洋钱叮叮当当敲敲，以示这不是灌了铅的"哑板"。

没有不透风的墙，螺蛳坝巴掌大的一块地方，那么多双眼睛，辜家女儿的事情谁都知道了。烧茶炉子、打芦席的大娘指指戳戳，咬耳朵，点脑袋，转眼珠子，撇嘴唇子。大德生的碾米的师傅、量米的伙计议论："两代人操一张×，这叫什么事！"——"船多不碍港，客多不碍路，一个羊也是放，两个羊也是赶，你管他是几代人！"

辜家的女儿身体也不好，脸上总是黄白黄白的，她把王厚堃请到屋里看病。王厚堃给她号了脉，看了舌苔，开了脉案，大体说是气血两亏，天癸不调……辜家女儿问什么是"天癸不调"，王厚堃说就是月经不正常。随即写了一个方子，无非是当归、枸杞之类。

王厚堃站起身来要走，辜家女儿忽然把门闩住，一把抱住了王厚堃，把舌头吐进他的嘴里，解开上衣，把王厚堃的手按在胸前，让他摸她的奶子，含含糊糊地说："你要要我、要要我，我喜欢你，喜欢你……"

王厚堃没有想到她会这样，只好和她温存了一会儿，轻轻地推开了她，说："不行。"

"不行？"

"我不能欺负你。"

王厚堃给她掩了前襟，扣好纽子，开门走了。

王厚堃悬崖勒马，也因为他就要结婚了，他要保留一个童身。

过了两个月，王厚堃结婚了。花轿从辜家豆腐店门前过，前面吹着唢呐，放着三眼铳。螺蛳坝的人都出来看花轿，辜家的女儿也挤在人丛里看。

花轿过去了，辜家的女儿坐在一张竹椅上，发了半天呆。忽然她奔到自己的屋里，伏在床上号啕大哭。哭的声音很大，对面烧茶炉子的和打芦席的大娘都听得见，只是听不清她哭的是什么。三位大娘听得心里也很难受，就相对着也哭了起来，哭得稀溜稀溜的。

辜家的女儿哭了一气，洗洗脸，起来泡黄豆，眼睛红红的。

载一九九四年第三期《收获》

兽 医

　　姚有多是本城有名的兽医（本城兽医不多），外号姚六针。他给牲口治病主要是扎针。六针见效。他不像一般兽医，要把牲口在杠子上吊起来，只是让牲口卧着，他用手在牲口肚子上摸摸，用耳朵贴在牲口的肠胃部分听听，然后从针包里抽出一尺长的针，照牲口肚子上连下三针。牲口放了一连串响屁，拉了好些屎。接着他又抽出三根针，嗖嗖嗖，又下三针，牲口顿时浑身大汗。然后，用事先准备好的稻草灰，用笤帚在牲口身上拍一遍。不到一会儿，牲口就能挣扎着站起来，好了！围看的人都说："真绝。"据姚有多说：前三针是"通"。牲口得病，大都在肠，肠梗阻、肠粪结……肠子通了，百病皆除。后三针是"补"。——"扎针还能'补'？"——"能，不补则灵，灵则无力"。他有时也用药，用一个木瓢把草药给骡马灌下去。也不煎，也不煮，叫牲口干吞。好家伙，那么一瓢药，够牲口嚼的。把牲口领起来遛几圈，牲口打几个响鼻，又开始吃青草了！

姚有多每天起来很早，一起来绕着城墙走一圈，然后到东门里王家亭子的空地上练两套拳。他说牲口一挨针扎，会踢人，兽医必须会武功，能蹿能跳。

姚有多的女人前两年得病死了，没有留下孩子，他一个人过。

谁都知道姚有多不缺钱，但是他的生活很简朴。早上一壶茶、三个肉包子。本地人把这种吃法叫作"一壶三点"。中午大都是在吴大和尚的饺面店里吃一碗面、两个插酥烧饼。晚饭就更简单了：喝粥。本地很多人家每天都是"两粥一饭"。

他不喝酒，不打牌。白天在没有人来请医的时候，看看熟人，晚上到保全堂药店听一个叫张汉轩的万事通天南地北地闲聊。

姚有多有一天下午在刘春元绒线店的廊檐外看到一个卖油条的孩子在跟一位老者下象棋。老者胡子花白，孩子也就是六七岁。一盘棋下了一半，花白胡子已经招架不住，手忙脚乱，败局已成，旁观的人都哈哈大笑。收拾了棋盘棋子，姚有多问孩子：

"你是小顺子吧？"

"你怎么知道？"

"你还戴着你爹的孝哩！——长相也像。"

"你认识我爹？"

"我们从前是很好的朋友。"

"你是姚二叔。"

"你认识我？"

"谁不认识！"

"你妈还好？"

"还好。"

"小顺子，回去跟你妈说：你也不小了，不能老是卖油条。问她愿不愿让你跟我学兽医，我看你挺聪明，准能学出个好兽医！"

"哎！得罪你啦二叔！"

顺子前年死了爹，剩下母子二人相依为命，顺子卖油条，他妈给人洗衣裳，顺子的爹生前租下两间房，这房的特点是门外有一口青麻石井台的井。这样用起水来非常方便。顺子妈每天大件大件地洗，洗完了晾在井口边的竹竿上。顺子妈洗的被褥干净，叠的衣裳整齐，来找她拆洗的人很多。

顺子妈干什么都既从容又利落，动作很快，本地人管这样的人叫"刷刮"。

她长得很脱俗。个头稍高，肩背都瘦瘦薄薄的。她只有几件布衣裳，但是可体合身。发髻一边插一朵绒线的小白花，是给丈夫戴的孝。她的鞋面是银灰色的。这双银灰色的鞋，使她有一种说不出的风韵。

顺子妈和街坊处得很好。有求她裁一身衣裳的，"替"一双鞋样的，绞个脸的，她无不答应，——本地新娘子嫁前要用两根白线把汗毛"绞"了，显出额头，叫作"绞脸"。

但是她很少到人家串门，因为她是个"半边人"——本地称寡妇为"半边人"——怕人家忌讳，她经常走动，聊天说话的是隔壁的金大娘，开茶炉子卖开水的金大力的老婆。金大娘心善人好，只是话多，爱管闲事。

一天晚上，顺子妈把晾干的衣裳已经叠好，金大娘的茶炉子来买水的也不多了，她就过来找金大娘闲聊，——她们是紧邻。

金大娘说："二嫂子"，——她总是叫顺子妈为"二嫂子"——"我有句话，不知当讲不当讲。讲错了，你别生气。"

"你说！"

"你也该往前走一步了。"

本地把寡妇改嫁叫"往前走一步"。

"我不是没有想过，只是忘不了死鬼。"

"你不能守一辈子！"

"再说，也没有合适的人。我怕进来一个后老子，待顺子不好，那我心里就如刀挖了。"

"合适的人？有！"

"谁？"

"姚有多。他前些时还想收顺子当徒弟，不会苦了孩子。"

"我想想。"

"想想！过两天给我个回话，摇头不是点头是！"

姚有多原来也没有往这件事上想过，金大娘一提，他心动了。走过来走过去，总要向井台上看看。他这才发现，顺子妈长得这样素雅，他心里怦怦直跳。

顺子妈在洗衣裳，听到姚有多的脚步，不免也抬眼看了看。

事情就算定了。

顺子妈把发鬓边的小白花换成一朵大红剪绒喜字，脱了银灰色的旧鞋，换了一双绣了秋海棠的新鞋除了孝。

刘春元的刘老板、保全堂药店管事卢先生算是媒人。

顺子妈亲自办了两桌席谢媒。

把客人送走，洗了碗碟，月亮出来了，隔着房门听听，顺子已经呼呼大睡。

顺子妈轻轻闩上房门。

姚有多已经上床。

顺子妈吹了灯，借着月光，背过身来解纽扣。

载一九九五年第四期《收获》

水蛇腰

　　崔兰是个水蛇腰。腰细，长，软。走起路来扭扭的。很多人爱看她走路。路上行人，尤其是那些男教员，看过来，看过去，眼睛很馋。崔兰并不知道有人看她。她只是自自然然地走。崔兰还小，才读小学五年级，虽然发育得比较快，对于许多事还有点朦朦的，感觉并不大懂。她还不知道卖弄风情，逗引男人。

　　崔兰结婚早。未免过早一点，高小毕业就结婚了。在这所六年级制的小学里，也许她是结婚最早的一个。嫁的是朱家，朱家的少爷。朱家是很阔的人家，开面粉厂。这个地方把面粉叫"洋面"，这个面粉厂叫"洋面厂"。崔兰嫁的是洋面厂的小老板。崔兰怎么会嫁到朱家去的呢？

　　崔兰的父亲是洋面厂的账房先生，崔兰常给她父亲到洋面厂去送饭（崔兰的母亲死得早，家里许多事得她管），朱家的少爷一眼看上了崔兰，托人说媒，非崔兰不娶。崔兰的父亲自然没有意见，崔兰只说了两句话："我还小哩。……他们家太阔了！"事情就定了。

　　结婚三朝，正是阴历七月十五，"迎会"（赛城隍）的日子。这个地方每年七月十五"出会"。近晌午时把城隍老爷的"大驾"从庙里请出来，在主要街道上"巡"一"巡"，到"行宫"里休息，下午再"回銮"。这是一年里最隆重而热闹的日子。大锣大鼓，丝竹齐奏。踩高跷，舞狮子，舞龙，舞"大头和尚"（月明和尚度柳翠）。高跷有"火烧向大人"（向大人即清末征太平天国的名将向荣）。柳枝腔"小上坟"贾大老爷用一个夜壶喝酒……茶担子、花担子，倾城出动，鞭花訇鸣，各种果品，各种鲜花，填街满巷，吟叶百端……

　　朱家的少爷带着新娘子去"看会"，手拉手。从搅军楼（洋面厂的所在）一直走到中市口（全城最繁华处）。新婚夫妻在大街上，在那么多人面前手搀手地走，那样亲热，很多"老古板"看不惯。

　　他们的衣装打扮也是这城里的人没有见过的。朱家少爷穿了一件月白香云纱长衫，上面却罩了一个插了玫瑰红韭菜叶边的黑缎子小马甲。马甲插边，还是玫瑰红的，男不男，女不女！

　　崔兰穿的是一件大红嵌金线乔其纱旗袍，脚下是一双麂皮软底便鞋，很显脚形，——崔兰的脚很好看，长丝袜。新烫的头发（特为到上海烫的），鬓边插一朵小小的珍珠偏凤。脸上涂了夏士莲香粉蜜，旁氏口红，描眉画眼，风姿绰约，光彩照人。

　　朱家少爷和崔兰坐在王万丰（这是中市口一家大酱园）楼上靠栏杆一张小方桌前的藤椅（这是特为给上宾留的特座）上看会，喝茶，嗑瓜子。楼下的往来人议论纷纷，七嘴八舌。有男的，也有女的。有荤的也有素的。有的人说出了声（小声），有的只是自己在心里想。

——崔兰这双丝袜得多少钱？

——反正你我买不起！

——她的旗袍开衩未免太高了，又坐在栏杆旁边，从下面什么都看见了！

——她穿了裤子没有？

——她晚上上床，一定很会扭，扭得很好看。

——你怎会知道？

——想当然耳，想当然耳！

——闭上你们这些男人的臭嘴！

一夜之间，崔兰从一个毛丫头变成了一个少奶奶，不知道为什么，很多人为此很不平。一句话在很多人的嘴里和心里盘桓：

"这可真是糠箩跳米箩了！"

一九九五年四月八日

薛大娘

薛大娘是卖菜的。

她住在螺蛳坝南面，占地相当大，房屋也宽敞，她的房子有点特别，正面、东面两边各有三间低低的瓦房，三处房子各自独立，不相连通。没有围墙，也没有院门，老远就能看见。

正屋朝南，后枕臭河边的河水。河水是死水，但并不臭；当初不知怎么起了这么一个地名。有时雨水多，打通螺蛳坝到越塘之间的淤塞的旧河，就成了活水。正屋当中是"堂屋"，挂着一轴"家神菩萨"的画。这是逢年过节磕头烧香的地方，也是一家人吃饭的地方。正屋一侧是薛大娘的儿子大龙的卧室，另一侧是贮藏室，放着水桶、粪桶、扁担、勺子、菜种、草灰。正屋之南是一片菜园，种了不少菜。因为土好，用水方便——一下河坎就能装满一担水，菜长得很好。每天上午，从路边经过，总可以看到大龙洗菜、浇水、浇粪。他把两桶稀粪水用一个长柄的木勺子扇面似的均匀地洒开。太阳照着粪水，闪着金光，让人感到：这又是新的一天了。菜园的一边种了一畦韭菜，垄了一畦葱还有几架宽扁豆。韭菜、葱是自家吃的，扁豆则是种了好玩的。紫色的扁豆花一串一串，很好看。种菜给了大龙一种快乐。他二十岁了，腰腿矫健，还没有结婚。

薛大娘的丈夫是个裁缝，人很老实，整天没有几句话。他住东边的三间，带着两个徒弟裁、剪、缝、连、锁边、打纽子。晚上就睡在这里。他在房事上不大行。西医说他"性功能不全"，有个江湖郎中说他"只能生子，不能取乐"。他在这上头也就看得很淡，不大有什么欲望。他很少向薛大娘提出要求，薛大娘也不勉强他。自从生了大龙，两口子就不大同房，实际上是分开过了。但也是和和睦睦的，没有听到过他们吵架。

薛大娘自住在西边三间里。

她卖菜。每天一早，大龙把青菜起出来，削去泥根，在两边扁圆的菜筐里码好，在臭河边的水里濯洗干净，薛大娘就担了两筐菜，大步流星地上市了。她的菜筐多半歇在保全药店的廊檐下。

说不准薛大娘的年龄。按说总该过四十了，她的儿子都二十岁了嘛。但是看不出。她个子高高的，腰腿灵活，眼睛亮灼灼的。引人注意的是她一对奶子，尖尖耸耸的，在蓝布衫后面顶着。还不像一个有二十岁的儿子的人。没有人议论过薛大娘好看还是不好看，但是她眉宇间有点英气。算得上是个一丈青。

她的菜肥嫩水足。很快就卖完了。卖完了菜，在保全堂店堂里坐坐，从茶壶焐子里倒一杯热茶，跟药店的"同事"说说话。然后上街买点零碎东西，回家做饭。她和丈夫虽然分开过，但并未分灶，饭还在一处吃。

薛大娘有个"副业"，给青年男女拉关系——拉皮条。附近几条街上有一些"小莲子"——本地把年轻的女用人叫作"小莲子"，她们都是十六七、十七八，都是从农村来的。这些农村姑娘到了这个不大的县城里，就觉得这是花花世界。她们的衣装打扮变了。比如，上衣掐了腰，合身抱体，这在农村里是没有的。她们也学会了搽脂抹粉。连走路的样子都变了，走起来扭扭搭搭的。不少小莲子认了薛大娘当干妈。

街上有一些风流潇洒的年轻人，本地叫作"油儿"。这些"油儿"的眼睛总在小莲子身上转。有时跟在后面，自言自语，说一些调情的疯话："花开花谢年年有，人过青春不再来"；"易求无价宝，难得有情郎。"小莲子大都脸色矜持，不理他。跟的次数多了，不免从眼角瞟几眼，觉得这人还不讨厌，慢慢地就能说说话了。"油儿"问小莲子是哪个乡的人，多大了，家里还有谁。小莲子都小声回答了他。

"油儿"到觉得小莲子对他有意思了，就找到薛大娘，求她把小莲子弄到她家里来会会。薛大娘的三间屋就成了"台基"——本地把提供男女欢会的地方叫作"台基"。小莲子来了，薛大娘说"你们好好谈吧"，就把门带上，从外面反锁。她到熟人家坐半天，有一搭无一搭地聊聊，估计时间差不多了才回来开锁推门。她问小莲子："好么？"小莲子满脸通红，低了头，小声说："好"——"好，以后常来。不要叫主家发现，扯个谎，就说在街上碰到了舅舅，陪他买了会儿东西。"

欢会一次，"油儿"总要丢下一点钱，给小莲子，也包括给大娘的酬谢。钱一般不递给小莲子手上，由大娘分配。钱多钱少，并无定例。但大体上有个"时价"。臭河边还有另一处"台基"，大娘姓苗。苗大娘是要开价的。有一次一个"油儿"找一个小莲子，苗大娘索价两元。她对这两块钱作了合理的分配，对小莲子说："枕头五毛炕五毛，大娘五毛你五毛。"

薛大娘拉皮条，有人有议论。薛大娘说："他们一个有情，一个愿意，我只是拉拉纤，这是积德的事，有什么不好？"

薛大娘每天到保全堂来，和保全堂上上下下都很熟。保全堂的东家有一点很特别，他的店里都不用本地人，从上到下：管事（经理）、"同事"（本地把店员叫"同事"）、"刀上"（切药的）乃至挑水做饭的，全都是淮安人。这些淮安人一年有一个月假期。轮流回去，做传宗接代的事，其余十一个月吃住都在店里。他们一年要打十一个月的光棍。谁什么时候回家，什么时候假满回店，薛大娘都了如指掌。她对他们很同情，有心给他们拉拉纤，找两个干女儿和他们认识，但是办不到。这些"同事"全都是拉家带口，没有余钱可以做一点风流事。

保全堂调进一个新"管事"——老"管事"刘先生因病去世了，是从万全堂调过来的。保全堂、万全堂是一个东家。新"管事"姓吕，街上人都称之为吕先生，上了年纪的则称之为"吕三"——他行三，原是万全堂的"头柜"，因为人很老诚可靠，也精明能干，被东家看中，调过来了。按规矩，当了"管事"，就有"身股"，或称"人股"，算是股东之一。年底可以分红，因此"管事"都很用心尽职。

也是缘分，薛大娘看到吕三，打心里喜欢他。吕三已经是"管事"了，但岁数并不大，才三十多岁。这样年轻就当了管事的，少有。"管事"大都是"板板六十四"的老头，"同事"、学生意的"相公"都对"管事"有点害怕。吕先生可不是这样，和店里的"同事"、来闲坐喝茶的街邻全都有说有笑，而且他的话都很有趣。薛大娘爱听他说话，爱跟他说话，见了他就眉开眼笑。薛大娘对吕先生的喜爱毫不遮掩。她心里好像开了一朵花。

吕三也像药店的"同事""刀上"，每年回家一次，平常住在店里。他一个人住在后柜的单间里。后柜里除了现金、账簿，还有一些贵重的药：犀牛角、鹿茸、高丽参、藏红花……

吕先生离开万全堂到保全堂来了，他还是万全堂的老人，有时有事要和万全堂的"管事"老苏先生商量商量，请教请教。从保全堂到万全堂，要经过臭河边，薛大娘的家。有时他们就做伴一起走。

有一次，薛大娘到了家门口，对吕三说："你下午上我这儿来一趟。"

吕先生从万全堂办完事回来，到了薛家，薛大娘一把把他拉进了屋里。进了屋，薛大娘就解开上衣，让吕三摸她的奶子。随即把浑身衣服都脱了，对吕三说："来！"

她问吕三："快活吗？"——"快活。"——"那就弄吧，痛痛快快地弄！"薛大娘的儿子已经二十岁，但是她好像第一次真正做了女人。

好事不出门，坏事传千里，薛大娘和吕三的事渐渐被人察觉，议论纷纷。薛大娘的老姊妹劝她不要再"偷"吕三，说："你图个什么呢？"

"不图什么，我喜欢他。他一年打十一个月光棍，我让他快活快活，——我也快活，这有什么不对？有什么不对？谁爱嚼舌头，让她们嚼去吧！"

薛大娘不爱穿鞋袜，除了下雪天，她都是赤脚穿草鞋，十个脚趾舒舒展展，无拘无束。她的脚总是洗得很干净。这是一双健康的，因而是很美的脚。

薛大娘身心都很健康。她的性格没有被扭曲、被压抑。舒舒展展，无拘无束。这是一个彻底解放的，自由的人。

钓鱼巷

程进生有异相，能"纳拳于口"，——把自己的拳头塞进自己的嘴里。有人说这是福相，他自己也以此为荣。他的同学可不管他福相不福相，给他起了外号：大嘴丫头，大嘴就大嘴吧，还要"丫头"！他哪点像丫头？他长得很壮实，一脸的"颗子"——青春痘。

他初中已经毕业，暑假后考高中。因为温习功课，看"升学指南"，演算有名的高中历届的入学试题，要专心，要清静，他从上堂屋原来的卧房搬到花园西侧一间书房里来住。书房西边是一溜四扇玻璃窗，窗外是一个花坛，种了三棵丁香。玻璃窗总是开着，程进常由这里出入，跳进来，跳出去。书房东边的房门闩了，没有人来打搅，他就在里面头悬梁，锥刺股。

他的弟弟程伟也搬到花园里来住，在书房对面的小客房里。

程家共有三房。大爷即程进和程伟的父亲。"废科举，改学堂"

284

之后，他读过旧制中学，现在在家享福，经营他的田产。他一心想开矿发财，他认为只有开矿才能发大财。

二爷早故。

三爷是个画家，他认为大哥的想法很可笑：你那点家产就想开矿？再说咱这里也没有什么矿！——到外地去开？开矿是那么简单的事吗？

三爷两度丧妻，现在续娶的是第三位。是邵伯埭的人，姓邰，邰家是大地主。邰氏夫人的母亲死得早，邰小姐从小娇生惯养。她嫁过来时从娘家带过两个随身的女用人。邵伯人不知道为什么把女用人都叫成姓高。这两个女用人一个被叫成小高，一个叫大高。小高贴身伺候大小姐。大高做比较粗的活：拆洗被褥幔帐，倒马桶……小高娇小玲珑，大高比较高大。小高还没有人家；大高结过婚，不到一年，去年，丈夫死了。小姐出嫁，带过一个岁数不大的寡妇，有人家是要忌讳的。这事请示过程家的大姑奶奶。大姑奶奶知道邰小姐用惯了大高，离不开她，邰小姐特别爱干净，被褥不是大高洗，她不放心，想了想，就说："让她带过来吧！"

大高怕热，爱出汗。一天要用凉水抹几次身。晚上，要洗一次澡。在花园里，打一满澡盆水，在别人都已经睡下的时候，闩了花园到正屋的六角门，哗啦哗啦大洗一次。擦干后躺在竹床上乘凉，四仰八叉，一丝不挂。用一个芭蕉扇赶蚊子，小声唱"牌经"（这地方打麻将出牌报牌兴唱"牌经"），"牌经"大都很"花"，比如打出一张白板，就唱：

　　　　白笃笃的奶子，粉撮撮的腰……

285

大高唱这样的"牌经"，似乎是对自己的赞美。

一直到露水下来了，她全身凉透了，才开了六角门回屋睡觉。

大高乘凉时，程进透过书房的西窗偷偷地往外看她，看得目瞪口呆。

程进睡得迷迷糊糊的，感觉到旁边好像有一个光溜溜的女人身子，光滑细腻……

程伟起来小便，听到哥哥书房里有一种奇怪声音，他走近听听：两个人在喘气。他轻手轻脚，绕到丁香花下往里看，月光如水："哈！你们！给你告妈！"

程进的妈觉得这件事不好办。大嫂子怎么和三嫂子（这地方妯娌之间彼此称呼都是"嫂子"，不兴叫弟媳）说。想了想，还是得把大姑奶奶请回来。

姑奶奶在一家照例是很有权威的。程家姊弟中，她最年长，比程进的父亲还大一岁，程家的事她做得一半主。

大姑奶奶和三弟媳谈了谈，说大高不宜在这个门里待下去了，传出去不好。

三少奶奶找小高问了问：大高每天几时进花园洗澡，什么时候回屋。三少奶奶跟三少爷商量了一下，拿二十块钱给大高，又捡了十几件八九成新的自己穿过的衣裳，打了一个包袱，叫小高送大高搭船回郐家，有什么话以后再说。大高明白事情盖不住，跟大小姐说了声"大小姐，我走了"，擦擦眼泪，走了。

程进考进了南京私立东方中学。南京私立中学不少，名声都不大好。"要偷人，进惠文；吊儿郎当进东方"。惠文是女中，个别女生生活上是不大检点，"偷人"不如流言所说的那样普遍。东方的学生大都是公子哥儿，纨绔子弟。他们很少正经读书，整天在外面吃喝玩乐。到玄武湖划船，打弹子，跳舞，——南京中学生很多人会跳踢踏舞，吃女招待。"女招待，真不赖，吃三毛，给一块。"有人甚至荒唐到把妓女弄到宿舍里过夜。

南京妓女很多。她们一眼就看得出来，都在旗袍上襟别一个粉红色的赛璐珞小桃花徽章。有的女学生不知就里，觉得这很好看，也到百货公司买一个来戴，后来才知道这是妓女的标志！

堂堂国府所在，为什么要容纳这样多妓女，而且都让她们戴上小徽章？答曰：有此必要，这对维持社会秩序稳定大有好处；让她戴上"桃花章"，可以区别良莠，且以表示该妓女最近经过检查，干净卫生，并无毛病，只管放心嫖宿；她们要缴纳"花捐"，才能领取徽章，公开从业。每月政府所收"花捐"是一笔不小数目。

南京妓院大都集中在几条巷子里，钓鱼巷是最有名的，钓鱼巷即在东方中学学生宿舍的后面。这些姑娘们时常在巷子里进进出出，走来走去，打扮得花枝招展，走起来袅袅婷婷。住在宿舍里的学生对她们已经看得很熟，分得清谁是谁。姑娘们走过学生宿舍的后窗户，大都向上看看，和一些熟识的学生招手点头，眉来眼去（南京人叫作"吊膀子"）。妓女都有个香艳的名字，很多是从《红楼梦》上取来的：林黛玉、史湘云……（林黛玉、史湘云被妓女当了芳名，可算是倒了霉了！）有一个最红的，为学生最喜欢的姑娘叫"沙利文"。南京有个专卖面包、西点的面包房叫"沙利文"，出的面包也就叫"沙利文面包"。为什么给妓女起这样一个名字呢？因为她的两个奶奶鼓鼓的，暗腾腾的，很有弹性，恰像是沙利文刚烤出来的奶油圆面包。"沙利文"有点天真，很喜欢和学生来往，一起去看一场电影啦，到明孝陵、鸡鸣寺去逛逛啦。这些公子哥儿都长得很帅，留了菲律宾式的长发（背发上涂了很多油）。学生总比较文雅，不像当官、做买卖的那样俗气，一点不懂怜香惜玉，如狼似虎，穷凶极恶。虽然当了妓女，总还希望能得到一点感情，被人看成是一个女学生，不是"婊子"。学生能给她们一小点感情，像《茶花女》那样的感情。明知这小点感情是假的，但是姑娘也就满足了。学生从后窗户把她们弄到宿舍里去睡觉，她们大都很愿意。她们觉得不只是让人玩，自己也玩了。

程进不止一次把妓女从后窗户弄进宿舍里来过夜。这种事他父亲在读旧制中学时就干过，可以说是传代。只是方式有些不同。程进的父亲用的是腰带。那时兴系腰带，几乎每人都有一条，湖蓝色，绸制的。把两根腰带结起来，就可以把一个妓女拉上来。到程进时就改用了梯子。钓鱼巷凡有学生是熟客的妓院，都准备了一架小梯子，几步就上来了。

程进在和妓女做事时，有时会想起大高，他的性生活是大高开的蒙，而且大高全身柔软细腻，有一种说不出的美。

为了实现父亲的愿望，程进高中毕业，报考的大学是广西大学矿冶系，考上了。

矿冶系毕业后在东北一个矿上工作，——他当然不可能独资开一个矿。解放后作为工程技术人员留用。工作很好，屡受表扬，升为工程师。他在东北结了婚，生了一个男孩子。

反右运动中，追查他的历史，因为他曾在孙立人的远征军中当过翻译，在印度干了一年。本来问题不大，甚至不是问题，但是斗起来没完。七斗八斗，他受不了冤屈，自杀死了。中国有许多知识分子本来都可以活下来，对国家有所贡献，然而不行，非斗不可！八亿人口，不斗行吗？

程进的爱人还年轻，改嫁了。遗孤送回老家，由祖母抚养。这孩子不爱说话。他不懂父亲为什么要死，母亲为什么要嫁人。

大高回邰家后嫁了一次人，生病死了。

"沙利文"不知下落，听说也死了。

很多人都死了。

人活一世，草活一秋。

一九九五年岁暮

载一九九六年第二期《大家》

关老爷

　　老关老爷——关老爷的父亲做过两任两淮盐务道，搂了不少银子，他喜欢这小城，土地肥美，人情淳厚，就在这里落户安家，起房屋，置田地，优哉游哉当了几年快活神仙老太爷。老关老爷的丧事办得极其体面。老关老爷死后，关老爷承其父业，房屋盖得更大，田地置得更多。一沟、二沟、三垛、钱家伙都有他的庄子。他是旗人。旗人有族无姓，关老爷却沿其父训，姓了关。关老爷的二儿子是个少年名士，还刻了一块图章：汉寿亭侯之后，其实关家和关云长是没有关系的。关老爷有两个特点。一是说了一嘴地道京腔，比如，他见小孩子吸烟，就劝道："小孩子不抽烟！"本地都说"吃烟"，他却说"抽烟"，本地人觉得这很奇怪。一是他走起路来是方步，有点像戏台上的台步，特别像方巾丑。这城里有几家旗人，他们见面时都还行旗礼——打千儿，本地人觉得他们好像在演戏，很滑稽，很可笑。关老爷个子不高，矮墩墩的。方脸。"高帝子孙多隆准"，高鼻梁。留两撇八字胡。立如松，坐如钟，他的行动都是很端正的。他的为人也很正派。他不抽大烟，不嫖，不赌。只是每年要下乡看一次青。

"看青"即估产。田主和佃户一同看看今年的庄稼长势，估计会有多少收成，能交多少租。一到稻子开花，关老爷就带了"田禾先生"下乡。关老爷骑一匹大青走骡，田禾先生骑一匹粉嘴踢雪黑叫驴，一路分花度柳，款款而行。庄稼碧绿，油菜金黄，一阵一阵野蔷薇的香味扑鼻而来，关老爷东张张西望望，心情十分舒畅。他下乡看青，其实是出来玩玩，看看野景，尝尝野味，改变一下他在深宅大院里的生活。估产定租这些事自有田禾先生和庄头商量，他最多只是点点头，摇摇头。他看的什么青！这些事他也不懂。他还带着一个厨子。厨子头一天已经带了伏酱秋油，五香八角，一应作料，乘船到了一沟。

在路上吃过一碗虾仁鳝丝面，中午饭就不吃了，关老爷要眯一小觉。起来，由庄头领着，田禾先生随着，绕村各处看了看。田禾先生和庄头估计今年收成，商谈得很细，各处田土高低，水流洪窄，哪一个八亩能打多少，哪一堤柽柳能卖多少钱……意见一致，就粗粗落了纸笔，有时意见相左，争持不下，甚至会吵了起来。到了太阳偏西，还没有一个通盘结果。关老爷只在喝茶抽烟，听他们争吵，不置一词。厨子来问："开不开饭？"关老爷肚子有点饿了，就说："开饭开饭！先吃饭，剩下的尾数也不值仨瓜俩枣，明天再议。"

关老爷在一沟的食单如下：

凉碟——醉虾，炸禾花雀，还有乡下人不吃的火焙蚂蚱，油汆蚕茧；

热菜——叉烧野兔，黄焖小公狗肉，干炸活鳜花鱼；

汤——清炖野鸡。

他不想吃饭，要了两个乡下面点：榆钱蒸糕，面拖灰翟菜加蒜泥。关老爷喝酒上脸，三杯下肚就真成了关公了。喝了两杯普洱茶，就有点吃饱了食困，睁不开眼了。

他还要念一会儿经。他是修密宗的，念的是喇嘛经。

他要睡了。庄头已经安排了一个大姑娘或小媳妇，给他铺好被窝，陪他睡下了。

第二天起来，就什么都好说了，一切都按庄头的话定规。

他给陪他睡的大姑娘、小媳妇一个金戒指。他每次都要带十多二十个戒指，田禾先生知道，关老爷下乡看青，只是要把一口袋戒指给出去，他和庄头磨牙费嘴都只是过场而已。

一沟、二沟、三垛转了一圈，关老爷累了，回到钱家伙喝了人参汤，大睡了两天，回家，完成了他的看青壮举。得胜还朝。

关老爷是旗人，又是从外地迁来的，本地亲戚很少，只有一个老姑奶奶嫁给阚家；一个老姨嫁给简家，算是至亲。有熟读《三国演义》的人说：你们一家是阚泽的后人，一个是简雍的后人，这样的姓很少。难得！关老爷和岑直斋小时候是同学，跟杨又渔学过做古文、制艺、试帖诗，以后常在一起作文酒之游。关老爷的二儿子关汇和岑直斋的大儿子岑瑜从小学到中学都是同班同学。这几家是通家之好，婚丧嫁娶，办生做寿，走动得很勤。

岑直斋的女儿岑瑾是个美人（她母亲是姨太太，本是南堂子里的名妓）。她眼睛弯弯的，常若含笑，皮肤非常白嫩，真是"吹弹得破"，——因此每年都生冻疮。关汇很爱看岑瑾的一举一动，他央求老姨奶奶到岑家说媒。岑瑾的妈说这得问问她本人。岑瑾本不愿意，理由是：一、她比关汇还大两岁；二、关汇身体不好，有点驼背；三、他在学校里功课不好，尤其是数、理、化。她妈说：大两岁没有关系，大媳妇知道疼女婿；身体不好，可以吃药调理；功课——关家这样的人家不指着儿子做事挣钱，一个庄子就够吃一辈子。经过妈下了水磨功夫掰开揉碎反复开导，岑瑾想：富贵人家的子弟差不多也就是这样，就说："妈，您做主！"这样关汇和岑瑾就订了婚，他们那年才读初三。关汇几乎每天都到岑家去，暑假就住在岑家，和岑瑜一起玩：用气枪打鸟，钓鱼。关汇每天给岑瑾写情书，虽然天天见面。情书大都是把旧诗词改头换面。如"身无彩凤双飞翼，心有灵犀一点通"之类，他送岑瑾一张放大十寸的相片，岑瑾把相片配了框子挂在墙上。岑瑾觉得她迟早是关家的人了，也不再有别的想法。

初中毕业，关汇到上海去读高中，岑瑾到苏州读了女子师范，暂时"劳燕分飞"了。关汇还是每天写信，热情洋溢；岑瑾也回信，但是关汇觉得她的信感情有点冷淡。

关家老太太急于想早一点抱孙子，姑奶奶、姨奶奶也觉得关汇的婚事不能再拖，就不断催关汇把事情办了。于是在关汇和岑瑾高三寒假就举行了婚礼。两家亲友都不甚多，但是吹吹打打，也很热闹。婚礼半新不旧。关汇坚持穿燕尾服，不穿袍子马褂，岑瑾披婚纱，但是拜堂行礼却是旧式的。燕尾服，婚纱，磕头，有点滑稽。

热闹了一天，客人散尽，关汇、岑瑾入洞房。

三天无大小，有些姑娘小子把耳朵贴在房门上"听房"。什么也没有听见。

半夜里，听到劈劈啪啪的声音，打人？关老爷一听，不对！把关老太太叫起来，叫她带了大儿媳妇赶紧去看看。撞开了房门，只见岑瑾在床前跪着，关汇拿了一根马鞭没头没脸地打她。打一鞭，骂一句："你欺骗了我！你欺骗了我！"大嫂把岑瑾拉起来，给她盖了被窝；老太太把关汇拉到关老爷的书房里，问："为什么打她？"关汇气得浑身发抖，说："她欺骗了我！她欺骗了我！"——"怎么回事？"——"她不是处女！不是处女啊！"

这里的风俗，三天回门，要把那点女儿红包在一方白绫子里，亲手交给妈妈。妈妈接过白绫子，又是哭，又是笑："闺女！好闺女！"

岑瑾三天回门，这门怎么回呢？关汇不去。老太太再三给他央求，说"关、岑两家，不能让人议论"。好说歹说"你就给妈这点面子，我求你了！"老太太差点跪下。关汇只能铁青着脸进了岑家的门，连饭都没有吃，推说头疼，就先回去了。

关汇不进岑瑾的门，自在书房里睡。

关岑两家是不能离婚的。一离婚，就会引起一县人的揣测刺探。只好就这样拖下去。拖到什么时候呢？

这事总得有个了局。

"会是怎样的结局呢？"

关老爷还是每年下乡看青。他把他的看青的"章程"略微作了一点修改：凡是陪他睡觉的，倘是处女——真正的黄花闺女，加倍有赏——给两个金戒指。

一九九六年一月二十二日
载一九九六年第三期《小说界》

唐门三杰

《淮南子·泰族训》："故智过万人者谓之英，千人者谓之俊，百人者谓之豪，十人者谓之杰。"《诗·周颂·载芟》："有厌其杰。"孔颖达疏："厌者苗茂盛之貌。杰，谓其中特美者。"

唐老大、唐老二、唐老三。唐杰秀、唐杰芬、唐杰球。他们是"门里出身"，坐科时学的就是场面。他们的老爷子就是场面。他们学艺的时候，老爷子认为他们还是吃场面饭。要嗓子没嗓子，要扮相没扮相，想将来台上唱一出，当角儿，没门！还是傍角儿，干场面。来钱少，稳当！有他在，同行有个照应，不会给他们使绊子，给小鞋穿。出了科，哥仨在一个剧团做活。老大打鼓，老二打大锣，老三打小锣。

我认识唐老大时他还在天坛拔草。是怎么回事呢？同性恋。他去女的。他是个高个子，块头不小，却愿意让人弄其后庭，有这口累。

有人向人事科反映了他的问题。怎么处理呢？没什么文件可以参考。人事科开了个小会，决定给予行政处分，让他去拔草，这也算是在劳动中改造。拔了半个月草，又把他调回来了，因为剧团需要他打鼓。他打鼓当然比不了杭子和、白登云，但也打得四平八稳，不大出错。他在剧团算是一号司鼓。这几年剧团的职务名称雅化了。拉胡琴的原来就叫"拉胡琴的"，或者简称"胡琴"，现在改成了"操琴"；打鼓的原来叫作"打鼓佬"，现在叫"司鼓"。有些角儿愿意叫他司鼓，有几出名角合作的大戏更得找他。这样角儿唱起来心里才踏实。唐老大在梨园行"有那么一号"。

他回剧团跟大家招呼招呼，就到练功厅排戏，抽出鼓箭子，聚精会神，若无其事。这种"男男关系"在梨园行不算什么大不了的事。只有在和谁意见不和，吵起来了（这种时候很少），对方才揭他的短："到你的天坛，拔你的草去吧！"唐杰秀"不以为然"（剧团的话很多不通，"不以为然"的意思不是说对事物持不同看法，而是不当一回事；这种不通的话在京剧界全国通行），只是说："你管得着吗！"

唐杰秀是剧团第一批发展的党员，是个老党员了。怎么会把他发展成党员？他并不关心群众。"群众"（几个党员都爱称未入党的人为"群众"，这意味着他们在政治上比群众要高一头）有病，他不去看看。"群众"生活上有困难，他"管不着"。他开会积极，但只是不停地在一个笔记本上记录领导讲话。他到底记了些什么？不知道。他真的只是听会，极少发言。偶尔重复领导意见，但说不出一句整话。他有点齉鼻儿，说起话来呜噜呜噜的，简直不知道说什么。为什么发展他，找不到原因。也许因为他不停地记笔记？也许因为他说不出一句整话？

他很注意穿着。内联升礼服呢圆口便鞋，白单丝袜。到剧团、回家，进门就抄起布掸子，浑身上下抽一通，擦干掸净。夏天，穿了直罗长裤。直罗做外裤，只有梨园界时兴这种穿法。

他自奉不薄，吃喝上比较讲究，左不过也只是芝麻酱拌面、炸酱面。但是芝麻酱面得炸一点花椒油，顶花带刺的黄瓜。炸酱面要菜码齐全：青蒜、萝卜缨、苣荬菜、青豆嘴、白菜心、掐菜……他爱吃天福号的酱肘子。下班回家，常带一包酱肘子，挂在无名指上，回去烙两张荷叶饼一卷，来一碗棒楂粥，没治！酱肘子只他一个人吃，孩子们，干瞧着。他觉得心安理得，一家子就指着他一个人挣钱！

说话到了"文化大革命"。"文化大革命"是大倒退、大破坏、大自私。最大的自私是当革命派，最大的怯懦是怕当当权派，当反动派。简单地说，为了利己大家狠毒地损人。

唐杰芬外号"二喷子"，是说他满口乱喷，胡说八道。他曾随剧团到香港演出，看到过夏梦，说："这他妈的小妞儿！让她跟我睡一夜，油炸了我都干！""油炸""干煸"，这在后来没有什么，在二喷子说这样话的当时却颇为悲壮。

唐杰秀也"革命"，他参加了一个战斗组，也跟着喊"万岁"，喊"打倒"，"大辩论"也说话，还是呜哩呜噜，不知道说了些什么。他还是记笔记，现在又加了一项，抄大字报。不知道抄些什么。大家都知道，他的字写得很慢，只有"最新指示"下来时，他可以出一回风头。每次有"最新指示"都要上街游行。乐队前导，敲锣打鼓。剧团乐队的锣鼓比起副食店、百货店的自然要像样得多。唐杰秀把大堂鼓搬出来,两个武行小伙子背着,他擂动鼓槌,迟疾顿挫,打出许多花点子,神采飞扬,路人驻足,都说:"还是剧团的锣鼓!"唐杰秀犹如吃了半斤天福酱肘子,——"文革"期间,天福酱肘子已经停产,因为这是"资产阶级生活方式"。

唐杰球,剧团都叫他"唐混球"。这家伙是个"闹儿",最爱起哄架秧子,一点点小事,就:"噢哦!噢哦!给他一大哄噢!"他文化程度不高,比不了几个"刀笔",可以连篇累牍地写大字报,他是"糨子手"(戏台上有"刽子手")。专门给人刷糨子,贴大字报。"刀笔"写好了大字报,一声令下:"得,糨子手!"他答应一声:"在!——噫!"就夹了一卷大字报,一桶糨糊,找地方贴起来。他爱给"走资派"推阴阳头,勾上花脸,扎了靠,戴上一只翎子的"反王盔",让他们在院子里游行。不游行,不贴大字报的时候,就在"战斗组"用一卷旧报纸练字。他生活得很快活,希望永远这么热热闹闹下去。

赶上唐山地震,好几天余震未停。一有震感,在二楼的就蜂拥下楼,在一楼大食堂或当街站着。唐杰芬也混在人群里跟着下楼。忽然有个洋乐队吹小号的一回头:"咳!你怎么这样就下来了!"二喷子没有穿衣服,光着身子,那东西当啷着。他这才醒悟过来,两手捂着往回走。也奇怪,从此他不"喷"了,变得老实了。

谁都可以"揪"人,也随时有可能被"揪","×××,出来!"这个人就被揪出组——离开战斗组。谁都可以审查人,命令该人交代问题,这叫"群众专政"。揪过来,审过去,完全乱了套,"杀乱了"。唐杰球对揪人最热心，没有想到他也被揪出来了。

前已说过，在没有什么热闹时，唐混球就用一沓旧报纸在战斗组练字。他练的字总是那几个："毛主席万岁"。练完了，还要反复看看，自我欣赏一番。有一天写了一条"毛主席万岁"标语，自己很不满意："毛主席"的"席"字写得太长，而且写歪了。他拿起笔来用私塾"判仿"的办法在"席"字的"巾"字下面打了一个叉。打完叉就随手丢在一边，没当回事。不想和唐杰球同一战斗组的一个人叫大俞潮。趁唐杰球不注意时把这张标语叠起来藏在自己的箱底。事情早过去了，在清队（清理阶级队伍）时大俞潮把唐杰球写的标语找出来交给了军代表。全团大哗，揪出了一桩特大反革命案件！"清队"本来有点沉闷，这一下可好了，大家全都动员起来，忙忙碌碌，异常兴奋。

首先让他"出组"，参加被清查对象的大组学习，交代问题。

让他交代什么呢？他是唐混球。

好不容易写了一篇交代，他请大组的同志给他看看，这样行不行，倒是都看了一遍，都没有说什么。只有一个女演员说："你这样准通不过！你得上纲，你得说说你为什么对毛主席有仇恨，为什么要在'席'字的最后一笔打了叉。要写得沉痛，你要深挖，总可以挖出一些别人不知道的思想，要不怕疼，要刺刀见红！"于是，他就挖起来。他说："我本来想打锣。毛主席搞革命现代戏，我打不成锣了，所以我恨他。"我看过他的交代，在楼梯拐角处小声对唐老大说："叫你们老三交代要实事求是，不要瞎说。"唐老大含含糊糊。我跟唐老二也说过同样的话，老二说："管不着！"过了几天，公安局来了人，把他铐走了。

300

大俞潮这样做真可谓处心积虑，存心害人。为什么呢？他和唐杰球往日无冤，近日无仇。他是洋乐队拉大提琴的，唐混球是打小锣的，业务上井水不犯河水，他干吗给他来这么一手？他自己也没有得什么好处，军代表并没有表扬他。他落得一个结果：谁也不敢理他。见面也点点头，但是"卖羊头肉的回家——不过细盐（言）"，因为捉摸不透这人心里想什么，他为什么把唐老三标语藏了那么多日子，又为什么选择一个节骨眼交出来。大俞潮弄得自己非常孤立。不多日子，他就请调到别的单位去了，很少看到他。

唐杰球到公安局，先是被臭揍了一顿，然后过了几次堂，叫他交代问题，他实在交代不出什么问题。他本来没有什么问题，屎盆子是他自己扣在头上的。在公安局拘留审查了一阵，发到团河劳改农场劳动。一去几年，没有人再过问他的事。他先是度日如年，猫爪抓心，不知道他的问题是个什么结果。到后来"过一天算一日"，一早干活，傍晚吃饭，什么也不想了。

唐杰球关在团河农场劳动的漫长岁月，他的两个哥哥，唐老大、唐老二没有去探视过一次。

他们还算是弟兄吗？

一直到"文化大革命"结束，唐杰球放回来了。他还是打小锣，人变傻了。见人龇牙笑一笑，连话都不说。有人问他前前后后是怎么回事，他不回答，只是一龇牙。

唐老大添了一宗毛病：他把头发染黑了，而且烫了。有人问他："你染了发？烫了？"他瓮声瓮气地说："谁叫咱们有那个条件呢！"条件，是头发好，不秃。他皮色好，白里透红，——只是细看就看出脸上有密密的细皱纹。他五十几了，挺高的个儿。一头烫得蓬蓬松松的黑头发。看了他的黑发、白脸，叫人感到恶心。

然而，"你管得着吗？"

载一九九六年第四期《天涯》

小孃孃

　　来蜻园谢家是邑中书香门第，诗礼名家，几代都中过进士。谢家好治园林。乾嘉之世，是谢家鼎盛时期，盖了一座很大的园子。流觞曲水，太湖石假山，冰花小径两边的书带草，至今犹在。当花园落成时正值百花盛开，飞来很多蝴蝶，成群成阵，蔚为奇观，即名之为来蜻园。一时题咏甚多，大都离不开庄周，这也是很自然的。园中花木，后来海棠丁香，都已枯死，只有几棵很大的桂花，还很健壮，每到八月，香闻园外。原来有几个花匠，都已相继离散，只有一个老花匠一直还留了下来。他是个聋子，姓陈，大家都叫他陈聋子。他白天睡觉，夜晚守更。每天日落，他各处巡视一回 (来蜻园任人游览，但除非与主人商量，不能留宿夜饮)，把园门锁上，偌大一个园子便都交给清风明月，听不到一点声音。

　　谢家人丁不旺，几代单传，又都短寿。谢普天是唯一可以继承香火的胤孙。他还有个姑妈谢淑媛，是嫡亲的，比谢普天小三岁。这地方叫姑妈为"孃孃"，谢普天叫谢淑媛为"孃孃"或"小孃"。小孃长得很漂亮。

　　谢普天相貌英俊，也极聪明。他热爱艺术，曾在上海美专学过画——国画和油画，素描功底扎实，也学过雕塑，不到毕业，就停学回乡，在中学教美术课。因为谢家接连办了好几次丧事，内囊已空，只剩下一个空大架子，他得维持这个空有流觞曲沼、湖石假山的有名的"谢家花园"（本地人只称"来蜓园"为"谢家花园"，很多人也不认识"蜓"字），供应三个人吃饭，包括陈聋子。陈聋子恋旧，不计较工钱，但饭总得让人家吃饱。停学回乡，这在谢普天是一种牺牲。

　　谢普天和谢淑媛都住在"祖堂屋"。"祖堂屋"是一座很大的五间大厅，正面大案上列供谢家祖先的牌位，别无陈设，显得空荡荡的。谢普天、谢淑媛各住一间卧室，房门对房门。谢普天对小孃照顾得很体贴细致。谢家生计，虽然拮据，但谢普天不让小孃受委屈，在衣着穿戴上不使小孃在同学面前显得寒碜。夏天，香云纱旗袍；冬天，软缎面丝棉袄、西装呢裤、白羊绒围巾。那几年兴一种叫作"童花头"的发式（前面留出长刘海，两边遮住耳朵，后面削薄修平，因为样子像儿童，故名"童花头"），都是谢普天给她修剪，比理发店修剪得还要"登样"。谢普天是学美术的，手很巧，剪个"童花头"还在话下吗？谢淑媛皮肤细嫩，每年都要长冻疮。谢普天给小孃用双氧水轻轻地浸润了冻疮痂巴，轻轻地脱下袜子，轻轻地用双氧水给她擦洗，拭净。"疼吗？"——"不疼。你的手真轻！"

　　单靠中学的薪水不够用，谢普天想出另外一种生财之道——画炭精粉肖像。一个铜制高脚放大镜，镜面有经纬刻度。放在照片上；一张整张的重磅画纸上也用长米达尺绘出经纬度，用铅笔描出轮廓，然后用剪齐胶固的羊毫笔蘸了炭精粉，对照原照，反复擦蹭。谢普天解嘲自笑："这是艺术么？"但是有的人家喜欢这样的炭精粉画的肖像，因为："很像！"本地有几个画这样肖像的"画家"，而以谢普天生意最好，因为同是炭精像，谢普天能画出眼神、脸上的肌肉和衣服的质感，那年头时兴银灰色的"宁缎"，叫作"慕本缎"。

为了赶期交"货"，谢普天每天工作到很晚，在煤油灯下聚精会神地一笔一笔擦蹭，小嬢坐在旁边做针线，或看小说——无非是《红楼梦》《花月痕》、苏曼殊的《断鸿零雁记》之类的言情小说。到十二点，小嬢才回房睡觉。临走说一声："别太晚了！"

一天夜里大雷雨，疾风暴雨，声震屋瓦。小嬢神色慌张，推开普天的房门：

"我怕！"

"怕？——那你在我这儿待会儿。"

"我不回去。"

"……"

"你跟我睡！"

"那使不得！"

"使得！使得！"

谢淑媛已经脱了衣裳，噗的一声把灯吹熄了。

雨还在下。一个一个蓝色的闪把屋里照亮，一切都照得极清楚。炸雷不断，好像要把天和地劈碎。

他们陷入无法解决的矛盾之中。他们在做爱时觉得很快乐，但是忽然又觉得很痛苦。他们很轻松，又很沉重。他们无法摆脱犯罪感。谢淑媛从小娇惯，做什么都任性，她不像谢普天整天心烦意乱。她在无法排解时就说："活该！"但有时又想：死了算了！

每年清明节谢家要上坟。谢家的祖茔在东乡，来蝶园在城西，从谢家花园到祖坟，要经过一条东大街，谢淑媛是很喜欢上坟的。街上店铺很多，可以东张西望。小风吹着，全身舒服。从去年起，她不愿走东大街了。她叫陈聋子挑了放祭品的圆笼自己从东大街先走，她和普天从来蝶园后门出来，绕过大淖、泰山庙，再走河岸上向东。她不愿走东大街，因为走东大街要经过居家灯笼店。

居家姐妹三个，都是疯子。大姐好一点，有点像个正常人，她照料灯笼店，照料一家人吃饭——一日三餐，两粥一饭。糯米饭、青菜汤。疯得最厉害的是兄弟。他什么也不做，一早起来就唱，坐在柜台里，穿了靛蓝染的大襟短褂。不知道他唱的是什么，只听到沙哑沉闷的声音（本地叫这种很不悦耳的声音为"呆声绕气"）。他哪有这么多唱的，一天唱到晚！妹妹总坐在柜台的一头糊灯笼，脸上带着一种奇怪的微笑。姐妹二人都和兄弟通奸。疯兄弟每天轮流和她们睡，不跟他睡他就闹。居家灯笼店的事情街上人都知道，谢淑媛也知道。她觉得"硌硬"。

隔墙有耳，谢家的事外间渐有传闻。街谈巷议，觉得岂有此理。有一天大早，谢普天在来蝶园后门不显眼处发现一张没头帖子：

管什么大姑妈小姑妈，

你只管花恋蝶蝶恋花，

满城风雨人闲话，

谁怕！

倒不如远走天涯，

赤条条来去无牵挂，

倒大来潇洒。

谢普天估计得出，这是谁写的，——本县会写散曲的再没有别人，最后两句是一种善意的规劝。

他和小孃孃商量了一下：走！离开这座县城，走得远远的！他的一个上海美专的同学顾山是云南人，他写信去说，想到云南来。顾山回信说欢迎他来，昆明气候好，物价也便宜，他会给他帮助。把一块祖传的大蕉叶白端砚，一箱字画卖给了季匋民，攒了路费，他们就上路了。计划经上海、香港，从海防坐滇越铁路火车到昆明。

谢淑媛没有见过海，没有坐过海船，她很兴奋，很活泼，走上甲板，靠着船舷，说说笑笑，指指点点，显得没有一点心事，说："我这辈子值得了！"

谢普天经顾山介绍，在武成路租了一间画室。他画了不少工笔重彩的山水、人物、花卉，有人欣赏，卖出了一些，但是最受欢迎的还是炭精肖像，供不应求。昆明果然是四季如春。鸡㙡、干巴菌、青头菌都非常好吃，谢淑媛高兴极了。他们游览了很多地方：石林、阳中海、西山、金殿、黑龙潭、大理，一直到玉龙雪山。读万卷书，行万里路，谢普天的画大有进步。他画了一些裸体人像，谢淑媛给他当模

307

特，画完了，谢淑媛仔仔细细看了，说："这是我吗？我这么好看？"谢普天抱着小孃周身吻了个遍，"不要让别人看！"——"当然！"

谢淑媛变得沉默起来，一天说不了几句话。谢普天问："你怎么啦？"——"我有啦！"谢普天先是一愣，接着说："也好嘛。"——"还好哩！"

谢淑媛老是做噩梦。梦见母亲打她，打她的全身，打她的脸；梦见她生了一个怪胎，样子很可怕；梦见她从玉龙雪山失足掉了下来，一直掉，半天也不到地……每次都是大叫醒来。

谢淑媛的肚子一天比一天大，已经显形了。她抚摸着膨大的小腹，说："我作的孽！我作的孽！报应！报应！"

谢淑媛死了。死于难产血崩。

谢普天把给小孃画的裸体肖像交给顾山保存，拜托他十年后找个出版社出版。顾山看了，说："真美！"

谢普天把小孃的骨灰装在手制的瓷瓶里，带回家乡，在来蜨园选一棵桂花，把骨灰埋在桂花下面的土里，埋得很深，很深。

谢普天和陈聋子（他还活着）告别，飘然而去，不知所终。

载一九九六年第四期《收获》

礼俗大全

这条河叫准提河，因为河上巷子里有一个小庵准提庵。这条巷子也就叫准提巷。出准提巷，在准提河上有一道砖桥，叫准提桥。准提桥是平桥，铺着立砖，两边白石栏杆。挺好看的。下雨天，雨水从准提巷流出来，流过桥面。这时候没有多少行人来往。偶尔听到钉鞋穿过巷子的声音，由近而远，让人觉得很寂寞。

这是一条不宽的河，孩子打水漂，嚓嚓嚓嚓，瓦片可以横越河面，由北边到南边，到河边一直窜到岸上。

吕虎臣住在河南边，挨着准提庵。河南边就只有这一家，单门独院，四面不挨人家。谁都知道，这是吕家，吕虎臣家。孩子都知道。

吕家人口简单。吕虎臣中年丧妻，没有再娶。没有儿子，只有个女儿。女儿叫吕葳，小时候放鞭炮，崩瞎了一只左眼，因此整天戴了深蓝色的卵形眼镜。有个女婿叫李成模，菱塘桥人。女婿不是招赘的，而是从小和吕蕤订了婚，为了考大学，复习功课住到丈人家来的。小两口很亲热。吕蕤很好看，缺了一只眼睛还是很好看。他们每天都在门前闲眺，看人打鱼，日子过得很舒心自在。有一次互相打闹，吕蕤在李成模屁股上踢了一脚。正好吕虎臣从外面回来，装得很生气："玩归玩，闹归闹，哪有这样闹法的！叫过路人看见了笑话！"吕蕤和李成模一伸舌头。

吕虎臣在家的时候少，在外面的时候多。

河北岸，正对着准提巷，是方家。方家的大人去世早，留下一儿一女，兄妹二人相依为命。哥哥方继淦在一个工厂当会计。抗战爆发后随厂到了重庆。妹妹方景心高气傲，一心想读大学，但读了初中，就没有再升学，留在家乡，在一个电话公司当接线员（由于吕虎臣的介绍），她很不甘心。而且医生发现她得了肺结核：全身无力，每天下午面色潮红，有时还咯两口血。她连班都上不了了，只好在家休养。吕虎臣和方家是亲戚，又和方景的父亲同过学（都是邑中名士杨渔隐的学生），对方景很关心。方景爱靠在栏杆上看准提河的水，一看半天。吕虎臣看见，总要走过去安慰她几句，他怕方景会一时想不开。方景看看吕虎臣，说："大姨夫（她总是叫吕虎臣大姨夫），我不会跳下去的！您放心！"——"那好，那好！你不要灰心，你的日子还长着哪！等身体好了，你还可以飞得高高的！"——"谢谢你大姨夫！"吕虎臣知道方景生活艰难，只靠哥哥辗转托人带一点钱来，有时给她一点帮助。看病的诊费、买药的药钱都由吕虎臣代付了（写在吕虎臣的账上了）。

方景长得黑黑的，眉毛、眼睫毛都很重，眼睛亮晶晶的，走路时脑袋爱往一边偏，是个很好看的黑姑娘。

吕虎臣和城里的几大户，马家、杨家、孙家都是亲戚，时常走动。尤其和孙家是至亲。孙家有什么事，婚丧嫁娶，需要吕虎臣来借箸代筹，一请就到，不请也到。吕虎臣对孙家的世谊姻亲，了如指掌。一切想得很周到，绝对落不了褒贬。他和孙家男女上下都非常熟悉。孙家的姑奶奶都跟他很亲热，爱听他说话。姑奶奶都叫他"虎臣大哥"。吕虎臣有点齉鼻子，说话瓮声瓮气，但是听起来很诚恳。

这孙家是有点特别的人家。既不像马家一样是冠盖如云的大绅士，也不像杨家功名奕世，出过几个进士，他家有些田产，并不很多，但是盖的房子却很讲究。东西两座大厅，磨砖对缝，厅前是一片很大的白矾石的天井。靠东围墙是一间大书房，平常不用；靠西一间小书房，壁隔里摆着古玩瓶盘，是四姑奶奶的绣房，这是名副其实的"绣房"，四姑奶奶不久即将出嫁，她整天在小书房里绣花。

孙老头儿名莜波，但是满城人都叫他"孙小辫"，因为他一直留着一条黄不黄白不白的小辫子，辫根还要系一截红头绳。

孙小辫不喜欢花鸟虫鱼，却喂了一对鹤——灰鹤。这对灰鹤在四姑奶奶绣房后面的假山跟前老是踱来踱去，时不时停下来剔剔翎毛，从泥里搜出一根蚯蚓，吃掉。孙家总是很安静，四姑奶奶飞针走线，绣花针插进绣绷的声音都听得很清楚。

孙莜波的另一特别处是把一位名士宣瘦梅请到家里来教女儿读书。这位宣先生能诗能画，终身不应科举。他教女学生不是读"女四书"之类，而是诗词歌赋。孙家的女儿都能通背《长恨歌》《琵琶行》《董西厢》：

碧云天，
黄花地，
秋风紧，
北雁南飞，
晓来谁染霜林醉？
都是离人泪。

孙家女儿都有点多愁善感。孙小辫为什么让宣先生教女儿这些东西，令人百思不得其解。但是男女老少又都会背一篇东西。这篇东西说古文不是古文，说诗词不是诗词，说道情不是道情，不俗不雅，不文不白，是一种奇怪的文体：

三子三鼎甲，
五婿五传胪。
鼎甲本不贵，
贵的是三子三鼎甲；
传胪本不难，
难的是五婿五传胪。
齐家治国平天下，
儿辈承当。
这些事，
老夫也管些儿个：
竹篱石井，

312

鹤食猴粮。

这算是什么东西呢？是谁的作品？不知道。有人说这是孙莜波作，经宣瘦梅润色过的。这表达了谁的思想？是孙莜波的还是宣瘦梅的？不知道。但是孙家男女老少全都会摇头晃脑地高声背诵，俨然这写的就是孙家。怎么可能呢？"三子三鼎甲""五婿五传胪"，哪里会有这样的人家！这只能说是孙莜波的白日梦，或孙家一家的白日梦。孙家不是书香世家，却以世家自居。几个姑奶奶尤其是这样，说起话来引经据典，咬文嚼字，似乎很高雅。女人而说"雅言"叫人很反感。

孙莜波得了一种怪病，两脚不能下地，一着地就疼得不得了。找了几个医生，内科、外科切脉服药，都不见效。吕虎臣来看他，孙莜波说："这是无名之病，势将不治矣！"吕虎臣叫他把袜子脱了，看了看，说："嗐！"原来是他平常不洗脚，洗脚也不剪趾甲，趾甲反屈弯曲，抠进了脚心，那着地还有不疼的？吕虎臣到澡堂里请来一位修脚师傅，师傅用几把刀给他修了脚，他下地走了几步，没事了！

不久，孙莜波真的病了。没几天就呜呼哀哉，伏维尚飨了。也没有什么大病，心力衰竭，老死的。盛殓之后，因为日本人已经打到离县城不远，兵荒马乱，难以成礼，经子女亲戚计议，决定移柩三垛镇，六七开吊。当然得惊动吕虎臣。吕虎臣头两天就到了三垛，料理一切。

吕虎臣是个礼俗大全，亲戚朋友家有婚丧嫁娶，必须请他到场，擘画斟酌。

做寿倒没他什么事，他只是看看寿堂：这家有一幅吕纪的豹（报）喜图应该挂在正面，寿屏的次序有没有挂错，寿联的上下联颠倒了没有，陈曼生汪琬的对联应该分挂在不同地方；来客应于何处侍茶、何处吸（鸦片）烟，都得安排妥当了；开宴时席位的尊卑长幼更得有个讲究。吕虎臣左顾右盼，添酒布菜，三杯寿酒是绝对喝不安生的。

办喜事，吕虎臣事不多。找一个胖小子押轿；花轿到门，姑爷射三箭；新娘子跨火、过马鞍……直到坐床撒帐，这都由姑奶奶、姨奶奶张罗，属于"妈妈令"，吕虎臣只关心一件事，找一位"全福太太"点燃龙凤喜烛。"全福太太"即上有公婆父母，下有儿女的那么一个胖乎乎的半大老太太。这样的"全福人"不大好找。吕虎臣早就留心，道一声"请"，全福太太就带点腼腆，款款起身，接过纸媒子，把喜烛点亮，于是洞房里顿时辉煌耀眼，喜气洋洋。

最麻烦复杂的是办丧事。一到三垛，进了门，吕虎臣就问："已经请了李菜了没有？"——"请了，请了！明天上午派船，三老爷擦黑准到！"——"那好，要派妥当的人去！"——"没错您哪！"——"准备云土！"——"是！"

李菜抽大烟，而且必须是云土。

吕虎臣第一件事是用一张白宣纸，裁成四指宽、一尺多长，写了三个扁宋体的字："盥洗处"，贴好了，检查检查"初献、亚献、终献"的金漆小木屏，察看了由敞厅到灵堂的道路，想了想遗漏了什么事。

"开吊"有点像演戏。"初献""亚献""终献"，各有其人。礼生执金漆小屏前导，司献戚友蹑方步至灵前"拜"——"兴"，退出。"亚献""终献"亦如此。这当中还要有"进曲"，一名鼓手执荸荠鼓，唱曲一支，内容多是神仙道化，感叹人世无常；另有二鼓

314

手吹双笛随。以后是"读祝"，即读祭文，祭文不知道为什么叫作"祝"。礼生高唱："读祝者读祝"，一个嗓音清亮，声富表情的亲戚（多半是本地才子）就抑扬顿挫、感慨唏嘘地朗读起来。有人读祝有名，读到沉痛婉转处可令女眷失声而哭。其实"祝"里说的是什么，她们根本不知道，只是各哭其所哭。"祝"里许多词句是通用的，可以用之于晴雯，也可以用之于西门庆。

"开吊"最庄严肃穆的一个节目是"点主"。"神主"枣木牌位上原来只写某某之"神王"，主字上面一点空着，经过一"点"，显考或显妣的灵魂就进入牌内，以后这小木牌就成了显考显妣们的代表。点主要请一位官大功高的耆宿。李菜是常被请的。他点过翰林，在本县可说是最高功名。他脸上有几颗麻子，仆人们都叫他"李三麻子"，因为他架子大，很不好伺候。

礼生高唱："凝神——想象，请加墨主！"李菜就用一支新笔舔了墨在"神王"上点了一个瓜子点。"凝神，想象，请加朱主！"李三麻子用白芨调好的朱砂，盖在"墨主"上。于是礼成。

"凝神——想象"这是开吊所用的最叫人感动、最富人情味的最艺术的语言，其余的都只是照章办事，行礼如仪而已。

孙筱波的丧事把吕虎臣累得够呛。没想到这是他一生中操办的最后一件丧事。

吕虎臣送客回来，摔了一跤，当时口眼歪斜，中风失语。他自己知道，这一回势将不救。——他曾经中过一次风，这回是复发了。中风最怕复发。他脑子还清楚，也还能含含糊糊、断断续续交代几句后事：

时值兵燹，人心惶惶，不要惊动亲友，殓以常服，薄葬，入土为安；

不要通知吕蕤。吕蕤已经结婚怀孕，在菱塘桥婆婆家生孩子，不能受刺激，等她生养休息后再慢慢告诉她；

遗著一卷，有机会刻印若干本送人。

他的遗著是：

　　婚丧
　　　　礼俗大全
　　嫁娶

吕蕤回来，看到父亲的新坟，扑上去号啕大哭，把坟上都湿了一圈，怎么劝也劝不住。

陪着吕蕤一起哭的，是方景。

一九九六年十月五日

载一九九六年第五期《大家》